*Zum Buch:*

Im Laufe ihrer Ermittlungen stößt Diana Brandt auf die Weiße Route Eins – eine geheime Zugverbindung zwischen Deutschland und Italien, die der 'Ndrangheta zum Transport von Atommüll dient. Die Kommissarin begibt sich nach Kalabrien, um vor Ort mehr über die schockierenden Hintergründe ihres Mordfalls herauszufinden. Schnell muss sie begreifen, wie gefährlich es war, sich in die Höhle des Löwen zu wagen. Denn der mächtige Mafia-Pate Don Arcuri ist nicht nur skrupellos, sondern seine Geschäfte werden zudem von Regierungen und Geheimdiensten geduldet. So sieht sich Diana bald von allen legalen Handlungsmöglichkeiten abgeschnitten – und muss eine Allianz mit einem ebenso unerwarteten wie fragwürdigen Verbündeten eingehen …

*Zum Autor:*

Rafael Kühn ist Autor und Regisseur mit Wohnsitz in Dresden. Er hat zahlreiche Kurzfilme verschiedener Genres realisiert, bevor 2008 sein Spielfilmdebüt »Das Verhör« deutschlandweit zur Aufführung kam. In seinen Stoffen reflektiert er gern aktuelle gesellschaftliche Themen und menschliche Widersprüche.

*Rafael Kühn*

# Tod in Kalabrien

Thriller

HarperCollins

1. Auflage 2022
Originalausgabe

Umschlaggestaltung von zero Werbeagentur, München
Umschlagabbildung von Nuk2013, Giorgia Ridolfi / Shutterstock
Gesetzt aus der Stempel Garamond
von GGP Media GmbH, Pößneck
Druck und Bindung von GGP Media GmbH, Pößneck
Printed in Germany
ISBN 978-3-7499-0343-6
www.harpercollins.de

Klimaneutral
Druckprodukt
ClimatePartner.com/15109-2009-1001

FSC
MIX
Papier
FSC® C014496

Es war Mitte April, aber der eisige Wind, der an diesem trüben Nachmittag durch die Straßen Berlins peitschte, hätte genauso gut ein Bote des tiefsten Winters sein können. Er schlug Diana Brandt mit ungebremster Härte ins Gesicht, als sie kurz hinter der Polizeiabsperrung aus ihrem Auto stieg. Sie ließ ihren Blick nach oben schweifen, fand die Fenster in der vierten Etage des Bürogebäudes, die sich durch die heruntergelassenen Jalousien vom Rest der Fassade abhoben. Dort spielte sich in diesem Moment die Geiselnahme ab. Eine Eskalation, zu der es niemals hätte kommen dürfen.

In der Kommissarin rumorte es. Seitdem sie vor rund einem Jahr aus der Reha in den Dienst zurückgekehrt war, hatte sie drei Mordfälle aufgeklärt. Alle waren reibungslos verlaufen. Ermittlungen, ein Verdacht, irgendwann der Beweis, die Vernehmung, das Geständnis. Am Ende Klarheit, Gerechtigkeit. Nichts war aus dem Ruder gelaufen, nichts ihrer Kontrolle entglitten. Das durfte auch heute, beim vierten Fall, nicht passieren. *Nie wieder.*

Diana sah sich um. Auf der Straße vor dem Gebäude standen zahlreiche Einsatzwagen, um die herum vor allem reguläre Polizeikräfte agierten. Die meisten von ihnen waren damit beschäftigt, aus dem Gebäude evakuierte Angestellte aus der Sicherheitszone hinauszugeleiten. Spezialeinheiten wie die Verhandlungsgruppe schienen noch nicht vor Ort zu sein. Das war verständlich, denn die Geiselnahme hatte erst vor etwa einer halben Stunde begonnen. Wenn es nach Diana ging, würde sie auch nicht wesentlich länger andauern.

In der Nähe eines Mannschaftsbusses machte die Kommissarin schließlich den Kollegen aus, der vor Ort als Einsatzführer fungierte. Es handelte sich um Lutz Deichmann, Polizeioberkommissar von der Direktion Zwei. Diana kannte den Beamten nur flüchtig, besaß aber zumindest eine Schlüsselinformation über ihn: Er war ein fähiger Mann, der gleichzeitig Wert darauf legte, stets streng nach Vorschrift zu handeln. Sie hatte noch nicht endgültig entschieden, wie sie vorgehen wollte, aber ihr Instinkt drängte sie bereits jetzt in eine klare Richtung. Das würde Probleme geben.

Sie ging auf Deichmann zu, der gerade ein Gespräch mit zwei Polizisten beendete. Als er die Kommissarin bemerkte, wandte er sich zu ihr.

»Gut, dass Sie es so schnell geschafft haben«, begrüßte er sie ohne weitere Förmlichkeiten. »Das war Ihr Fall, also kennen Sie den Täter am besten. Was können Sie mir über ihn sagen?«

Diana gefiel es nicht, so direkt in eine passive Rolle gedrängt zu werden, aber sie verstand den Wunsch ihres Kollegen nach Informationen.

»Friedrich Zander programmiert Websites für Werbekunden«, erwiderte sie. »Er ist vierzig Jahre alt, in jeder Hinsicht unauffällig, hat keine Vorstrafen. Aber ich nehme an, Sie haben die Akte gelesen.«

»Auf dem Weg hierher«, entgegnete Deichmann. »Inklusive Ihrer Einschätzung, dass Sie den Mann für nicht grundlegend gewalttätig halten.«

Der Vorwurf war offensichtlich und Diana nicht bereit, ihn einfach hinzunehmen.

»Dazu stehe ich«, sagte sie selbstsicher. »Er hat seinen Bruder im Affekt getötet.«

»Das zeigt, dass er zu spontanen Gewaltausbrüchen neigt.«

»Dieser Typ Mensch ist kein eiskalter Killer.«

»Er war berechnend genug, um die Leiche verschwinden zu lassen«, hielt Deichmann gegen. »Und um Sie beinahe einen Monat lang an der Nase herumzuführen.«

Das hatte er nicht. Seine Schuld war Diana schnell klar gewesen. Nur die Beweise hatten gefehlt – und, bis gestern, der Körper des Opfers. Die gerichtsmedizinische Untersuchung hatte unter den Fingernägeln des Toten schnell Kleidungsreste mit der DNA von Friedrich Zander zutage gefördert, die Staatsanwaltschaft daraufhin noch heute vormittag den Haftbefehl ausgestellt. Die relevante Frage war vielmehr, was danach schiefgelaufen war.

»Und wie kam es zu der Geiselnahme?«, erkundigte sich die Kommissarin, versuchend, der arroganten Abwertung ihrer Kompetenz mit Sachlichkeit zu begegnen. Deichmann deutete zu den Autos auf der anderen Straßenseite.

»Wir haben zwei Einsatzwagen geschickt, um Zander an seinem Arbeitsplatz zu verhaften«, erläuterte der Oberkommissar. »Er muss die Ankunft der Kollegen durchs Fenster bemerkt haben. Daraufhin hat er eine Pistole gezogen und fünf Mitarbeiter als Geiseln genommen.«

»Stammen diese Informationen von den Beamten?«, hakte Diana nach. Deichmann schüttelte den Kopf.

»Als die in der vierten Etage angekommen sind, hatte sich Zander bereits im hinteren Teil des Büros verschanzt. Den Ablauf der Ereignisse kennen wir von zwei seiner Arbeitskollegen, die fliehen konnten.«

Diana schaute kurz zu Boden und verbildlichte sich vor ihrem inneren Auge das beschriebene Szenario.

»Wen haben wir im Gebäude?«, fragte sie.

»Einige Beamte draußen im Flur vor der Firma«, kam die Antwort. »Die restlichen Kollegen stellen gerade sicher, dass sonst niemand mehr im Haus ist.«

»Ein Kontakt zu Zander besteht noch nicht?«

»Nein«, bestätigte der Oberkommissar Dianas Vermutung. »Aber das ist eh Sache der Verhandlungsgruppe.«

»Wann wird die eintreffen?«

»Spätestens in einer halben Stunde. Zusammen mit dem SEK.«

Diana hob ihren Blick wieder und sah Deichmann in die Augen.

»Zander hatte bereits eine Panikreaktion, als er zwei Polizeiwagen gesehen hat. Wie, glauben Sie, wird er reagieren, wenn er hier schwer bewaffnete Spezialeinheiten anrücken sieht?«

Der Angesprochene wirkte irritiert.

»Ich weiß nicht, was Sie erwarten. Die SEK-Truppen sind in dieser Situation zuständig.«

Damit hatte er recht, und in den meisten Fällen hätte Diana ihm zugestimmt. Aber hier und heute …

Die Kommissarin schloss kurz die Augen. Sie brauchte einen Moment absoluter Konzentration. Was Deichmann davon halten würde, war ihr egal.

Hatte sie Zander falsch bewertet? *Nein. Ihn nicht.* Der Mann hatte Angst. Ein Mord aus Impuls, dann die Furcht vor Verhaftung, dem Verlust seiner Familie … Dass er den Leichnam versteckt hatte, war kein zielgerichtetes Kalkül gewesen. Die Pistole musste er sich in den letzten Wochen illegal besorgt haben, denn Zander besaß keinen Waffenschein. Dieses Vorgehen war ebenso dumm wie gefährlich, aber der Zweck war wohl eher die Rückerlangung eines Gefühls der Sicherheit gewesen.

Am Ende kam es nur auf eine Tatsache an: Ein weiterer Mord würde Zander nicht retten. Und auch wenn er nicht der Klügste war – so viel musste ihm mit Sicherheit klar sein. In Panik wäre er in der Lage, einen Menschen zu erschießen. Aber nicht kaltblütig Auge in Auge. Also galt es, ihn zu konfrontieren, in Ruhe und mit sachlichen Argumenten, bevor ihn irgendetwas noch mehr außer Fassung geraten ließ.

Diana spürte kurz den scharfen Schmerz in ihrem linken Bein, von dem sie wusste, dass er nur ein Phantom war. *Hier kann ich etwas ändern. Heute muss niemand sinnlos sterben. Egal, ob unschuldig oder schuldig.*

Die Kommissarin öffnete ihre Augen wieder und fixierte Deichmann in dem Bestreben, ihre innere Entschlossenheit auch äußerlich zu projizieren.

»Ich werde mit Zander reden«, sagte sie. »Ich weiß, dass ich zu ihm durchdringen kann. Lassen Sie uns diese Sache beenden, bevor sie noch weiter eskaliert.«

Auf dem Gesicht ihres Kollegen zeigte sich komplette Verständnislosigkeit. »Das ist gegen die Vorschriften«, erwiderte er. »Und das wissen Sie. Wir haben ausgebildete Spezialisten für die Verhandlungen bei Geiselnahmen.«

»Mich kennt Zander bereits. Das wird es einfacher machen.«

»Oder es kann das genaue Gegenteil bewirken. Der Mann weiß, dass Ihre Ermittlungen der Hauptgrund für seine Überführung sind. Vielleicht empfindet er für Sie sogar besonderen Hass.«

Diana wusste, dass der letztere Einwand nicht gänzlich von der Hand zu weisen war. »Ich verstehe Ihre

Vorbehalte«, wandte sie sich an Deichmann, war dabei um einen möglichst empathischen Ton bemüht. »Aber ich glaube, dass jede weitere Verzögerung bei diesem Täter das größere Risiko darstellt.«

Der Einsatzleiter schüttelte den Kopf.

»Keine Chance«, sagte er. »Wir können Sie nicht einmal verkabeln. Sie wären dort oben komplett auf sich allein gestellt.«

Auch dieses Argument war eigentlich schlüssig. Der Kommissarin wurde klar, dass ihr jetzt nur noch ein Mittel blieb, auch wenn es ihr nicht recht war.

»Trotzdem fälle ich jetzt eine situationsbedingte Tatsachenentscheidung«, verkündete Diana ihrem Kollegen. »Wenn Sie anderer Meinung sind, steht es Ihnen frei, Ihren Widerspruch protokollieren zu lassen. Aber Sie können mich nicht aufhalten, denn ich muss Sie wohl kaum daran erinnern, dass ich als Kriminalhauptkommissarin im Rang über Ihnen stehe.«

Die Züge Deichmanns verfinsterten sich in demselben Ausmaß, wie sich seine Körperhaltung versteifte. Er machte einen Schritt auf Diana zu, und seine nächsten Worte waren zwar leise, aber von unverhohlenem Groll geprägt.

»Denken Sie, Sie könnten sich alles erlauben, nur weil der Polizeipräsident einen Narren an Ihnen gefressen hat? Erst war es Mertens und jetzt Sie. Ganz ehrlich, ich habe die Schnauze voll von Ulbrichts Protegés und ihrer Meinung, dass die Regeln für sie nicht gelten.«

Nun musste auch Diana dagegen ankämpfen, nicht von Wut übermannt zu werden. Der Angriff auf ihren Vorgesetzten, für den sie großen Respekt und Zuneigung empfand, brachte den Konflikt auf ein empfindlich persönliches Niveau. Trotzdem versuchte die Kommissarin weiterhin sachlich zu bleiben.

»Hier geht es nicht um Regeln«, hielt sie kühl fest. »Sondern um den Schutz von Menschenleben.«

»Genau dafür gibt es die Regeln«, konterte Deichmann, musterte Diana dann einen Augenblick lang und schüttelte schließlich den Kopf. »Aber das ist Ihnen scheißegal, oder? Ihnen geht es nur darum, sich zu beweisen, dass Sie in Ihrem Job die Beste sind. Ich will Ihnen mal etwas sagen, *Frau* Brandt: Sie mögen vieles sein, aber Sie sind keine gute Polizistin.«

Diana presste für eine Sekunde ihre Zähne so hart aufeinander, dass sie knirschten. Aber dann sah sie die Erwartung einer emotionalen Reaktion in Deichmanns Blick und realisierte, dass sie ihm diese auf keinen Fall geben durfte.

»Ich gehe jetzt ins Gebäude«, stellte sie stattdessen knapp und sachlich fest. »Informieren Sie die Kollegen oben, dass ich komme.«

Der Einsatzleiter fixierte sie noch einen Moment lang, trat dann aber wieder einen Schritt zurück und nickte. Er schaute sich um, winkte eine in der Nähe stehende Polizistin heran.

»Kollegin Winkler«, wandte er sich an diese. »Bitte nehmen Sie fürs Protokoll zur Kenntnis, dass Kriminalhauptkommissarin Brandt« – er sprach Dianas vollen Rang mit maximaler Verächtlichkeit aus – »jetzt das Gebäude betreten wird, um mit dem Geiselnehmer in Kontakt zu treten. Das tut sie gegen meinen ausdrücklichen Widerspruch.«

Die Polizistin wirkte kurz verunsichert und ließ ihren Blick einmal zwischen Deichmann und Diana hin und her schweifen, bevor sie nickte.

»Verstanden, Herr Oberkommissar.«

Diana hatte genug Zeit verloren, und so ging sie ohne weitere Worte auf den Eingang des Gebäudes zu. Kurz vor der Tür ereilte sie noch einmal Deichmanns Stimme.

»Brandt?«

Die Kommissarin drehte sich widerwillig um.

»Egal, ob Sie Ulbricht in Ihrem Rücken haben: Das bringt Ihnen ein Disziplinarverfahren ein.«

Diana antwortete nicht und öffnete stattdessen die Tür. Als diese hinter ihr zufiel, dämpfte sie die von der Straße kommenden Geräusche. Die Kommissarin atmete einmal tief ein und aus, versuchte, im selben Moment auch den unnötigen Konflikt mit Deichmann draußen zurückzulassen. Jetzt galt es, ihre Arbeit zu tun, keine Fehler zu machen und unerschütterlich an sich selbst zu glauben.

Zwei junge Polizisten, die den Eingangsbereich des Gebäudes überwachten, kontrollierten kurz Dianas Ausweis. Danach betrat sie den Fahrstuhl und wählte die vierte Etage als Ziel. Als sich der Aufzug mit einem leichten Knarren in Bewegung setzte, überprüfte die Kommissarin kurz den Sitz ihrer Dienstwaffe. Und ebenso kalt wie der Stahl der SIG Sauer war der Gedanke, der ihr dabei ungewollt durch den Kopf schoss: *Hat Deichmann recht? Will ich mich dieser Sache nur deshalb selbst stellen, weil ich mir nicht vergeben könnte, wenn wieder etwas schiefgeht?*

Für einen Moment blitzten bruchstückartig Fragmente ihrer wohl schlimmsten Erinnerung vor ihrem geistigen Auge auf: Die alte römische Stadtmauer. Der Müll auf dem

Boden. Und neben dem Mauervorsprung, inmitten all des Abfalls, der Körper …

*Nein. Keine Zweifel jetzt.* Zweifel wären tatsächlich unverantwortlich. Es war egal, warum sie so handelte, solange sie nur fest an einen positiven Ausgang glaubte.

Der Fahrstuhl stoppte, und die Kommissarin trat nach draußen in einen geräumigen Warteraum mit Rezeption. Drei Polizisten standen links von ihr, dort, wo eine Glastür in den angrenzenden Korridor führte. Die Beamten – zwei Männer und eine Frau – betrachteten Diana aufmerksam, als sie auf sie zuging.

»Kommissarin Brandt?«, erkundigte sich einer der Männer. Diana nickte.

»Kommissar Deichmann hat uns Ihr Kommen gemeldet«, fuhr der Kollege fort. »Wollen Sie dort wirklich allein rein?«

Diana lächelte knapp.

»Wo muss ich hin?«, fragte sie anstelle einer überflüssigen Antwort. Die brünette Beamtin deutete daraufhin nach rechts.

»Den Gang hinunter, zu den Büros von Cyber Domain.«

»Danke.«

Die Kommissarin betrat den Flur, drehte sich zur rechten Seite. Eine unnatürliche Stille umfing sie auf der evakuierten Etage; auf dem roten Teppich des Korridors waren nicht einmal ihre Schritte zu hören. Nur ihr eigener Atem und das leise Wummern ihres Herzens hallten in ihrem Kopf wider. Diana passierte die Büros zweier anderer Firmen, bevor sie vor der großen Holztür ankam, auf der groß in blauen Lettern die Aufschrift *Cyber Domain*

*Marketing Solutions* prangte. Die Kommissarin ließ ihre Handfläche auf dem Holz ruhen, spürte dessen Furchen, während sie all ihre Gedanken auf einen klaren Punkt fokussierte, einen Punkt an der Spitze eines Pfeils, der nur nach vorn fliegen konnte.

Diana stemmte die Tür auf und drückte sich vorsichtig durch den Spalt in das vordere Büro. Hier waren die Jalousien hochgezogen; durch die Fensterscheiben fiel trübes Tageslicht nach innen. Der große Raum war in einem modernen Designerlook eingerichtet: ein kleiner Empfangsbereich unmittelbar neben der Tür, rechts davon zwei nur mit Glasscheiben abgegrenzte Chefbüros, zudem ein Präsentationsraum mit Video-Screen und einige reguläre Arbeitsplätze dazwischen verteilt. Am linken Ende des Raumes befand sich eine weitere zweiteilige Holztür, die mit der Eingangstür identisch war, inklusive des eingravierten Firmennamens. Hinter dieser Tür mussten sich Zander und seine Geiseln befinden. Dort wartete ihre Herausforderung.

Langsamen Schrittes ging die Kommissarin nach links. Auch das Büro war mit Teppichboden ausgelegt, beige in diesem Fall, sodass sie weiterhin keine Geräusche verursachte. Die Tür zu den hinteren Büros hatte kein Schlüsselloch, durch das ihre Ankunft beobachtet werden konnte. So erreichte sie problemlos ihr Ziel, verharrte kurz und lauschte. Von drinnen waren keine Stimmen oder Geräusche zu vernehmen. Zeit, die Ungewissheit zu beenden.

Diana bewegte sich in den sicheren Bereich neben der Tür, streckte von dort ihren Arm aus und klopfte zweimal gegen das Holz.

»Herr Zander?«, rief sie laut. Bange Sekunden vergingen. Zunächst war keine Erwiderung zu hören.

»Herr Zander, darf ich mit Ihnen reden?«, setzte Diana nach. Diesmal gab es eine Reaktion. Die Kommissarin meinte, in einiger Entfernung den Satz »Bleibt, wo ihr seid« zu hören, bevor sich Schritte der Tür näherten, aber in einigem Abstand davor stoppten.

»Wer ist da?«, vernahm sie schließlich die Stimme des Geiselnehmers.

»Hier ist Kommissarin Diana Brandt. Sie kennen mich.«

Ein weiterer Moment des Schweigens, vielleicht der entscheidendste überhaupt. Diana überkam größte Anspannung.

»Was wollen Sie?«, folgte schließlich, endlich, die Reaktion Zanders. *Gut. Er ist bereit, auf mich einzugehen.*

»Einfach nur reden«, erwiderte die Kommissarin so simpel wie möglich. Erneut dauerte es eine Weile, bis sie eine Antwort erhielt.

»Sie sind allein?«

»Ja.«

»Und sind Sie bewaffnet?«

Diana zögerte, aber nur kurz. Eine Lüge brachte nichts. Es galt vielmehr, Vertrauen aufzubauen.

»Das bin ich«, entgegnete sie. »Aber ich kann die Waffe hier draußen ablegen.«

Im Büro hinter der Tür waren Schritte zu vernehmen, die jedoch nicht näher kamen. Ging Zander auf und ab? Diana glaubte, ihn ganz leise mehrfach das Wort »Scheiße« sagen zu hören. Dann stoppten die Schritte wieder.

»Gehen Sie ein paar Meter von der Tür weg«, kam die Anweisung des Geiselnehmers, und diesmal klang seine

Stimme wesentlich härter als zuvor. »Ziehen Sie sich aus. Bis auf die Unterwäsche. Sagen Sie mir, wenn Sie fertig sind.«

Sollte Diana auf diese Bedingung eingehen, dann brach sie ganz klar mit allen Vorschriften für Verhandlungssituationen und brachte sich selbst in Lebensgefahr, ohne Chance zur Gegenwehr.

*Suchst du sie, diese Gefahr?*

Aber er war bereit, zu reden. Das war ein guter Anfang. Sie durfte diesen Ansatz nicht wieder aus der Hand geben.

*Es wird gut ausgehen. Ich kann ihn erreichen.*

»Also gut«, rief die Kommissarin. »Warten Sie.«

Diana stieß sich von der Wand weg, machte mehrere Schritte bis hin zu einem Schreibtisch. Sie führte die rechte Hand unter ihren linken Arm und löste den Pistolengurt, legte ihn mitsamt der Waffe gut sichtbar auf den Tisch. Dann zog sie ihren Mantel aus, gefolgt von Pullover, Schuhen und Hose, die sie zusammen auf einen Haufen drapierte. Diana machte einige Schritte von dem Tisch weg und schaute in Richtung Tür. Trotz ihrer partiellen Nacktheit fühlte sie weder Schwäche noch Kontrollverlust. Im Gegenteil. Ihr Wille und ihre Zuversicht waren bedingungslos.

»Ich bin so weit«, sagte sie laut und bestimmt. Mehrere Sekunden vergingen, dann waren Schritte zu hören, gefolgt von dem Kratzen von Holz gegen Holz. Zander hatte sich also tatsächlich verbarrikadiert. Die Tür öffnete sich ein kleines Stück nach außen und der Kopf des Mannes erschien in dem entstandenen Spalt. Der Programmierer war kräftig gebaut, dabei leicht korpulent, mit kurzem braunem Haar, das sich auf dem Rückzug befand. Diana bemerkte den Schweiß auf seiner Stirn ebenso wie das unstete Flackern seines Blickes, als er sich umschaute, um sicherzugehen, dass sie wirklich allein gekommen war. Dann betrachtete er die Kommissarin, gefolgt von dem Stapel Kleidung auf dem Boden und ihrer Waffe auf dem Tisch, erkennbar außer Griffweite.

»Zufrieden?«, fragte Diana.

Zander befeuchtete sich kurz die Lippen mit der Zunge, nickte dann und machte einen Schritt zurück in das hintere Büro. Diana ging langsam nach vorn, ergriff den offenen Türflügel und schaute durch den Spalt. Der Geiselnehmer hielt seine Waffe nach unten gerichtet, was die Kommissarin positiv wertete.

»Ich komme hinein. Okay?«, vergewisserte sie sich.

Zander trat zwei Schritte zurück, hob dann seine Waffe.

»Ja«, erwiderte er. »Aber keine Tricks!«

»Keine Tricks«, beruhigte ihn die Kommissarin. Ihre Stimme war dabei absolut ruhig, im Gegensatz zum fluktuierenden Tonfall ihres Gegenübers.

Diana betrat das Büro, ließ die Tür sanft hinter sich zufallen. Um sie herum standen einige Stühle und ein Tisch, die Bestandteile von Zanders provisorischer Barrikade. Die Kommissarin schaute sich in dem Raum weiter um, musste sich dabei einen Moment lang an die herrschende Düsternis gewöhnen, denn durch die heruntergelassenen Jalousien drang nur hier und da ein schmaler Streifen Tageslicht. Vor Diana erstreckte sich ein großes Gemeinschaftsbüro mit zahlreichen Schreibtischen; an der Innenseite gab es zudem einen Aufenthaltsraum mit Küche, der von einer Glaswand abgetrennt wurde. Diese bestand vom

Boden bis zur Mitte aus Milchglas, während sie im oberen Teil durchsichtig war. Daneben führte eine separate Tür zu den Toiletten.

Weitere Menschen waren nicht zu sehen, was Diana leicht beunruhigte. Sie richtete ihren Blick wieder auf Zander.

»Wo sind Ihre Kollegen?«, erkundigte sie sich, vermied dabei bewusst den Begriff *Geiseln*.

»Ihnen geht es gut«, antwortete der Programmierer knapp.

»Davon muss ich mich selbst überzeugen«, hielt Diana dagegen, weiterhin sehr ruhig und langsam. »Das müssen Sie verstehen. Danach können wir reden.«

Der Geiselnehmer überlegte kurz, seine Brust hob und senkte sich im Rhythmus seines aufgeregten Atmens. Schließlich blickte er in Richtung des Gemeinschaftsraums.

»Schauen Sie von draußen hinein«, wies er Diana an. »Aber gehen Sie nicht durch die Tür!«

Die Kommissarin ging langsam auf die Küche zu und blickte dann durch den oberen Teil der Glasscheibe. An der gegenüberliegenden Wand konnte sie fünf Menschen ausmachen, zwei Frauen und drei Männer, die auf dem Boden saßen. Ihre Hände schienen hinter ihren Rücken gefesselt worden zu sein. Sie alle sahen Diana flehend an; eine der Frauen und einer der Männer weinten. Keiner von ihnen hatte sichtbare Verletzungen, aber trotzdem ließ der Anblick die Kommissarin erschaudern. Diese Menschen galt es zu retten. Die Last der Verantwortung drückte schwerer auf ihre Schultern, als sie es erwartet hätte. Aber sie durfte nicht schwach werden. *Es ist mein Job.*

Diana nickte den Gefangenen kurz zu, hoffte, ihnen so zumindest ein wenig Zuversicht zu vermitteln. Dann drehte sie sich wieder um und ging zurück zu Zander. Die Hand mit der Pistole hatte der Mann bereits wieder gesenkt.

»Ich sagte doch, dass es ihnen gut geht«, wiederholte der Geiselnehmer unsicher. Diana schaute ihm in die Augen, stellte direkt die entscheidende Frage.

»Und was jetzt?«

Der Mann starrte sie stumm an – natürlich hatte er keine Antwort. Er konnte den Blick der Kommissarin nicht halten und sah zu Boden. Die Hand mit der Pistole zitterte. Diana setzte direkt nach.

»Wir beide wissen, dass das alles zu nichts führen kann«, hielt sie sachlich fest. »Was Sie hier tun, entspricht nicht Ihrer Natur.«

Zander sah wieder zu ihr auf, und diesmal lag in seinem Blick die ganze Verzweiflung eines Menschen, der nicht länger wusste, wer er tatsächlich war. Für eine Sekunde ging Diana dieser Blick näher, als ihr lieb sein konnte. Sie musste darauf achten, diesen Moment der Angreifbarkeit nicht sichtbar werden zu lassen.

»Sie wissen, was ich getan habe«, sagte Zander mit rauer Stimme. »Jetzt wissen Sie es. Ich bin ein Verbrecher.«

Diana war klar, dass sie dagegen argumentieren musste.

»Sie haben einmal etwas Falsches getan. Das macht Sie nicht automatisch zu einem schlechten Menschen.«

Zander schaute auf die Pistole in seiner Hand. Die Kommissarin führte ihr Argument entsprechend fort.

»Ein guter Mensch lernt aus seinen Fehlern und macht sie kein zweites Mal.«

*Ein guter Mensch … Ich habe in Rom denselben Fehler zweimal gemacht. Was bin ich dann?*

Diana schluckte. Zum Glück blickte der Geiselnehmer noch nach unten, sodass er den erneuten kurzen Riss in ihrer Fassade nicht wahrnahm. Die Kommissarin rang um Klarheit. *Nicht diese Fragen. Nicht jetzt.*

Zander stellte den Blickkontakt wieder her.

»Ich wollte Detlef nicht töten«, sagte er. »Ich kann gar nicht mehr sagen, wie es überhaupt passiert ist. Ich habe versucht, mich zu erinnern, wirklich, glauben Sie mir. Plötzlich … lag er einfach vor mir, und ich – es war, als würde ich aus einem Albtraum aufwachen …«

Eine Träne mischte sich zu dem Schweiß auf der Wange des Mannes. Diana nickte, Verständnis demonstrierend.

»Ich glaube Ihnen«, sagte sie. »Es war keine Absicht. Das wird jeder verstehen.«

*Würden sie das?*

»Aber Sie können nicht vor der Verantwortung weglaufen.«

*So wie ich?*

»Wenn ein guter Mensch einen Fehler macht, stellt er sich den Konsequenzen.«

*Ich bin eine Heuchlerin.*

»Und er lässt nicht andere für seine Fehler büßen.«

*Riccardo …*

»Wollen Sie heute ein guter Mensch sein, Herr Zander?«

Diana hatte es mit einer stetig zunehmenden Willensanstrengung geschafft, die Worte ruhig und klar zu sprechen, obwohl das Echo ihres Gewissens einen immer lauteren Nachhall in ihrem Kopf hinterließ. Und Zander glaubte ihr, denn er sah sie an, jetzt ungehemmt weinend, nickte schließlich. Die Pistole fiel zu Boden und mit ihr die Last von Dianas Schultern. Zumindest die unmittelbarste.

*Du hast es geschafft. Dein Instinkt war richtig. Und trotzdem hatte Deichmann recht.*

Diana lag im Bett neben Julie und starrte an die Decke. Es brannte nur die Nachttischlampe, deren Schein nicht weit reichte, und so drängten sich in den Ecken die Schatten. Gegen das Fenster prasselten leise feine Tropfen von Sprühregen. Dianas Gedanken oszillierten zwischen den Ereignissen der letzten Stunden und der Zukunft.

*Habe ich zu viel riskiert?*

Die Geiseln waren unverletzt geblieben. Ihre Blicke so voller Erleichterung. Und Zander hatte sich widerstandslos von ihr festnehmen lassen.

*Aber wenn er mich nun durchschaut hätte?*

»Woran denkst du?«, vernahm sie die sanfte Stimme Julies an ihrem linken Ohr. Diana drehte den Kopf zur Seite und schenkte ihrer Freundin ein knappes Lächeln.

»Den Tag«, erwiderte sie.

Julie sah sie forschend an, aus den grün-blauen Augen, die einen so attraktiven Kontrast zu ihren kurzen blonden Haaren bildeten.

»Es hat dich doch mehr mitgenommen, als du vorhin zugegeben hast«, hakte sie nach.

»Es war eine angespannte Situation«, antwortete die Kommissarin, wahrheitsgetreu.

»Hattest du Angst?«, fragte Julie.

»Ich hatte es unter Kontrolle«, log Diana.

Während des Debriefings hatte es einige kritische Fragen gegeben, aber die waren ihr egal gewesen. Für sie zählte allein, was Ulbricht sagen würde. Morgen.

»Du bist stark.« Julie strich über Dianas Schulter. »Das habe ich damals gleich gemerkt.«

Julie war Dianas Reha-Therapeutin gewesen und hatte ihr geholfen, die Beinverletzung von Rom zu überwinden. Dank ihr hatte die Kommissarin nach nur einem Dreivierteljahr Auszeit in den Dienst zurückkehren können. Julie hatte sich entschieden, auch danach noch für sie da zu sein. Sie war ein netter Mensch, und hilfsbereit.

*Auf Ulbricht konnte ich immer zählen. Er wird mich diesmal ebenfalls stützen.*

Julies Hand glitt an Dianas Rücken nach unten und streifte ihren BH. Diana trug ihre Unterwäsche, denn sie hatte keine Lust auf Sex gehabt, obwohl ihr Julie wohl gern mit Zärtlichkeit Unterstützung signalisiert hätte. Sie hatte mitunter eine recht naive Sicht der Dinge.

*Doch wird er mir weiter vertrauen?*

»Aber sogar starke Menschen brauchen manchmal Rückhalt«, hörte sie Julie fortfahren. »Ich bin gern für dich da.«

*Er kennt mich. Er versteht, was mich antreibt.*

»Das weißt du, oder?«

Die Schatten schienen länger zu werden.

*Aber kenne ich mich noch selbst?*

Diana entschied, dass sie jetzt doch Sex wollte. Sie zog die andere Frau zu sich heran, küsste sie innig und schob dann die Hand zwischen Julies Schenkel.

Es herrschte noch Zwielicht, als Diana am nächsten Morgen durch die Straßen Berlins fuhr, und ein dünner Nebel waberte über den Kanälen der Spree. Der Anruf der Zentrale hatte die Kommissarin unerwartet erreicht, denn sie hatte über den Ereignissen des vergangenen Tages vollkommen vergessen, dass sie noch zum Bereitschaftsdienst eingetragen war. Aber Pflicht war Pflicht, und ein Becher heißer Kaffee weckte während der Fahrt in ausreichendem Maße ihre Lebensgeister. So war Dianas Verstand gut fokussiert, als sie in die Straße im eher hochklassigen Viertel Grunewald einbog, in der sich der Tatort befand.

Hier reihten sich fast ausschließlich Einfamilienhäuser aneinander, oft mit großen, grünen Gärten. Das Grundstück, vor dem die Wagen von Polizei und Spurensicherung parkten, war etwas kleiner, und auch das Haus keine alte Villa, sondern ein moderner Neubau. Seine Besitzer mussten dennoch zu den einkommensstärkeren Berlinern zählen. Die Kommissarin wusste zu diesem Zeitpunkt nur, dass das Mordopfer Armin Wiegand hieß, hatte aber noch keine weiteren Informationen zu dem Mann erhalten.

Ein Polizist winkte Diana zu einem freien Stellplatz auf der abgesperrten Straße vor dem Haus. Die Kommissarin stieg aus und sah sich nach einem Ansprechpartner um. Diesen fand sie in Gestalt von Peter Götte, einem Mitarbeiter der Spurensicherung, der sich aktuell im Vorgarten des Grundstücks aufhielt. Er war genau wie Diana erst Mitte dreißig, jedoch ein sehr erfahrener und respektierter

Fachmann, mit dem die Kommissarin bereits bei früheren Fällen erfolgreich zusammengearbeitet hatte.

Auf der gepflasterten Garagenzufahrt war ein offenes Zelt errichtet worden, das vor allem als vorübergehender Sammelplatz für Personal und Fundstücke diente. Diana ging hinüber und grüßte ihren Kollegen, der wie alle anderen Mitarbeiter seines Teams weiße Schutzkleidung trug, um jegliche Verunreinigung des Tatorts zu vermeiden.

»Hallo, Peter«, begann sie. »Wie schön, ein vertrautes Gesicht hier zu sehen.«

Der Angesprochene lächelte, wirkte aber dennoch angespannt.

»Diana«, erwiderte er. »Gut, dass du heute dran bist.«

»Warum?«, erkundigte sich die Kommissarin, nun selbst eine plötzliche Beklommenheit spürend ob der ungewohnten Verunsicherung im Blick ihres Kollegen.

»Weil das hier …« Peter Götte brach ab und schüttelte den Kopf. »Ich zeige es dir am besten direkt. Zieh dir etwas über.«

Er deutete auf einen Tisch unter dem Zelt, auf dem Schutzkleidung bereitlag. Diana zog ihre Schuhe aus, wählte einen Anzug in der passenden Größe und begann, hineinzuschlüpfen. Gleichzeitig setzte sie sich mit der Situation auseinander. Was war hier geschehen, dass ein gestandener Forensiker wie Peter so fassungslos wirkte? Zunächst einmal musste sie mehr über das Opfer erfahren.

»Wer war Wiegand?«, erkundigte sich die Kommissarin, während sie ihre Arme in den Schutzanzug bugsierte.

»Ein ranghoher Politiker«, kam die Antwort. »Staatssekretär im Bundesministerium für Verkehr. Soweit ich verstanden habe, praktisch der zweite Mann unter dem Verkehrsminister.«

Das hörte sich nach einem einflussreichen Opfer an, und es hob den Fall augenblicklich auf eine andere Ebene als die vergangenen Morde, mit denen sich Diana beschäftigt hatte. Die letzte Ermittlung, die mit einem Toten von hohem Profil begonnen hatte, war die Mordserie in Rom gewesen. Und allein der Gedanke daran ließ die Kommissarin erschaudern.

Sie schloss den Reißverschluss des Anzugs und drapierte die Kapuze über ihr Haar, zog dann ihre Schuhe wieder an und griff sich ein Paar blauer Überzieher. Götte tat es ihr gleich und ging voraus in Richtung der Eingangstür.

»Wer hat die Leiche gefunden?«, fragte Diana.

»Wiegands Ehefrau«, entgegnete der Forensiker. »Sie ist wohl in der Nacht vorzeitig aus dem Urlaub an der Ostsee gekommen. Mehr wissen wir aktuell noch nicht. Im Moment wird sie psychologisch behandelt, sie stand unter Schock.«

Die beiden Polizeibeamten stoppten an der offenen Haustür, um sich die Überzieher über ihre Schuhe zu streifen. Diana fiel auf, dass es an der Tür keine Markierungen der Spurensicherung gab.

»Wissen wir schon, wie der Täter ins Haus gekommen ist?«, erkundigte sie sich daher, als sie den Flur betraten. Götte drehte sich um und lieferte ihr eine weitere überraschende Erkenntnis.

»Die Täter, Plural.«

»Es gibt Spuren?«

»Fußabdrücke auf dem Rasen. Aber keine verwertbaren.«

Sie erreichten die Hintertür, die ebenfalls offen stand. Der Forensiker deutete auf das Schloss.

»Es wurde mit einem Elektropick oder einer Pickpistole geöffnet«, erläuterte er. »Absolut saubere Arbeit. Vorher haben sie vom Garten aus die Stromversorgung der Alarmanlage außer Betrieb gesetzt.«

Götte machte einen Schritt hinaus auf die überdachte Veranda. Diana folgte ihm und bemerkte unmittelbar die markierten Fußabdrücke auf dem noch leicht feuchten Rasen des hinteren Gartens. Sie stammten in der Tat von zwei Personen, zeigten aber keinerlei Profil.

»Abgeschliffene Sohlen?«, folgerte die Kommissarin.

»Richtig«, erwiderte Götte. »Sehr wahrscheinlich zwei Männer, der eine leicht schwerer als der andere. Und jetzt pass auf.«

Der Forensiker zeigte auf den Übergang zwischen Rasen, Veranda und Hintertür.

»Sie mussten ein Stück durchs Gras gehen, und da es gestern Abend längere Zeit genieselt hat, konnten sie nicht vermeiden, Fußspuren zu hinterlassen«, rekonstruierte er das Vorgehen der Täter. »Darum haben sie präparierte Schuhe getragen. Und dann müssen sie sich an der Hintertür jeweils ein Paar Überzieher angezogen haben, genau wie wir sie gerade tragen. Denn im Haus gibt es keinerlei Spuren von Erde oder Grassoden.«

Während sie den Worten ihres Kollegen zuhörte, merkte Diana, wie sich langsam eine leichte Gänsehaut auf ihre Arme stahl. Und sie begann zu verstehen, warum Götte so beunruhigt schien. Die Mörder waren Profis gewesen, die genau wussten, was sie taten, und die eiskalt vorgingen. In Anbetracht der Tatsache, dass Wiegand ein Politiker gewesen war – hatten sie es hier mit einem geplanten Attentat zu tun?

»Wo ist die Leiche?«, erkundigte sich die Kommissarin.

»Im Arbeitszimmer«, entgegnete Götte. »Komm mit.«

Er ging zurück in den Flur und führte Diana von dort zunächst in Wiegands geräumiges, helles Wohnzimmer. Zwei Mitglieder der Spurensicherung dokumentierten hier mit Kamera und Listen die vorgefundenen Gegenstände. Der Raum war modern eingerichtet, mit einer großen beigen Couch, einem Glastisch und farbenfrohen abstrakten Bildern. An einer Wand prangte zudem ein großer Flachbildschirm, unter dem sich eine edle Stereoanlage befand. Auf dem Boden lagen einige Spielsachen verstreut – Wiegand hatte also Kinder. Ansonsten aber wirkte alles perfekt aufgeräumt. Sogar die Fernbedienungen für Fernseher und Musikanlage ruhten säuberlich aufgereiht auf einem Beistelltisch. Bisher deutete nichts an diesem Tatort auf einen Kampf oder Gewaltanwendung hin.

Bevor die Kommissarin eine weitere Folgefrage stellen konnte, wurde ihre Aufmerksamkeit abgelenkt. Sie hatten das Arbeitszimmer betreten, das etwas kleiner war als das Wohnzimmer und von drei Fenstern erhellt wurde. Auch in diesem Raum waren zwei Mitglieder der Spurensicherung bereits bei der Arbeit, in diesem Fall mit der Untersuchung des Raumes auf Fingerabdrücke und DNA-Spuren. Aber all das bemerkte Diana vorerst nur peripher. Ihr Blick galt in diesem Moment allein der Leiche.

Wiegand lag in der Mitte des Zimmers auf dem Boden, mit angezogenen Beinen fast einem Fötus gleich. Um seinen Kopf kontrastierte eine rote Lache mit dem weißen

Teppich – eine Lache aus Blut, Gehirnmasse und Schädelstücken. Die Todesursache war offensichtlich: Man hatte ihm von hinten in den Kopf geschossen. Die Nickelbrille des Mannes, der eher klein und schlank gewesen war, lag ebenfalls in der blutigen Pfütze.

Diana erschauderte. Sicher, sie hatte schon Mordopfer gesehen, die wesentlich übler zugerichtet gewesen waren. Aber dieser Anblick weckte einmal mehr abrupt und durchdringend diese unverändert schmerzvolle Erinnerung in ihr, an die alte römische Stadtmauer und zu ihren Füßen den Körper Alessandras …

Die Kommissarin wischte den unheilvollen Gedanken beiseite, konzentrierte sich auf die Gegenwart und lenkte ihren Blick hinauf zu Götte.

»Ein einziger Schuss in den Kopf?«, fragte sie zur Sicherheit nach.

»Ja, aus kurzer Distanz«, erwiderte der Forensiker und gab im selben Atemzug die Antwort auf die nächste relevante Frage. »Der Todeszeitpunkt dürfte etwa gegen acht oder neun Uhr gestern Abend liegen. Genaueres kann ich dir nach der Autopsie sagen.«

Diana sah sich im Raum um. Auch hier war die Einrichtung eher neutral, mit wiederum abstrakter Kunst an den Wänden. Wiegands Schreibtisch war ebenfalls modern, mit einer Platte aus milchigem Glas, darauf einem großen Computer mit zwei Bildschirmen. Die einzigen beiden etwas altertümlichen Details, die Diana auf den ersten Blick auffielen, waren ein schwarzer Füller mit goldenem Rand sowie ein klassischer Notizblock aus liniertem Papier, auf dem jedoch keine Aufzeichnungen erkennbar waren. Ansonsten wirkte auch hier im Arbeitszimmer alles perfekt aufgeräumt.

»Wurde irgendetwas gestohlen?«, hakte die Kommissarin bei Götte nach. Der Angesprochene grinste knapp und befeuerte damit augenblicklich Dianas Neugier.

»Sehr wahrscheinlich zwei Dinge«, vermeldete er, bedeutete dann Diana mit einem Winken seiner rechten Hand, hinter den Schreibtisch zu treten. Die Kommissarin tat, wie ihr geheißen – und erblickte den geöffneten Bodentresor unter einer zur Seite geschobenen Diele. Diana kniete sich hin und schaute in den schmalen Spalt. Sie konnte ein Bündel Bargeld erkennen, zudem einige Schmuckstücke, mehr nicht. Was fehlte?

»Wissen wir, was entwendet wurde?«

Götte schüttelte den Kopf.

»Das könnte uns bestenfalls die Ehefrau sagen«, erwiderte er. Diana nickte.

»Das Geld und der Schmuck hätten ihnen nicht gleichgültiger sein können«, hielt sie fest.

»Aber dafür war ihnen etwas anderes wichtig.«

Götte kniete sich neben Diana und deutete auf den Computer-Tower, der sich unter dem Schreibtisch befand. Eine einzelne Schraube lag auf dem Läufer daneben, bereits markiert mit einer Nummer.

»Wir haben es nur wegen der fehlenden Schraube bemerkt«, leitete Götte ein, bevor er die Rückwand des Towers abnahm. Diana sah in das Innere, wusste aber zunächst nicht zu sagen, was sie hier erkennen sollte, und warf ihrem Kollegen einen fragenden Blick zu.

»Die Festplatte fehlt«, erklärte der Forensiker. »Und falls es hier sonst noch irgendetwas an mobilen Datenträgern gab, dann haben sie auch die mitgenommen. Wir haben im ganzen Haus bisher keine gefunden.«

Diana stand auf, atmete tief ein. Langsam formten die Details, die sie in den letzten Minuten gesehen und erfahren hatte, ein zusammenhängendes Bild – und es war ein überaus beängstigendes.

»Also haben wir zwei Täter«, begann die Kommissarin ihre Gedanken in Worte zu fassen. »Zwei Profis, die genau wissen, wie man in ein Haus einbricht, ohne Spuren zu hinterlassen. Sie öffnen die Hintertür …«

Diana brach ab und schaute zu Götte, der ebenfalls wieder aufgestanden war.

»Kam Wiegand von der Arbeit?«, fragte sie nach.

»Das wissen wir noch nicht genau. Aber wahrscheinlich schon.«

Diana nahm die Aussage zur Kenntnis und spann ihre Theorie entsprechend weiter.

»Auf jeden Fall wäre Wiegand um die Tatzeit herum noch wach gewesen. Aber Profis würden nicht riskieren, bemerkt zu werden, während sie in ein Haus einbrechen. Nein – ich könnte wetten, sie waren schon da. Sie haben auf Wiegand gewartet. Und als er zurückkam …« Der Blick der Kommissarin streifte den Tresor und den Computer. »Sie haben ihn gezwungen, die Dinge auszuhändigen, wegen denen sie gekommen sind. Daten, Unterlagen, was auch immer. Und dann haben sie ihn in der Mitte des Zimmers hinknien lassen und ihm in den Kopf geschossen. Das hier war eine Hinrichtung.«

Der Gerichtsmediziner nickte.

»Kannst du mich jetzt verstehen, wenn ich dir sage, dass ich so einen Mord bisher noch nicht gesehen habe?«

Götte schaute sich um, schüttelte leicht hilflos wirkend den Kopf.

»Weißt du, wenn wir in Kolumbien wären, würde ich denken, hier hat ein Kartell eines seiner Killerkommandos losgeschickt. Aber wir leben in Deutschland. Wer begeht hier eine solche Tat?«

Die Gänsehaut bedeckte in diesem Moment Dianas gesamten Körper, und in ihren Ohren glaubte sie einen Moment lang ein fernes Echo zu hören: Das Rauschen des Meeres, gepaart mit dem harten Rattern von Maschinengewehrsalven.

Eine junge Polizistin betrat den Raum und riss Diana aus ihrem düsteren Gedankengang.

»Frau Kommissarin«, wandte sich die Beamtin an sie. »Wir haben draußen eine Zeugin.«

»Ich komme.«

Diana war heilfroh, den bedrückenden Tatort verlassen zu können. Götte begleitete sie bis zur Eingangstür, verweilte dann aber dort.

»Wir untersuchen weiter das Haus«, sagte er. »Wenn du noch Fragen hast, kannst du mich später im Labor anrufen.«

»So machen wir es«, erwiderte Diana. Ihr Kollege musterte sie einen Moment lang mit einem Ausdruck, den die Kommissarin nicht gänzlich zuordnen konnte.

»Also wirst du den Fall übernehmen?«, fragte er schließlich. Diana war etwas irritiert.

»Natürlich«, entgegnete sie. »Warum sollte ich nicht?«

Der Forensiker sah sie noch einen Moment lang stumm an, lächelte dann aber, wenngleich den Bruchteil einer Sekunde zu abrupt.

»Das stimmt natürlich«, sagte er. »Wie ich schon sagte: Bei dir wird er in guten Händen sein.«

Er drehte sich um und ging zurück ins Gebäude. Diana sah ihm nach. *Glaubt er, dass ich nicht mehr stark genug bin?*

Die Kommissarin wandte sich der Polizistin zu, die ein paar Schritte weiter gewartet hatte.

»Wo ist die Zeugin?«, fragte Diana. Die Kollegin deutete auf die Straße.

»Draußen vorm Tor«, antwortete sie. »Eine Nachbarin. Ich stelle Sie vor.«

Beide Beamtinnen gingen auf die Straße, Diana streifte dabei zumindest die Kapuze des Schutzanzuges und die Gummihandschuhe ab. Die Zeugin war eine Frau um die sechzig, die ein etwas altmodisches hellgrünes Kostüm aus Jacke und Rock trug.

»Das ist Frau Borchert vom Haus gegenüber«, übernahm die junge Polizistin die Vorstellung. »Frau Borchert, das ist Kommissarin Brandt. Ihr können Sie sagen, was Sie gestern beobachtet haben.«

»Gestern?« Die Frau sah etwas verwirrt zwischen der Polizistin und Diana hin und her. »Gar nichts. Ach, ist es gestern passiert? Das ist ja schrecklich. Ich war abends noch mit dem Hund draußen. Aber da habe ich überhaupt nichts gehört. Nein also, der arme Herr Wiegand …«

»Kannten Sie ihn gut?«, versuchte Diana zunächst ein wenig auf die Nachbarin einzugehen.

»Nun, eher weniger«, erwiderte Frau Borchert. »Er war immer sehr beschäftigt. Aber mit seiner Frau habe ich mich öfter unterhalten. Wir gärtnern beide gern, wissen Sie?«

»Ich verstehe«, kommentierte Diana freundlich, bevor

sie das Gespräch wieder in eine relevante Richtung lenkte. »Und wann haben Sie denn nun etwas Auffälliges beobachtet?«

»Also ich weiß nicht, ob ich es als auffällig bezeichnen würde …«

»Jedes noch so kleine Detail kann hilfreich sein.«

Frau Borchert straffte ihre Haltung.

»Nun, es war vorgestern. Vorgestern Abend, so gegen neun. Da war ich auch noch mal mit dem Hund draußen, ja? Und als ich zurückkam, hat gerade ein Mann das Haus der Wiegands verlassen.«

»Ein Fremder?«, hakte Diana nach. Frau Borchert nickte eifrig.

»Ja«, erwiderte sie. »Und ich bin mir sicher, es war ein Ausländer.«

»Woraus schließen Sie das?«

»Also er hatte lockige schwarze Haare. Und sehr braune Haut. Das habe ich genau gesehen.«

»Könnten Sie ihn näher beschreiben?«

»Ich habe ein sehr gutes Gedächtnis für Gesichter.« Frau Borchert schaute stolz zu den beiden Polizistinnen. »Ich kann ihnen bestimmt dabei helfen, so ein … na, so ein Phantombild zu zeichnen.«

Diana war etwas unsicher, inwieweit sie den Beobachtungen der Nachbarin trauen konnte, aber potenziell war die Spur interessant.

»Hatte der Mann etwas bei sich?«, erkundigte sie sich. Frau Borchert überlegte kurz.

»So eine größere Umhängetasche, aus Leder«, antwortete sie dann.

»Und stieg er in ein Auto?«

»Nein. Er ging dort die Straße hinunter.« Die Nachbarin deutete nach rechts. »Aber ein Stück weiter ist ein Taxistand. Vielleicht wollte er ja dorthin?«

Diana nickte anerkennend.

»Vielen Dank, Frau Borchert«, sagte sie. »Das könnte in der Tat sehr hilfreich sein.«

Die ältere Frau wirkte leicht unsicher, leckte sich einmal über ihre etwas zu stark geschminkten Lippen, beugte sich dann verschwörerisch zu der Kommissarin vor.

»Glauben Sie, das war der Mörder?«

Diana versuchte sich an einem neutralen Lächeln.

»Das ist recht unwahrscheinlich«, erwiderte sie knapp. »Ich würde Sie jetzt gern meiner Kollegin hier anvertrauen. Sie wird sich darum kümmern, dass ein Phantombildzeichner mit Ihnen in Kontakt tritt.«

»Kommen Sie, Frau Borchert«, sagte die junge Polizistin und führte dann die Zeugin in Richtung eines nahestehenden Einsatzwagens.

Diana blieb allein zurück und versuchte ihre Gedanken zu sammeln. Sie ging zu ihrem Auto, öffnete die Beifahrertür, setzte sich auf den Sitz und entledigte sich des Schutzanzuges. Dann rollte sie sich eine Zigarette, deren erste Züge sie in diesem Moment zutiefst genoss. Es war noch nicht absehbar, worum genau es bei dem Mord an Armin Wiegand ging. Aber eines war schon jetzt klar: Dieser Fall war kein alltägliches Tötungsdelikt. Es waren Leute involviert, die einflussreich genug waren, um zwei professionelle Killer loszuschicken. Das machte ihr Angst – aber gerade deshalb musste sie die Ermittlung übernehmen. Hier würde sie sich beweisen können, dass niemand jenseits der Gerechtigkeit stand. Und dann – vielleicht, endlich – würden die Schatten Roms keine Macht mehr über sie haben.

Dianas Augen folgten den Mustern im roten Holz des antiken Schreibtisches. Zwei bräunliche Ovale, ein Stück daneben dann ein Wechselspiel von hellerer und dunklerer Farbe, an ein flackerndes Feuer erinnernd. Mehrere längere Streifen begannen auf der Tischplatte, um sich dann an den Seiten fortzusetzen, und umrahmten die dortigen Intarsienarbeiten. Diana betrachtete kurz die Schnitzerei eines Vogels auf einem Ast; ein Stück seines Flügels war irgendwann abgesplittert.

Die Kommissarin zog an ihrer Zigarette, ließ dann die aufgerauchte Spitze in den halb vollen Aschenbecher fallen.

Der Schreibtisch passte zu Ulbricht. Er war ein Relikt aus einer anderen Zeit, aber trotzdem erfüllte er seinen Zweck, und all die Kerben und Bruchstellen gaben ihm seinen unverwechselbaren Charakter, erzählten von vielen Jahren des Diensttuns.

Der Rest des Büros war sehr zweckmäßig eingerichtet, mit einigen Aktenschränken und einer zusätzlichen Sitzgruppe für Besucher. Das einzige Detail, das einem unwissenden Betrachter als Luxus hätte erscheinen können, waren die beiden Telefone, die auf verschiedenen Seiten des Schreibtisches standen. Ulbricht war kein Freund von Überflüssigem, weder bei Dingen noch bei Menschen. Präzise, unverfälscht und direkt, so mochte es der Polizeipräsident. Eben darauf fußten auch die Ehrlichkeit und die Loyalität, die er all jenen Menschen zuteilwerden ließ, die sie auf gleiche Art zu erwidern wussten.

Die Tür in Dianas Rücken öffnete sich und Ulbricht kam zurück in den Raum. Er hatte ihn unmittelbar nach ihrer Begrüßung verlassen müssen, und Dianas Anspannung war in der Zwischenzeit nicht geringer geworden.

»Entschuldigen Sie die Warterei«, sagte der Polizeichef bereits, als er sich noch in ihrem Rücken befand. »Manche Dinge sind halt umständlich, wenn man so weit weg vom Puls ist.«

»Kein Problem, Chef«, erwiderte Diana und schmunzelte kurz. Ulbricht hatte seine Dienstkarriere noch in der DDR begonnen und nie einen Hehl daraus gemacht, dass es in seinen Augen nur einen sinnvollen Standort für das Polizeipräsidium geben konnte, nämlich die ursprüngliche Adresse auf der Keibelstraße nahe am Alexanderplatz. Die nach der Wende gewählte neue Örtlichkeit am mittlerweile stillgelegten Flughafen Tempelhof war ihm viel zu weit entfernt vom Zentrum oder, wie er es nannte, »dem Puls der Stadt«. Ulbricht schätzte das Althergebrachte – solange es für die Ausübung seines Jobs einen Sinn und einen Wert hatte.

Der Polizeipräsident stoppte auf der anderen Seite des Schreibtisches, drehte sich zu Diana und musterte sie einen Moment lang. Die Kommissarin wich dem Blick nicht aus, betrachtete ihrerseits ihren Vorgesetzten. Ulbricht war Ende fünfzig, kräftig gebaut, mit klaren blauen Augen, einer hohen Stirn und kurz geschnittenem braunem Haar, das zunehmend ergraute. Auch die Falten in seinem Gesicht hatten zugenommen – besonders seit dem Terroranschlag vor einigen Jahren, dessen dramatisches Nachspiel er sich bis heute vorwarf.

In diesem Moment lag im Blick des Polizeichefs eine Mischung aus Sorge, Neugier und Strenge. Diana konnte sich Gründe für alle drei Faktoren denken.

»Wie geht es Ihnen?«, fragte Ulbricht schließlich, mit dem Aspekt beginnend, der ihm glücklicherweise am meisten am Herzen lag.

»Gut«, erwiderte die Kommissarin. »Danke der Nachfrage. Aber hören Sie, der Mord an Wiegand …«

Der Polizeichef unterbrach sie, indem er mit einer kurzen, wohlbemessenen Geste die Hand hob. Diana musste widerwillig zurückrudern. Ulbricht zog seine Jacke aus und drapierte sie über die Rückenlehne seines Stuhles.

»Bei Ihren letzten drei Fällen gab es keine Komplikationen«, fuhr er dabei fort. »Gestern befanden Sie sich in Lebensgefahr.« Sein Blick kreuzte wieder den ihren. »Zum ersten Mal seit Rom.«

Diana nickte, um eine neutrale Reaktion bemüht. Sie hatte gehofft, das Thema zumindest vorübergehend aufschieben zu können. *Und du nennst Julie naiv …*

Ulbricht nahm ihr gegenüber Platz.

»Wie fühlten Sie sich dabei?«, hakte er nach.

»Ich war mir sicher, dass Zander mir nichts tun würde.«

Der Polizeipräsident schüttelte kurz, aber entschieden den Kopf.

»Dessen kann man sich nie vollkommen sicher sein, und Sie sind erfahren genug, um das zu wissen«, kassierte er ihren Bluff mit entwaffnender Direktheit. »Trotzdem haben Sie sich dem Risiko ausgesetzt. Aus Ihrer Sicht freiwillig, aus Deichmanns Sicht fahrlässig. Warum?«

Diana nahm einen letzten Zug von ihrer Zigarette, drückte diese dann im Aschenbecher aus.

»Ich bin meinem Instinkt gefolgt, um Leben zu retten«, erwiderte sie.

»Ich vertraue Ihrem Instinkt.« Ulbricht entspannte die Situation mit einem milden Lächeln. »Und das Ergebnis spricht wieder einmal für Sie.«

»Auch die Umstände?«, fragte Diana vorsichtig. Ihr Vorgesetzter trommelte kurz mit den Fingern auf dem roten Holz.

»Es war gegen alle Vorschriften«, hielt er schließlich fest – erneut sachlich, ohne Vorwurf in seiner Stimme. »Und es hätte schiefgehen können. Das kann ich nicht komplett übersehen.«

»Also werden Sie Deichmann sein Disziplinarverfahren geben?«

Ulbricht legte die Stirn in Falten, ein klares Signal an Diana, dass er ihre Formulierung missbilligte.

»Ich gebe *Ihnen* damit die Gelegenheit, die Sache sauber abzuschließen«, korrigierte er sie, ruhig und souverän, aber gleichzeitig unmissverständlich. Diana nickte, Akzeptanz demonstrierend.

»Womit muss ich rechnen?«, erkundigte sie sich.

»Einige Monate Kürzung der Dienstbezüge.«

»Damit kann ich leben.«

»Und einer erneuten Einschätzung durch einen Polizeipsychologen.«

Diana hielt die Luft an – nur für den Bruchteil einer Sekunde, aber Ulbricht war ein exzellenter Beobachter und kannte sie gut genug, um den kurzen Bruch in ihrer Contenance zu bemerken. »Mir ist klar, dass Ihnen das nicht gefällt«, hielt er die Tatsachen fest. »Aber da müssen Sie durch.«

Diana befeuchtete sich kurz die Lippen. »Wird es dieselbe Psychologin sein wie beim letzten Mal?«

Ulbricht faltete seine Hände ineinander und legte suggestiv den Kopf leicht schief. »Was denken Sie?«

Die Kommissarin senkte den Blick, damit ihr Vorgesetzter sowohl ihr Schuldbewusstsein als auch ihre Erleichterung nicht allzu deutlich sehen konnte.

»Doktor Färber ist ein männlicher Kollege«, bestätigte der Polizeichef ihre Annahme, dass es sich um einen neuen Therapeuten handelte. »Sehr kompetent. Ich habe selbst schon mit ihm gearbeitet.«

»Er konnte Ihnen helfen?«

Hier nun pausierte Ulbricht kurz, hielt dabei aber Dianas Blick stand.

»Ja«, entgegnete er schließlich. Es war die Wahrheit, denn Ulbricht würde sie nie belügen; aber es fehlte auch sehr bewusst jede genauere Aussage über den Umfang dieser Hilfe. Sie hatten nie darüber gesprochen, aber Diana war klar, wie stark die Vorwürfe sein mussten, die sich Ulbricht wegen den Ereignissen nach dem Anschlag machte. Und wie schwer eine solche Bürde auf einem Menschen lasten konnte, der trotz aller gegenteiligen Erfahrungen noch daran glauben wollte, auf dieser Welt etwas Gutes bewirken zu können.

»Dann werde ich mit ihm reden«, stimmte die Kommissarin zu, versuchte sich dann erneut an einem Übergang zu dem Thema, das ihr tatsächlich am Herzen lag. »Jedenfalls, was nun den Fall Wiegand angeht …«

Doch erneut bremste Ulbricht sie aus, diesmal, indem er ihr tief in die Augen sah und sie direkt unterbrach.

»Diana?«, hakte er nach.

»Ja?«

»Ich erwarte, dass Sie mit dem Psychologen auch kooperieren.«

Verdammt, dachte die Kommissarin. *Er hat die Nuance erkannt.*

Auch Diana hätte ihren Vorgesetzten niemals belogen. Dafür respektierte sie ihn viel zu sehr. Aber genauso wenig wollte – oder konnte – sie ihm alles anvertrauen, was in ihr vorging. Somit wählte sie den Weg der größtmöglichen Ehrlichkeit.

»Ich werde offen in das Gespräch gehen«, versprach sie.

»Aber Sie müssen es diesmal auch bleiben«, hielt Ulbricht gegen, und es war nicht nur die Weisung eines Vorgesetzten, sondern auch die Bitte eines Freundes. »Das Ergebnis darf nicht wieder so ausfallen wie beim letzten Mal.«

»Sie haben mir das Resultat nie mitgeteilt.«

»Es hätte niemandem etwas gebracht, es offiziell zu machen.«

*Wieder etwas, wofür ich ihm dankbar sein muss.*

»Und unter uns?«

»In der abschließenden Einschätzung hat die Psychologin Sie als offen antagonistisch beschrieben.«

In der Kommissarin glomm ein Funken Wut auf.

»Sie hätte vielleicht auch erwähnen sollen, wie unsensibel sie selbst war.«

»Sie hat ihren Job gemacht. Und im Gegenzug haben Sie ihr nahegelegt, sie könne Sie am Arsch lecken.«

Diana musste unwillkürlich lachen. Den Satz in dieser Form von Ulbricht zu hören, war zu überraschend. Doch das Gesicht ihres Vorgesetzten blieb bitterernst.

»Das ist kein Spiel, Diana. Wenn die Frau bei Ihnen einen wunden Punkt findet, dann kann ich von Ihnen erwarten, dass Sie sich bei genau diesem Punkt auch helfen lassen – bevor er Sie in Ihrer Arbeit behindert. Ich vertraue Ihnen. Aber das heißt nicht, dass dieses Vertrauen keine Grenzen hat. Oder dass Sie es sich nicht zumindest ab und zu aufs Neue verdienen müssen.«

Diana wusste, dass es jetzt galt, gegenzusteuern, und dementsprechend fixierte sie ihren Vorgesetzten diesmal offen konfrontativ.

»Habe ich das gestern nicht getan?«, fragte sie. Und erzielte den gewünschten Erfolg. Ulbricht bewegte sich nicht, aber die Kommissarin bemerkte trotzdem, wie er innerlich leicht zurückruderte. Der Polizeichef hielt den Blickkontakt noch einen Moment lang, nickte schließlich und atmete aus.

»Also gut«, erwiderte er. »Dann zum Mordfall Wiegand.«

*Endlich.* Diana fiel ein Stein vom Herzen.

»Wie ist Ihr Eindruck?«, erkundigte sich Ulbricht.

»Es war eine professionelle Exekution.«

»Könnte es ein politisches Attentat sein?«

»Das kann ich noch nicht sicher sagen. Auf jeden Fall haben die Mörder etwas mitgenommen – wahrscheinlich Unterlagen. Als Allererstes muss ich mit der Ehefrau reden.«

Ulbricht stapelte beide Hände unter seinem Kinn und betrachtete Diana.

»Sie wollen den Fall?«, fragte er.

»Natürlich«, erwiderte die Kommissarin, die sich in diesem Moment unangenehm an Göttes doppeldeutiges Nachhaken einige Stunden zuvor erinnert fühlte.

Ulbricht stand auf, machte ein paar Schritte in Richtung Fenster und sah hinaus auf den angrenzenden Park.

»Seien wir ehrlich«, sagte er. »Ihre letzten Fälle waren kleine Fische. Und mir ist klar, dass Ihnen genau das gutgetan hat. Dieser Mord spielt wahrscheinlich in einer ganz anderen Liga. Er könnte ähnliche Ausmaße haben wie damals die Sache in Rom.« Der Polizeichef drehte sich zurück zu Diana. »Sind Sie bereit dafür?«

*Bin ich das?* Diana wusste, dass sie es sein wollte. Und gleichzeitig spürte sie Furcht, schreckliche Furcht, gleich einer kalten Klaue um ihr Herz, vor der entscheidenden Frage: *Was wird mit mir geschehen, wenn ich wieder scheitere?*

Die Kommissarin konnte in diesem Moment nur ehrlich sein. »Ich brauche den Fall«, entgegnete sie, den Augenkontakt mit Ulbricht haltend, ohne zu schwanken. »Gerade, weil er wichtig sein könnte. Und ich bitte Sie, ihn bei mir zu lassen. Gerade, weil Sie besser verstehen als jeder andere, wie wichtig der Glaube an Gerechtigkeit ist.«

Für den Bruchteil einer Sekunde flackerte größte Verletzlichkeit in den Pupillen des Polizeichefs, dessen Blick sonst so klar und fest war, genau wie er selbst stets gleich einem Fels in der Brandung schien. Diana war eine von wenigen, die Ulbricht nahe genug standen, um zu wissen, wie sehr die Tragik von allzu vielen Fehlschlägen diesen Felsen bereits untergraben hatte.

Der Polizeipräsident straffte sich, zog seine Weste gerade und nickte.

»Also gut«, sagte er. »Dann ist es Ihr Fall. Stellen Sie ein Team zusammen.«

»Danke«, erwiderte Diana, bevor sie die Frage stellte, die ihr nun schon mehrere Minuten auf der Seele brannte.

»Und jetzt sagen Sie mir bitte, warum dieser Fall Ihnen Angst macht.«

Der Polizeipräsident nickte anerkennend.

»Wir kennen uns wirklich gut«, hielt er fest, bestätigte damit der Kommissarin, dass sie die Anspannung in seiner Haltung und seinem Tonfall richtig interpretiert hatte. Ulbricht trat zurück hinter seinen Schreibtisch, allerdings ohne sich zu setzen. Stattdessen deutete er mit der Hand auf die beiden Telefone.

»Sie wissen, warum ich zwei davon habe?«

»Eines für den Dienst und eines für die Politiker, richtig?«

»Genau. Es hilft, zu unterscheiden.«

»Zwischen dem Job, den Sie gerne machen, und den Pflichten, um die Sie nicht herumkommen?«

Ulbricht musste kurz lächeln.

»Zumindest meistens«, entgegnete er. Und dann wurde sein Ausdruck todernst.

»Das hier ist das Telefon für die Anrufe von oben«, sagte er, dabei auf den Apparat zu seiner Linken zeigend. »Und normalerweise klingelt es sehr oft, wenn ein Fall eine politische Komponente hat. Damals … bei dem Anschlag … hat es pausenlos geläutet. Und auch bei einem möglichen Attentat wie dem Mord an Wiegand sollte es das tun.«

Diana überkam ein zunehmend mulmiges Gefühl. Denn die Frequenz von Ulbrichts Stimme gefiel ihr ganz und gar nicht.

»Wissen Sie, wie oft dieses Telefon heute schon geklingelt hat?«, fragte ihr Vorgesetzter. Und die Kommissarin formulierte die Antwort nur aus Höflichkeit mit einem Fragezeichen.

»Kein einziges Mal?«

Ulbricht nickte und nahm dann wieder Platz.

»Niemand hat angerufen. Keine Parteifreunde, keine Kollegen aus seinem Ministerium. Es ist, als würde kein Mensch aus der politischen Arena eingestehen wollen, Wiegand auch nur gekannt zu haben.«

Dianas Gedanken rasten. Womit zur Hölle hatten sie es hier zu tun? Und dann fiel ihr unmittelbar eine der möglichen Konsequenzen ein.

»Was ist mit meiner Anfrage, mit Wiegands Vorgesetztem zu sprechen?«

»Die habe ich bereits weitergeleitet«, kam Ulbrichts trockene Erwiderung. »Und der Verkehrsminister hat sie abgelehnt.«

Diana konnte nicht glauben, was sie gerade gehört hatte.

»Ohne Begründung?«, fragte sie mit einer Hilflosigkeit, die sie augenblicklich anwiderte.

»Er ist uns keine schuldig.« Der Polizeipräsident lächelte bitter. »Sie wissen, dass wir niemanden zwingen können, ohne Verdacht mit uns zu reden.«

Diana spürte sowohl Frustration als auch Beklemmung. Gerade noch war sie überzeugt gewesen, dass dieser Fall ihr den unbedingten Glauben an ihre Berufung zurückbringen könnte, den sie vor knapp zwei Jahren nahezu verloren hatte. Nun aber schien es plötzlich, als würde bis zum Erreichen dieses Ziels noch ein sehr langer und steiniger Weg vor ihr liegen.

Die Tasse Kaffee, an der Diana nippte, war bereits ihre dritte. Sie hatte die Nacht zuvor nur wenig und unruhig geschlafen. Zum einen beschäftigten sie die vielen offenen Fragen bezüglich des Mordes. Aus dem Verkehrsministerium hatte sie zumindest schriftlich weitere Informationen zu Armin Wiegands Arbeitsbereich erhalten. Als Staatssekretär war er für die Bereiche Fernstraßen, Schifffahrt und Eisenbahnen zuständig gewesen. In den letzten Monaten hatte er an einer großen Anzahl von Projekten mitgewirkt – darunter ein Finanzplan für die Modernisierung des Hamburger Hafens, Bauanträge für Autobahntunnel, die Organisation von Testfahrten auf einem neuen Streckenabschnitt der Bahn, ein Umweltgutachten für eine in Planung befindliche Bundesstraße. Bis auf das letztere Vorhaben, das aufgrund seiner Nähe zu einem Naturschutzgebiet für Kontroversen sorgte, hatte keine von Wiegands jüngsten Tätigkeiten politische Brisanz. Und ganz sicher boten sie kein offensichtliches Motiv für einen Mord.

Trotzdem war sich Diana sicher, dass der Grund hier zu suchen war und nicht im privaten Bereich. Die Professionalität der Tat, die Zurückhaltung der Politik, die Verweigerung eines persönlichen Treffens durch den Minister – all das deutete stark darauf hin, dass Wiegand in eine dienstliche Affäre größeren Ausmaßes verwickelt gewesen war. Und diese Faktoren waren gleichzeitig der zweite Grund, weshalb Diana so schlecht geschlafen hatte. Im Moment rannte sie permanent gegen Mauern und fühlte sich entsprechend ohnmächtig – ein Gefühl, das sie mehr hasste als jedes andere. Es war Zeit, die Mauern einzureißen. Und den ersten Schritt konnte sie vielleicht hier und jetzt tun.

Die Kommissarin trat zurück vom Fenster ihres Büros, setzte sich an den Schreibtisch und stellte die halb leere Kaffeetasse ab. Der Raum war recht klein und größtenteils gefüllt mit Akten. Private Gegenstände gab es nicht – an diesem Ort wären sie in Dianas Augen unpassend gewesen. Ihr gegenüber standen zwei Stühle für Besucher. Auf einem davon würde in wenigen Minuten Frida Wiegand Platz nehmen, die Ehefrau des Ermordeten. Von ihr erhoffte sich die Kommissarin einen tieferen Einblick in die Ereignisse vor der Bluttat und bestenfalls auch einen Ansatz, mit dem sie vorankommen konnte.

Sie nahm noch einmal das Protokoll zur Hand, in dem die wenigen konkreten Fakten notiert waren, die Frau Wiegand in ihren Gesprächen mit den Ermittlern vor Ort und dem Polizeipsychologen preisgegeben hatte. Die Kommissarin verinnerlichte sich zum wiederholten Male jedes Wort. Sie nahm noch einen letzten Schluck von ihrem Kaffee, der mittlerweile langsam abkühlte – und im selben Moment klopfte es auch schon.

»Herein!«, rief Diana und stand im selben Atemzug auf. Die Bürotür wurde geöffnet und Frida Wiegand betrat den Raum. Die Ehefrau des Opfers war um die vierzig, groß und schlank, mit lockigem blondem Haar. Sie trug ein elegantes schwarzes Kostüm und machte augenblicklich den Eindruck einer Frau, die nicht nur schön war, sondern auch eine Aura von Vornehmheit pflegte. Ein Umstand, der an diesem Tag von ihren vom Weinen geröteten Augen gemindert wurde und dem mit zittriger Hand aufgetragenen Lidschatten.

Diana trat auf ihren Gast zu und streckte ihr die Hand entgegen. »Frau Wiegand«, sagte sie freundlich. »Ich danke Ihnen für Ihr Kommen. Mein Name ist Diana Brandt. Ich betreue den Fall Ihres Mannes.«

Die Angesprochene schüttelte die Hand der Kommissarin und nickte als Zeichen der Kenntnisnahme, erwiderte aber zunächst nichts. Dafür betrachtete sie Diana mit einem aufmerksamen Blick, in dem sich zugleich ein gewisses Maß an Unsicherheit widerspiegelte. Die Kommissarin deutete auf die leeren Stühle.

»Bitte, nehmen Sie Platz«, forderte sie die Witwe auf. »Möchten Sie etwas trinken?«

»Ein Glas Wasser, wenn Sie so freundlich wären«, erwiderte Frau Wiegand, während sie sich setzte.

»Gerne«, sagte Diana, nahm eine Wasserflasche von einem Beistelltisch und füllte damit ein Glas, welches sie ihrem Gast reichte. Dann nahm sie auf ihrem eigenen Stuhl Platz. »Zunächst einmal möchte ich Ihnen mein aufrichtiges Beileid für Ihren Verlust aussprechen.«

»Danke.« Frau Wiegand versuchte sich an einem höflichen Lächeln, aber es gelang ihr nur eine kurze Verzerrung der Mundwinkel. Ihre emotionale Anspannung war offensichtlich, und Diana wurde klar, dass sie sehr sensibel vorgehen musste. »Mir ist bewusst, dass Sie noch sehr unter dem Eindruck der Ereignisse stehen«, begann sie vorsichtig. »Und entsprechend bin ich Ihnen wirklich dankbar für Ihr Kommen. Falls eine meiner Fragen zu schmerzvoll sein sollte, steht es Ihnen natürlich frei, sie nicht zu beantworten. Genauso kann aber jede Ihrer

Aussagen enorm dabei helfen, die Mörder Ihres Mannes zu finden.«

Die Witwe zögerte kurz, schien Dianas Worte im Kopf noch einmal durchzugehen, vielleicht einen kleinen Moment zu lange. Dann nickte sie.

»Ich werde tun, was ich kann«, erwiderte sie.

»Vielen Dank«, sagte die Kommissarin im Gegenzug. »Zunächst einmal: Sie waren zum Zeitpunkt der Tat mit Ihren beiden Kindern Ihre Eltern in Wismar besuchen, richtig?«

»Ja«, kam die ebenso prompte wie knappe Antwort.

»Seit wann?«

»Seit Dienstag.«

*Also seit zwei Tagen vor dem Mord*, ordnete Diana in Gedanken den zeitlichen Verlauf.

»Darf ich fragen, was der Grund für den Besuch war?«, näherte sich die Kommissarin langsam dem ersten kritischen Punkt.

»Mein Sohn«, entgegnete Frau Wiegand. »Er leidet an Heuschnupfen. Anfang der Woche hatte er einen besonders schweren Schub. Da es ihm am Meer besser geht, haben wir spontan beschlossen, zu meinen Eltern zu fahren.«

»Sie haben sich also Urlaub genommen?«

»Ich arbeite als freie Übersetzerin. Gerade liegt kein Auftrag vor. Also konnte ich entsprechend reagieren.«

So weit schien die Geschichte rund. Aber irgendetwas stimmte daran nicht. Oder vielmehr an der Art, wie Frau Wiegand sie erzählte. Zu schnell. In Sätzen, die ein kleinwenig zu einstudiert klangen.

»Aber Sie haben auch ihre Tochter mitgenommen«, hielt Diana fest – bewusst offen und nicht als direkte Frage formuliert. Frau Wiegand musterte die Kommissarin kurz, bevor sie antwortete.

»Ich trenne die Zwillinge ungern«, entgegnete sie. Es war eine sehr generelle Feststellung, die sich nicht widerlegen ließ, aber auch nicht wirklich erklärte, warum sie die Tochter ebenfalls aus dem Kindergarten genommen hatte. Diana entschied sich dennoch dagegen, an dieser Stelle weiter nachzuhaken – es gab zunächst noch wichtigere Fragen.

»Ich verstehe«, antwortete sie daher. »Was nun den Abend der Tat angeht: Sie haben ausgesagt, dass Sie allein nach Berlin zurückgefahren sind, weil Ihr Mann nicht ans Telefon gegangen ist. Stimmt das?«

Frau Wiegand nickte knapp.

»Warum löste diese Tatsache bei Ihnen so große Besorgnis aus?«, erkundigte sich die Kommissarin.

»Mein Mann ist sehr genau«, entgegnete Frau Wiegand, instinktiv die Gegenwartsform benutzend, was sie bemerkte und kurz innehielt, es aber nicht fertigbrachte, den Fehler zu korrigieren. Stattdessen fuhr sie mit leicht flatternder Stimme fort. »Wir … Armin und ich, wir haben jeden Abend pünktlich um halb acht telefoniert. Kurz vor Michaels und Janines Schlafenszeit, damit er ihnen noch eine gute Nacht wünschen konnte.« Eine Träne lief über die Wange der Frau. Sie wischte sie eilig beiseite.

»Möchten Sie eine kurze Pause?«, bot Diana an. Die Witwe schüttelte den Kopf.

»Es geht schon. Danke.«

Die Kommissarin überlegte kurz. Die letzte Aussage der Frau schien die Wahrheit gewesen zu sein, aber bot nicht wirklich eine zufriedenstellende Antwort auf ihre Frage.

»Was genau vermuteten Sie, als Ihr Mann nicht ans Telefon ging?«

Frau Wiegand überlegte kurz, nahm dann zum ersten Mal das Glas Wasser und trank einen Schluck. Vielleicht, um ihre Kehle zu befeuchten. Vielleicht, um Zeit zu gewinnen.

»Ich kann es nicht genau sagen«, erwiderte sie schließlich. »Ich hatte einfach ein ungutes Gefühl.«

Diese erneute ausweichende Antwort konnte Diana auf keinen Fall akzeptieren.

»Hatten Sie einen Grund, sich Sorgen um Ihren Mann zu machen?«

»Ich …« Die Witwe stockte kurz, bemühte sich dann um eine Ausstrahlung von Bestimmtheit. »Nein. Wie gesagt. Es war eine spontane Intuition.«

»Die Kinder ließen Sie bei Ihren Eltern?«

»Ja. Ich dachte, wir würden vielleicht gemeinsam … Ich konnte ja nicht ahnen …«

Wieder rannen Tränen aus Frida Wiegands Augen, aber diesmal waren sie erzwungen und genauso wenig echt wie ihre letzten Aussagen. Die Frau log, und sie war nicht gut darin. Ihre Augen flackerten, wenn sie die Unwahrheit sagte, und sie änderte ihre Körperhaltung. Quasi ein offenes Buch. Diesen Aspekt gedachte Diana zu ihrem Vorteil zu nutzen.

»Ist Ihnen in den letzten Tagen oder Wochen etwas Ungewöhnliches am Verhalten ihres Mannes aufgefallen?«, fuhr die Kommissarin direkt mit der Befragung fort, ohne sich von dem inszenierten Gefühlsausbruch ihres Gegenübers aus dem Fluss bringen zu lassen. Die Witwe schaute wieder auf, wirkte etwas befremdet.

»Was meinen Sie damit?«, fragte sie nach.

»Stand er unter Stress? Wirkte er bedrückt oder angespannt?«

»Die Arbeit meines Mannes ist sehr anspruchsvoll. Aber er kann … konnte gut mit Stress umgehen.«

»Hat er mit Ihnen über irgendwelche Probleme gesprochen?«

»Nein.«

»Hatte er vor etwas Angst?«

»Wovor sollte er Angst gehabt haben?«

*Vor seinen Mördern.* Frau Wiegands Hände zitterten, auch wenn sie versuchte, es zu verbergen, indem sie sie unter der Tischplatte auf ihre Schenkel presste. *Vor denselben Leuten, vor denen du Angst hast.*

In Dianas Hosentasche vibrierte ihr Handy, aber sie drückte den Anruf weg. Jetzt galt es, am Ball zu bleiben.

»Arbeitete ihr Mann auch von zu Hause aus?«

Frau Wiegand musterte Diana, war offensichtlich unsicher, worauf die Kommissarin mit der Frage hinauswollte.

»Mitunter«, kam schließlich die vorsichtige Entgegnung. »Warum?«

»Weil die Täter die Festplatten seines Computers entwendet haben. Können Sie sich vorstellen, was sich darauf befunden haben könnte?«

»Ich hatte keinen Einblick in diesen Teil von Armins Arbeit.«

*Die nächste klare Lüge.*

»Was befand sich im Safe Ihres Mannes?«

»Etwas Bargeld. Und mein Familienschmuck.«

»Beides ist noch vor Ort. Aber der Safe war geöffnet. Also muss sich noch etwas darin befunden haben.«

»Darüber weiß ich nichts.«

»Haben Sie irgendeine Idee, wer Ihrem Mann hätte schaden wollen?«

»Nein. Armin war ein anständiger Mensch.«

Ein zitterndes Kopfschütteln, gefolgt von nach unten geschlagenen Augenlidern. *Beides ist unwahr.*

»Einen Tag vor dem Mord hatte Ihr Mann zu Hause Besuch von einem südländisch aussehenden Fremden. Wissen Sie etwas darüber?«

Frau Wiegands Kopf schnellte hoch, und ihre Haltung verkrampfte sich noch mehr.

»Was?«, fragte sie nur, völlig überrascht. Hier zumindest log sie nicht. Von der Verabredung Wiegands mit dem Unbekannten hatte sie wirklich keine Kenntnis gehabt.

»Es gibt eine Zeugenaussage über den Besuch«, hielt Diana ruhig und sachlich fest. »Wir werden Ihnen das Phantombild heute noch zukommen lassen.«

Frau Wiegands Züge froren ein zu einer Momentaufnahme schierer Angst. Dann drückte sie ihre Wirbelsäule durch, zwang sich zumindest zu einem Ansatz von Festigkeit.

»Ich werde keine weiteren Aussagen ohne die Anwesenheit meines Anwalts machen«, hielt sie mit rauer Stimme fest.

Diana musterte die Frau eingehend. Sie tat ihr leid. Was oder wer verursachte solche Furcht in ihr?

»Sind Sie mit den Kindern in Urlaub gefahren, weil Sie oder Ihr Mann glaubten, dass sie zu Hause nicht mehr sicher wären?«

Die Witwe schüttelte nur stumm den Kopf. Aber für Diana war klar erkennbar, dass sie ins Schwarze getroffen hatte.

»Sie haben Angst, dass die Mörder Ihres Mannes Ihnen und Ihren Kindern auch jetzt noch etwas antun könnten. Richtig?«

Ein weiteres Mal schüttelte Frau Wiegand den Kopf, aber diesmal glaubte Diana, eine andere Ansage in ihren Augen zu lesen. *Geh nicht weiter*, schien ihr Gegenüber zu flehen.

»Ihnen ist klar, dass wir Sie alle unter Polizeischutz stellen könnten.«

In den Zügen der Frau stand immer noch tiefe Angst, frische Tränen sammelten sich am Rande ihrer Augen, aber gleichzeitig formten ihre Lippen ein verzerrtes Grinsen mit einer stummen, aber klaren Aussage: *Du bist so naiv.* Und auch wenn sie es nicht zeigen durfte, erschreckte diese Grimasse Diana bis ins Mark. Denn der Folgeschluss war klar: Frau Wiegand war sich sicher, dass nicht einmal die Polizei sie würde beschützen können.

Die Kommissarin konnte nicht weiter über diesen zutiefst befremdlichen Umstand nachdenken, denn einen Augenblick später stand die Witwe unsicher auf, stellte so gut wie möglich ihre Haltung wieder her und räusperte sich.

»Auf Wiedersehen, Frau Kommissarin«, sagte sie dann, Dianas Blick nur kurz haltend, und mit einem Tonfall, der nicht danach klang, als würde sie tatsächlich mit einem Wiedersehen rechnen. Danach drehte sie sich ohne weitere Worte um und verließ das Büro.

Diana blieb allein zurück, allein mit ihren sich wild überschlagenden Gedanken. Sie stand auf, öffnete das Fenster einen Spalt und begann, sich eine Zigarette zu drehen. Erst dabei bemerkte sie, dass nun auch ihre Hände leicht zitterten. Mit welchen gewaltbereiten Mächten hatte Wiegand gespielt, und was war der Einsatz gewesen? Wer musste weder den Mord an einem Politiker noch die Polizei fürchten?

Sie zog an der Zigarette, blies den Rauch durch den Fensterspalt hinauf in den blauen Himmel. Was sie jetzt mehr als alles andere brauchte, war ein konkreter Anhaltspunkt. Ein Hinweis auf die Identität der Täter oder ihr Motiv. Aber die Kommissarin hatte auch weiterhin nichts in den Händen.

Wieder vibrierte ihr Telefon. Den Anruf während der Befragung hatte Diana gänzlich vergessen. Sie zog das Handy aus ihrer Hosentasche und schaute auf das Display. Eine unterdrückte Nummer.

»Ja bitte?«, meldete sie sich entsprechend neutral, ohne ihren Namen zu nennen.

»*Buongiorno*, Diana.«

Für einen Moment schien die Zeit genauso einzufrieren wie Dianas ganzer Körper. Die Zigarette glitt aus ihrer Hand. Die Geräusche der Straße wurden von ihrem Gehirn ausgeblendet. Sie hörte nur noch ihren Atem, das Hämmern ihres Herzens … und das Echo der Stimme. Jener Stimme, die sie im Alter von fünfzehn Jahren zuletzt gehört hatte. Der Stimme des obersten Paten der Cosa Nostra. Der Stimme Don Licatas.

Dianas Instinkt wollte sie zwingen, den Anruf sofort wegzudrücken, aber ihr Körper war nicht in der Lage, den Befehl umzusetzen. Licata nutzte die Zeit.

»Bitte leg nicht auf«, bat er sie auf Italienisch, mit seinem unverwechselbaren westsizilianischen Akzent. »Es geht um deinen Fall.«

Wenn Diana vorher schon kaum mehr die Herrin ihrer Sinne gewesen war, dann warf sie diese Ansage endgültig aus jeder vertrauten Realität.

»Welchen Fall?«, hörte sie sich sagen, ebenfalls auf Italienisch, um eine neutrale Stimmlage kämpfend, aber den Kampf verlierend.

»Den Mord an Armin Wiegand«, kam die unmittelbare Antwort. »Du weißt nicht, in welche Gefahr du dich begibst.«

Wieso wusste Licata von Wiegand? Es dauerte einen Augenblick, bis die völlig überforderte Kommissarin auch nur eins und eins zusammenzählen konnte. Wiegand und – die Mafia?

»Haben Sie etwas damit zu tun?«, fragte Diana direkt, mit etwas mehr Festigkeit in ihrer Stimme, über die sie sehr froh war.

»Nein.« Wieder antwortete Licata ohne Zögern. »Aber ich kenne die Leute, die involviert sind.«

»Wer?«

»Das werde ich dir nicht verraten. Bitte, Diana: Lass die Finger von diesem Fall.«

In der Kommissarin glomm zunehmend Wut auf. Was dachte sich dieser Verbrecher, von ihr zu verlangen …

»Sie haben mir nicht zu sagen, wie ich meinen Job zu machen habe.«

Diesmal herrschte kurz Stille. Dann vernahm sie ein tiefes Ein- und Ausatmen.

»Ich weiß, dass du mir nicht vertraust«, sagte Licata schließlich mit sehr ruhiger Stimme. »Und ich kann es dir nicht verdenken. Aber eines weißt du: Deine Sicherheit liegt mir am Herzen. Daran zweifelst du nicht, oder?«

Diana rang mit sich. Immerhin hatte Licata in Rom zu ihrem Schutz einen ganzen Mafia-Clan auslöschen lassen … *Zu deinem Schutz, aber vor allem zu seinem eigenen*, korrigierte sie sich schnell in Gedanken. *Nein. Gib ihm keinen Zentimeter.*

»Ich werde diesen Fall nicht aus der Hand geben«, sagte sie mit allem Selbstvertrauen, zu dem sie in diesem Augenblick fähig war. Wieder überlegte der Pate am anderen Ende der Leitung einen längeren Moment, bevor er seine nächsten Worte sprach.

»Mir ist klar, dass dich mein Anruf in deinem Willen vielleicht noch bestärkt«, sagte er. »Du bist so stark wie ich und Adolfo. Du kennst keine Angst. Aber es gibt einen Unterschied zwischen Mut und Tollkühnheit.«

»Das spielt keine Rolle. Hier geht es um meine Pflicht.«

»Du weißt, dass ich dich niemals belügen würde.« Nun war die Stimme Licatas sehr hart und eindringlich. »Also glaube mir bitte, wenn ich dir Folgendes sage: Falls du diesen Fall löst, wird man dich töten. Vielleicht in den nächsten Tagen, vielleicht in den nächsten Wochen, vielleicht auch erst in einigen Jahren. Aber es wird geschehen, und es wird nichts geben, was du oder ich oder sonst irgendjemand dagegen tun könnten.«

Plötzlich glaubte Diana ihr Herz in eine Schraubzwinge gepresst. Denn das, was Licata ihr hier gerade offenbart hatte, war ein Eingeständnis, dass sie niemals geglaubt hätte, von ihm zu hören.

*Machtlos. Er. Der Pate der Paten.*

Und sie wusste, dass seine Worte keine Mutmaßung waren. Keine Prophezeiung. Sondern eine Tatsache, an die er fest glaubte, und die sie selbst nicht in Zweifel ziehen konnte.

Diana schluckte, suchte nach einer Antwort, aber es gab keine mehr.

»Ich lege jetzt auf«, sagte sie nur, diesmal mit brüchiger Stimme. Dann drückte sie den Anruf weg, bevor Licata auch nur ein weiteres Wort sagen konnte.

Die Kommissarin sah sich in ihrem Büro um, das immer ein Hort der Sicherheit gewesen war, ihr in diesem Moment aber vorkam wie ein Gefängnis. Dann wanderte ihr Blick gen Boden. Die Glut der inzwischen erloschenen Zigarette hatte ein kleines schwarzes Loch in die Auslegware gebrannt. Schwarz auf Weiß, fast wie das Rot auf Weiß in Wiegands Arbeitszimmer, und in diesem Fall sogar noch unauslöschlicher.

*»Se risolvi questo caso, ti amazzeranno.«*

Der Satz hallte unablässig in Dianas Kopf wider. Aber was sollte sie jetzt tun? Aufgeben? Vor einem unbekannten Feind zu Kreuze kriechen? Aus Angst um ihr eigenes Leben die Ungerechtigkeit siegen lassen?

*Nein. Das niemals.*

Die Kommissarin straffte ihren Körper, und im selben Atemzug klärte sich ihr Geist. Wiegand hatte also Geschäfte mit der Mafia gemacht. Oder besser, mit *einer* Mafia. Mit welcher, galt es herauszufinden. Aber in jedem Fall bedeutete es …

Diana eilte hinüber in das Gemeinschaftsbüro, in dem aktuell einige Mitglieder ihres Ermittlungsteams arbeiteten. Ihr Blick suchte und fand Nora Fiedler, eine junge Kollegin, die sich Wiegands Finanzen vorgenommen hatte. Diana blieb an ihrem Schreibtisch stehen und beugte sich zu ihr hinunter.

»Nora«, sagte sie. »Auf Wiegands normalem Konto war nichts Verdächtiges. Richtig?«

»Das stimmt«, antwortete die Angesprochene.

»Gut. Dann finden Sie jetzt bitte das geheime Konto.«

Nora Fiedler schaute sie verdutzt an.

»Woher wollen Sie wissen …«

»Es ist da. In der Schweiz, in Liechtenstein, auf den Bahamas – wo auch immer. Es muss eins geben. Finden Sie es. Jetzt.«

Die junge Polizistin wirkte verunsichert, nickte dann aber und machte sich an die Arbeit. Diana klopfte der Kollegin kurz auf den Rücken, ging dann zurück in ihr Büro, schloss die Tür und lehnte sich von innen dagegen. Sie atmete, langsam, ein und aus, und ebenso stetig wie sich ihr Atem beruhigte, klärten sich auch ihre Gedanken. Sie wusste nicht, welchen Weg sie gerade eingeschlagen hatte, und mit wie vielen Gefahren er verbunden sein würde. Aber einen Schritt zurück würde es für sie ab diesem Moment nicht mehr geben.

Wieder war ein Tag vergangen, doch diesmal hatte die Zwischenzeit konkrete Ergebnisse gebracht – darunter die Bestätigung von Dianas Verdacht, als Nora Fiedler tatsächlich noch am gestrigen Abend ein geheimes Bankkonto Wiegands in Liechtenstein entdeckt hatte. Der Betrag, der sich darauf befand, hatte allen Beteiligten den Atem stocken lassen.

Der Fund hatte der Kommissarin zudem die Möglichkeit gegeben, den Fall in die gewünschte Richtung zu lenken, ohne ihr geheimes Wissen um die Involvierung der

Mafia preiszugeben. Die Höhe der Summe auf dem Geheimkonto hatte zumindest glaubhaft nahegelegt, dass der ermordete Staatssekretär auf irgendeine Weise in illegale Geschäfte von internationalem Ausmaß verwickelt gewesen sein musste. Dies wiederum hatte zu einer Ausweitung der Suchparameter geführt, sodass das Phantombild von Wiegands ausländischem Besucher über Europol in alle europäischen Länder weitergeleitet worden war. Diana hoffte, dass sie in Italien fündig werden würden. Aber die essenziellste Frage blieb für den Moment noch unbeantwortet: Welche Leistung hatte Wiegand erbracht, die irgendeiner Verbrecherorganisation so viel Geld wert gewesen war?

Diesen Punkt hatte die Kommissarin am Morgen mit Ulbricht diskutiert, und natürlich hatte auch ihr Vorgesetzter noch keine schlüssige Antwort parat. Aber er hatte einen Vorschlag gemacht, der Diana sehr hilfreich erschien: Wenn es tatsächlich um illegale Geschäfte auf internationaler Ebene ging, dann wüsste vielleicht das Bundeskriminalamt mehr darüber. Der europaweite Waffen- und Drogenhandel fiel in dessen Aufgabenbereich. Und so hatte Ulbricht für Diana einen Termin mit Katja Hofstädter organisiert, der aktuellen Präsidentin des BKA.

*Es muss ihn Überwindung gekostet haben*, dachte Diana. Hofstädter war die Ex-Freundin von Kommissar Mertens gewesen, einem früheren Kollegen, dem sich der Polizeichef tief verbunden gefühlt hatte. Hofstädter hatte seinerzeit Mertens tief verletzt, was zu einem merklich kühlen Verhältnis zwischen ihr und Ulbricht geführt hatte, besonders nach Hofstädters Aufstieg an die Spitze des BKA. Aber natürlich war Dianas Vorgesetzter zu sehr Profi, um sich von persönlichen Gefühlen von der Erfüllung seiner Pflicht abhalten zu lassen. *So, wie es sein sollte.*

Diana bog auf die Schönhauser Allee ab und warf dabei einen Blick auf ihr Navigationsgerät. Relativ am Ende der Straße lag das Haus, in dem Hofstädter auf sie wartete. Ein Treffpunkt, über den die Kommissarin sich sehr gewundert hatte, denn es schien sich um ein normales Wohnhaus zu handeln. Warum nicht in der Berliner Zentrale des BKA? Zwar war es Sonntag, aber das sollte eigentlich kein Hindernis sein. Auch Ulbricht hatte bei dieser Frage nur mit den Schultern zucken können. Diana war sicher, dass sich ihr Chef in seinem mulmigen Gefühl bezüglich des Falles von diesem neuen seltsamen Faktor ebenso bestärkt sehen musste wie sie selbst.

Links von ihr donnerte eine S-Bahn über das Metallgerüst des Bahndamms, das hier auf Höhe der zweiten Etage der rechts angrenzenden Häuser verlief. Die Sonne, die an diesem Tag langsam zum Vorschein kam, blendete die Kommissarin; sie nahm ihre Sonnenbrille aus dem Handschuhfach und bugsierte sie auf ihren Nasenrücken.

Diana konnte schwerlich behaupten, dass der Anruf Don Licatas nicht weiterhin tief in ihr nachhallte. Dieser völlig unerwartete Kontakt zu dem Mann, von dem sie sich unter allen Menschen auf der Welt am weitesten fernhalten wollte. Aber sie hatte es geschafft, ihren Geist auf den Fall zu konzentrieren und sich mit professionellen Überlegungen ausreichend abzulenken, um ein Abgleiten in die Selbstzweifel ihrer Vergangenheit zu verhindern. *Zuerst kommt der Fall. Immer. Nimm dir Ulbricht zum Vorbild.*

Die Kommissarin wurde aus ihren Gedanken gerissen, als sie ein Stück hinter sich ein Hupen hörte, gefolgt vom

Quietschen von Bremsen und dem Scheppern, als Metall mit Metall kollidierte. Diana sah in den Rückspiegel. Sie konnte nicht genau erkennen, was geschehen war, da noch ein weiteres Auto hinter ihr fuhr und zum Teil die Sicht versperrte. Aber scheinbar war ein Wagen aus einer Ausfahrt gekommen und mit einem anderen Auto kollidiert, das sich auf der Allee befand. Allerdings sah es selbst aus der sich vergrößernden Distanz nach einem nur leichten Unfall aus. Also kein Grund, sich Gedanken zu machen.

Daher konzentrierte sich Diana umgehend wieder auf ihr eigenes Ziel. Ein weiterer Blick aufs Navigationsgerät verriet ihr, dass sich der Treffpunkt drei Häuserblocks weiter auf der rechten Seite befand. Die Kommissarin verlangsamte ihre Fahrt und steuerte den Wagen seitwärts aufs Pflaster, als sie an der richtigen Adresse angekommen war. Die Sperrblöcke, die eine Weiterfahrt in den angrenzenden Hinterhof normalerweise für Nichtanwohner verhinderten, waren bereits heruntergelassen, und so konnte Diana problemlos in die Durchfahrt manövrieren. Im inneren Hof parkte nur ein weiteres Auto, ein eher unauffälliger, kompakter Mazda. Das konnte eigentlich nur Hofstädters Wagen sein, denn wie Diana jetzt erkannte, handelte es sich bei dem Hinterhaus um ein unsaniertes Leerstandsobjekt.

Die Kommissarin stoppte und stieg aus, ließ dann ihren Blick an der Fassade nach oben schweifen. Im Gegensatz zu allen umliegenden Häusern, die restauriert und in verschiedenen Farben bemalt waren, prangte ihr eine graue Wand entgegen. Der Putz war an vielen Stellen abgebröckelt, in einigen Fenstern hingen noch verblichene Gardinen. Es musste sich um ein Gebäude mit ungeklärten Eigentumsverhältnissen handeln, denn bei den Berliner Mietpreisen stellte ein solches Objekt eine optimale Gewinnquelle dar, gerade in dieser zentralen Lage. Wieso also wollte sich Katja Hofstädter ausgerechnet an einem solchen Ort mit ihr treffen? Die Antwort formte sich vor Dianas geistigem Auge noch im selben Moment: *Sie weiß genau, worum es geht. Oder ahnt es zumindest. Und will genauso wenig in die Sache hineingezogen werden wie die Politiker.*

Diese Erkenntnis war beunruhigend, stellte für die Kommissarin aber gleichzeitig einen ungemeinen Antrieb dar. Denn sie bedeutete auch, dass sie hier wertvolle Informationen erhalten konnte – wenn sie ihre Karten richtig ausspielte.

Diana drückte auf den Autoschlüssel und sperrte ihren Wagen ab, betrat dann durch die nur angelehnte Tür das Hinterhaus. Das Innere war zu ihrer Überraschung sehr sauber – nirgendwo Abfall oder alte Möbel, keine Spuren von Obdachlosen, die hier nächtigten. Und die Wohnungstüren waren solide und verschlossen. Im Gegensatz zum Äußeren konnte man hier drinnen den Eindruck gewinnen, dass sich jemand um das Gebäude kümmerte. Ein weiterer seltsamer Faktor.

Die Kommissarin stieg die Treppe hinauf, ließ dabei ihre Hand über das gusseiserne Geländer gleiten. Es lag nur eine extrem dünne Staubschicht darauf. Die Wohnung, die als Treffpunkt dienen sollte, befand sich in der zweiten Etage. *Klingeln bei Becker*, hatte ihr Ulbricht ausgerichtet. Und wenige Augenblicke später stand Diana vor der angewiesenen Tür. Sie führte ihren Finger auf die Klingel, atmete noch einmal tief ein und aus. Und drückte dann zu.

Innen aus der Wohnung war nur ein leises Summen zu hören, unmittelbar gefolgt von Schritten und einem Schatten, der kurz auf der anderen Seite den Spion blockierte. Einen Augenblick später öffnete Katja Hofstädter die Tür.

»Guten Tag, Frau Kommissarin«, begrüßte sie Diana direkt, nur um dann gleich ein Stück nach hinten zu treten. »Bitte, kommen Sie herein.«

Diana nahm sich einen kurzen Moment, um ihr Gegenüber zu betrachten. Die BKA-Chefin war etwas kleiner als sie selbst, hatte dunkle Haare, die zu einem kurzen Pferdeschwanz gebunden waren, und ausdrucksstarke, große braune Augen. Ihre Kleidung war elegant, aber praktisch, bestand aus einer schwarzen Hose, einer blauen Bluse und darüber einem ebenfalls schwarzen Jackett. Die Frau strahlte großes Selbstbewusstsein aus.

Hofstädter schien Dianas instinktives Zögern wahrzunehmen, quittierte es aber lediglich mit einem freundlichen Lächeln.

»Sie müssen sich keine Sorgen machen«, kommentierte sie und ging dabei demonstrativ ein paar Schritte weiter in den Flur hinein. »Wir sind hier ganz unter uns.«

Die Kommissarin folgte der Aufforderung und betrat die Wohnung, schloss dabei die Tür hinter sich. Auch hier setzte sich der Eindruck fort, den sie bereits im Treppenhaus gewonnen hatte: Der Korridor war leer, das Holzparkett aber frei von Staub. Hofstädter bog nach rechts in ein Zimmer ab. Diana folgte ihr und wurde wiederum überrascht. Die Gardinen des Raums waren zugezogen, dabei eher neuwertig und dünn genug, um noch Sonnenlicht durchzulassen. Die Tapete war hier und da rissig. Aber ansonsten erwies sich der Raum nicht nur als sauber, sondern verfügte sogar über eine elementare Einrichtung, bestehend aus einem Beistelltisch, drei Stühlen und einem

Kleiderschrank. Auf dem Tisch standen einige Plastikflaschen mit Mineralwasser. In diesem Moment wurde der Kommissarin endgültig klar, dass sie sich hier nicht in einem normalen Leerstandsobjekt befand.

Als sie mit ihrem Blick wieder auf Hofstädter traf, bemerkte sie, dass die BKA-Chefin sie aufmerksam beobachtete. Und instinktiv hatte sie das Gefühl, vor einer Frau zu stehen, der man am besten auf Augenhöhe begegnen sollte.

»Wo sind wir hier?«, stellte Diana entsprechend offen die Frage, von der Hofstädter eh wissen musste, dass sie sich gerade damit beschäftigte.

»An einem sicheren Ort«, kam die unumwundene Antwort, die unverbindlich formuliert war, aber gleichzeitig ein Wort enthielt, das in entsprechender Interpretation Dianas Vermutung bestätigen konnte. Bei der Chefin des BKA galt es auf jede Nuance ihrer Sprache zu achten.

»Und warum treffen wir uns nicht in Ihrem Büro?«, hakte Diana nach. Hofstädter lächelte knapp.

»Es wäre zum jetzigen Zeitpunkt unklug, wenn bestimmte Kreise erfahren würden, dass ich Ihnen helfe.«

Diese Aussage war überraschend ehrlich und ließ Diana hoffen.

»Also wollen Sie mir helfen?«

»Kommt darauf an.«

»Worauf?«

Diesmal antwortete Hofstädter nicht sofort, sondern betrachtete Diana stattdessen eindringlich. Die Kommissarin hatte trotz der zierlichen Statur der anderen Frau das Gefühl, von einem Raubtier beäugt zu werden, das abwog, ob es sich mit Beute oder einem Artgenossen konfrontiert sah.

»Mertens hat einmal mit mir über Sie gesprochen.«

Die unerwartete Aussage verblüffte Diana, denn sie konnte beim besten Willen nicht sagen, worauf Hofstädter damit hinauswollte. Sie hatte Kommissar Mertens kennengelernt, als sie ihren Dienst bei der Berliner Kriminalpolizei angetreten hatte. Ulbricht hatte stets große Stücke auf ihn gehalten und Diana ihrerseits schnell verstanden, warum: Mertens war ein exzellenter Polizist mit einem tiefen idealistischen Antrieb gewesen, der manchmal auch jene unkonventionellen Wege ging, die Ulbricht selbst nicht beschreiten durfte. Damit hatte er für den Polizeichef im Wesentlichen dieselbe Funktion erfüllt, die Diana jetzt übernahm. Nur dass Mertens an seinem Idealismus gescheitert war und den Dienst quittiert hatte, als seine Ermittlungen nach dem Terroranschlag zu katastrophalen Konsequenzen führten. Diana hatte diese Entscheidung immer als Schwäche empfunden. Sie selbst würde niemals klein beigeben.

»Was hat er gesagt?«, fragte sie in Ermangelung einer Alternative direkt bei Hofstädter nach.

»Dass Sie eine der talentiertesten Kriminalistinnen seien, die ihm je begegnet sind.«

»Das ist ein großes Lob. Ich wünschte, ich könnte ihm dafür danken.«

Niemand wusste, wo Mertens aktuell war. Einem Gerücht zufolge irgendwo in Südamerika, aber genauere Informationen gab es nicht.

Hofstädter fixierte Diana mit größter Aufmerksamkeit, als sie ihren nächsten Satz formulierte.

»Aber Mertens meinte auch, dass Sie aus dem falschen Grund Polizistin seien.«

»Welcher Grund war das seiner Meinung nach?«

»Wut.«

Der Kommissarin wurde nun endgültig klar, warum sie hier war. Sie war vorgeladen worden, um getestet zu werden. Woraufhin vermochte sie nicht zu sagen. Aber es war ein Machtgefüge, das ihr ganz und gar nicht behagte, und sie musste versuchen, so schnell wie möglich tatsächliche Augenhöhe zwischen sich und Hofstädter herzustellen.

»Auch Mertens war wütend«, hielt Diana wahrheitsgetreu fest. Hofstädter reflektierte die Antwort kurz, und zum ersten Mal glaubte Diana in den Augen der BKA-Chefin einen Funken von Emotion aufblitzen zu sehen.

»Das war er«, erwiderte diese schließlich. »Am Ende.«

Die Kommissarin entschied sich, den Moment zu nutzen und die ohnehin persönliche Ebene des Gespräches in die Gegenrichtung zu lenken.

»Woran ist Ihre Beziehung gescheitert?«, fragte sie ohne Umschweife. Hofstädter wog ihre Antwort kurz ab, schien sich dann aber für Ehrlichkeit zu entscheiden.

»Er hielt mich für zu pragmatisch.«

»Zu Recht?«

»Wir arbeiten beide in einem Job, der für Frauen sehr schwer ist.«

»Ist das nicht gerade ein Grund, um große Fußabdrücke zu hinterlassen?«

»Kompromissbereitschaft wird als weibliche Tugend angesehen.«

»Ich wüsste nicht, was mich weniger scheren würde.«

»Die pragmatische Lösung für Sie wäre, von dem Fall Wiegand die Finger zu lassen.«

Wieder dieselbe Aussage. Und wieder gab es für Diana nur eine Antwort.

»In dem Fall zur Hölle mit dem Pragmatismus.«

Über Hofstädters Lippen huschte ein kurzes Lächeln. Diana hoffte, den Test bestanden zu haben. Die BKA-Chefin machte ein paar Schritte durch den Raum, blieb dann erneut stehen und schaute die Kommissarin an.

»Was wissen Sie über die 'Ndrangheta?«, kam ihre nächste, unerwartete Frage.

»Die kalabrische Mafia«, entgegnete Diana abwartend.

»Richtig«, kommentierte Hofstädter. »Aktuell ist es die aggressivste und expansionistischste Mafia-Organisation Italiens.«

»Soweit ich weiß, sind sie auch international sehr gut vernetzt. Unter anderem im Waffen- und Drogenhandel.«

Die BKA-Chefin nickte. »Aber über die letzten Jahrzehnte haben sie noch ein anderes Geschäftsfeld zu einem ihrer Hauptstandbeine gemacht.«

»Welches?«

»Sie transportieren Gift- und Atommüll aus Europa und einigen Ostblockstaaten nach Kalabrien, um ihn dort illegal zu entsorgen.«

Dianas Innerstes füllte sich mit angespannter Erregung. Hier war endlich die heiße Spur, die ihr bislang gefehlt hatte. Damit fing alles an, einen Sinn zu ergeben.

»Ein Millionengeschäft?«, hakte sie nach.

»Mit Sicherheit«, erwiderte Hofstädter.

»Gehen diese Transporte auch durch Deutschland?«

»Darüber gibt es keinen offiziellen Bericht.«

Wieder wurde Diana daran erinnert, dass es bei ihrem Gegenüber galt, zwischen den Zeilen zu lesen.

»Und gibt es einen inoffiziellen?«

Die BKA-Chefin sah die Kommissarin abwägend an, brach dann den Blickkontakt und ging hinüber ans Fenster, wo sie seitlich durch die Gardine schaute.

»Wir hatten vor zwei Jahren eine Untersuchung gestartet, um festzustellen, in welchem Umfang die Müllgeschäfte der 'Ndrangheta auch unser Land betreffen. Denn dass viele Clans hier mittlerweile Zweigstellen unterhalten, ist bekannt. Die Frage war, auf welchem Weg die Transporte ablaufen und mit wessen Deckung.«

»Gab es Verdächtige?«

»Eine Handvoll.«

»Und Armin Wiegand war einer von ihnen.«

»Richtig.«

»Haben Sie ihn vernommen?«

Hofstädter drehte sich wieder um und sah zu Diana. Diesmal glomm in den Augen der BKA-Chefin zumindest ein Funke Frustration.

»Nein. Wir haben niemanden vernommen. Denn zu diesem Zeitpunkt wurde uns nahegelegt, die Ermittlungen unverzüglich einzustellen.«

»Von wem?«

Hofstädter schüttelte nur den Kopf.

»Ich helfe Ihnen«, sagte sie. »Bis zu einer gewissen Grenze.«

Diana sah ein, dass sie hier vorerst nicht weiter bohren konnte. *Also zurück zum aktuellen Fall.*

»Dann hat Wiegand der 'Ndrangheta bei der Organisation der Transporte geholfen.«

»Vielleicht. Wir hatten keine Gelegenheit, Beweise zu finden.«

»Jetzt haben wir welche.«

»Was meinen Sie?«, erkundigte sich Hofstädter.

»Wir haben Wiegands geheimes Konto in Liechtenstein gefunden«, erwiderte Diana mit Genugtuung. »Wissen Sie, wie viel Geld sich darauf befindet?«

»Sie werden es mir sicher gleich sagen.«

»Zwölf Millionen Euro.«

Die BKA-Chefin nickte.

»Er war seit fünf Jahren im Ministerium«, überlegte sie laut. »In dieser Zeit kann er gute Geschäfte gemacht haben. Nur schade, dass es Ihnen niemals gelingen wird, das Geld zur ’Ndrangheta zurückzuverfolgen.«

»Dann geben Sie mir einen anderen Anhaltspunkt.«

Wieder lächelte Hofstädter, diesmal mit einer Nuance, die Diana als leichte Anerkennung empfand.

»Mertens hatte recht«, kommentierte die BKA-Chefin. »Sie sind wirklich wütend.«

»Mertens war aus Idealismus Polizist«, entgegnete Diana. »Wir wissen beide, wie es ausgegangen ist. Vielleicht ist Wut ein besserer Grund.«

»Vielleicht.«

»Dann bleibt wohl nur noch eine relevante Frage.«

»Welche?«

»Wie wütend sind *Sie*?«

»Worüber sollte ich wütend sein?«

»Darüber, dass Sie Ihren Job machen wollten. Ein Verbrechen von internationaler Tragweite aufklären. Und man es Ihnen verboten hat.«

Hofstädter wölbte kurz die Lippen nach innen, atmete dann aus.

»Etwas muss Ihnen klar sein, Frau Kommissarin«, hielt sie mit hartem, klarem Ton fest.

»Was?«

»Niemand will, dass diese Geschäfte ans Tageslicht kommen. Denn letzten Endes ist die Entsorgung der Gefahrengüter auf diese Weise immer noch viel billiger als auf legalem Weg.«

»Das heißt, die Regierung selbst deckt das alles?«

Diana sprach die Frage mit all dem Ekel aus, den sie bei dem bloßen Gedanken empfand. Hofstädters Erwiderung hingegen war pragmatisch und emotionslos.

»Es muss nicht die ganze Regierung sein. Es genügen ein paar Leute in den richtigen Positionen. Das Resultat ist das gleiche: Niemand wird Ihnen die legalen Mittel geben, auch nur einen dieser Transporte zu stoppen. Egal, wie viele Beweise Sie sammeln. Egal, welche Kontakte Sie bemühen. Sie werden es ganz allein schaffen müssen. Denn nach diesem Gespräch werde auch ich nichts mehr für Sie tun können.«

Die Kommissarin konnte nicht daran glauben, dass ihre Aussichten wirklich so gering sein sollten. Mit genug glaubhafter Ermittlungsarbeit war es ihr bisher noch immer möglich gewesen, die Mühlen der Justiz ins Rollen zu bringen. Das musste auch hier möglich sein, trotz aller Widerstände. Sie brauchte nur konkrete Fakten. Etwas wirklich Durchschlagendes.

»Dann geben Sie mir etwas, mit dem ich arbeiten kann«, forderte sie Hofstädter auf. »Den Rest mache ich.«

Die BKA-Chefin fügte noch eine weitere Prüfung hinzu.

»Wenn Sie zu weit gehen, könnte es Sie Ihren Job kosten. Sind Sie bereit, auch diesen Preis zu zahlen?«

In diesem Moment konnte Diana nicht mehr verhindern, dass sie innerlich einfror. Erst die düstere Warnung Don

Licatas, dass man sie töten würde, falls sie den Fall löste. Und nun die fast ebenso beklemmende Prognose Hofstädters, dass sie ihre Stellung verlieren könnte, ihre Aufgabe, den Beruf, der viel mehr Berufung war und ihr wichtigster Halt in der ganzen Welt. Natürlich war sie nicht frei von Angst. Natürlich war sie nicht unverwundbar. Aber genauso wenig war sie bereit, sich einschüchtern zu lassen. Besonders nicht in Anbetracht der Tatsache, dass es sich um eine Affäre von ungeahnter Dimension zu handeln schien.

*Ich werde nicht wie Mertens sein. Ich werde nicht aufgeben. Auf mich kann Ulbricht zählen.*

»Wie ich bereits sagte«, erwiderte Diana mit fester Stimme. »Wenn ich einen Fall anfange, dann bringe ich ihn auch zu Ende.«

Hofstädter betrachtete die Kommissarin für einen weiteren langen Moment, nickte schließlich.

»Also gut«, sagte sie. »Die Weiße Route Eins.«

»Was ist das?«, erkundigte sich Diana.

»Der Deckname für die geheimen Transporte«, kam die Entgegnung. »Die Details kenne auch ich nicht. Aber wenn Sie diesen Begriff den richtigen Leuten gegenüber erwähnen, sollte er Sie näher an die Antworten bringen, die Sie suchen.«

»Danke«, erwiderte Diana. Hofstädter schüttelte erneut den Kopf.

»Danken Sie mir nicht. Es kann gut sein, dass Sie unser Treffen im Nachhinein bereuen werden.«

»Sie haben etwas getan, das dazu beitragen kann, einen Mord aufzuklären«, erwiderte Diana mit Überzeugung. »Und vielleicht sogar ein internationales Verbrechen zu stoppen. Das kann nichts Schlechtes sein.«

Diesmal war Hofstädters Lächeln so knapp wie bitter.

»Ich wünschte, ich hätte noch Ihren Glauben«, hielt sie trocken fest. »Gehen Sie jetzt. Aber verlassen Sie den Hof bitte zu Fuß. Geben Sie mir Ihren Autoschlüssel und wir werden dafür sorgen, dass ihr Wagen heute Abend wieder bei Ihnen zu Hause steht.«

Diana war von dieser Aufforderung verwirrt.

»Warum ist das nötig?«, fragte sie.

»Weil wir Ihren Schatten vorhin aus dem Spiel nehmen konnten. Aber mittlerweile wird man sicher schon wieder nach Ihrem Fahrzeug Ausschau halten.«

Die Kommissarin brauchte einen Moment, um die von der BKA-Chefin eher beiläufig formulierte Aussage richtig einzuordnen. Aber dann traf sie die schockierende Erkenntnis.

»Das Auto, das vorhin hinter mir gerammt wurde – es ist mir gefolgt?«

Die Antwort war ein stummes Nicken.

»Und es waren Ihre Leute, die es ausgeschaltet haben?«

Hofstädter machte zwei Schritte auf Diana zu und sah ihr tief in die Augen.

»Wie ich schon sagte, Frau Kommissarin: Sie sind jetzt Teil eines sehr gefährlichen Spiels.«

»Wer beschattet mich? Die ’Ndrangheta?«

»Ein Spiel mit vielen Unbekannten.«

Hofstädters Tonfall machte Diana klar, dass sie keine weiteren Antworten erhalten würde. Die Kommissarin zog ihren Autoschlüssel aus der Hosentasche und drückte ihn der anderen Frau in die Hand. Die BKA-Chefin ließ ihn in ihrem Jackett verschwinden, drehte sich dann um und ging zurück zum Fenster.

»Ich wünsche Ihnen viel Glück«, sagte sie zum Abschied.

Die Kommissarin verließ das Zimmer ohne weitere Worte, dann die Wohnung, lief das Treppenhaus hinunter, bis sie im Erdgeschoss kurz innehalten und um Atem ringen musste. *Sie sind bereits hier*, schoss es ihr durch den Kopf. *In Berlin. An dem Ort, wo ich mich immer sicher gefühlt habe. Sie überwachen mich, und ich habe es nicht einmal bemerkt.*

Hofstädter hatte recht gehabt. Sie musste sich schleunigst darüber klar werden, wie gefährlich die Gegner waren, mit denen sie es hier zu tun hatte. Und wie sie diesen Feind am besten bekämpfen konnte.

Zum zweiten Mal innerhalb kurzer Zeit wartete Diana in Ulbrichts Büro, aber diesmal galt ihre Aufmerksamkeit weder seinem Schreibtisch noch irgendwelchen anderen Details ihrer Umgebung. Vielmehr war ihr Blick starr auf den Ausdruck in ihrer Hand gerichtet. Ihre Gedanken drehten sich derweil in einem rasenden Vortex, an dessen unausweichlichem Ende der ebenso unumgängliche nächste Schritt ihrer Ermittlungen stand. Es war ein Schritt, der allen Warnungen zuwiderlaufen würde, die sie in den letzten Tagen erhalten hatte. Ein Schritt, der ihr größte Angst machte, gegen den sich ihr Instinkt und ihre Vernunft wehrten und der die Konfrontation mit einer Vielzahl von schlimmen Erinnerungen bedeuten würde. Und von dessen Notwendigkeit sie trotz alledem in den nächsten Minuten ihren Vorgesetzten würde überzeugen müssen.

Als Ulbricht die Tür öffnete, fiel der Lichtschein aus dem Vorzimmer neben Diana auf den Boden, umriss dabei den Schatten des Polizeichefs.

»Warum sitzen Sie im Dunkeln?«, hörte sie seine Frage.

»Ich wollte kurz mit meinen Gedanken allein sein.«

Ulbricht zögerte einen Augenblick, ging dann an ihr vorbei und schaltete nur die Lampe auf seinem Schreibtisch an, deren warmes Licht einen Teil des Raums erhellte, ohne zu blenden. Dafür war Diana dankbar. Der Polizeipräsident legte eine Aktenmappe auf den Tisch, seinen Mantel über die Stuhllehne und betrachtete die Kommissarin.

»Also gut«, sagte er. »Was ist so wichtig, dass sie mich vom Heimweg noch einmal hergeholt haben?«

Diana reichte ihm wortlos das Phantombild, das sie die ganze Zeit in der Hand gehalten hatte.

»Der Mann, der Wiegand einen Tag vor seinem Tod besucht hat«, identifizierte Ulbricht den Dargestellten. »Wissen wir jetzt, wer er ist?«

Diana nickte.

»Die internationale Fahndung war die richtige Idee«, erwiderte sie. »Das ist Davide Mancuso, ein Journalist aus Kalabrien. Er hat sich mit Enthüllungsstorys über die Machenschaften der 'Ndrangheta einen Namen gemacht.«

Ulbricht zog leicht eine Augenbraue hoch.

»Derselben Mafia, von der Katja Hofstädter heute meinte, dass Wiegand ihr vielleicht bei illegalen Geschäften geholfen hat?«

»Genau«, bejahte Diana die Frage. »Und wissen Sie, warum wir Mancusos Identität so schnell feststellen konnten? Weil er bereits im System war. Wir wissen, dass er nach dem Treffen mit Wiegand sofort nach Reggio Calabria zurückgeflogen ist. Aber dort wurde er heute Vormittag als vermisst gemeldet.«

Der Polizeichef stieß hörbar die Luft aus, setzte sich auf seinen Stuhl. Der Kommissarin war klar, dass sich auch in seinem Kopf jetzt die Puzzlestücke langsam zusammenfügen würden. Sie half ihm bei dem Prozess.

»Wiegand hat Geschäfte mit der 'Ndrangheta gemacht«, formulierte sie ihre Theorie. »Wahrscheinlich, indem er ihnen bei Transporten von Gift- und Atommüll geholfen hat. Dann wollte er reden – aus einem Grund, den wir noch nicht kennen – und hat sich deshalb mit Mancuso getroffen. Die Mafia hat davon Wind bekommen, Wiegand ausgeschaltet und Mancuso nach seiner Rückkehr entweder entführt oder ebenfalls getötet.«

Der Polizeichef stapelte einmal mehr seine Hände unter dem Kinn, so wie es für ihn typisch war, wenn er nachdachte.

»Nach Ihrem Gespräch mit der Witwe glaubten Sie, dass Wiegand bereits vor seinem Tod Angst hatte«, überlegte er. »Wie wir jetzt wissen, vielleicht vor der kalabrischen Mafia. Aber wenn er solche Angst hatte, warum traf er dann diesen Mancuso bei sich zu Hause? Ihm muss klar gewesen sein, dass das riskant ist.«

Diana bewunderte einmal mehr den Scharfsinn ihres Vorgesetzten. Die widersprüchlichen Umstände des Treffens waren auch ihr bereits aufgefallen.

»Ich kann es nicht genau sagen«, erwiderte sie wahrheitsgetreu. »Menschen machen Fehler. Wiegand mag in illegale Machenschaften verstrickt gewesen sein, aber er war kein Berufsverbrecher. Vielleicht hat er die Mafia unterschätzt. Und vielleicht galt seine Angst auch noch etwas anderem. Das müssen wir herausfinden.«

»Ich verstehe«, hielt Ulbricht fest. »Wie möchten Sie weiter vorgehen?«

Nun war es an Diana, scharf die Luft einzuziehen. Die nächsten Worte mit fester Stimme auszusprechen kostete sie all ihre Willenskraft.

»Ich glaube, es ist das Beste, wenn ich nach Kalabrien fliege und mir dort selbst ein Bild von der Lage mache.«

Ulbricht musterte sie mit festem Blick, ohne dabei eine klar erkennbare Emotion preiszugeben. Die vergehenden Sekunden des Schweigens zerrten enorm an Dianas Nerven.

»Das ist ein ungewöhnliches Vorgehen«, kam schließlich der bewusst neutral formulierte Kommentar ihres Vorgesetzten.

»Das finde ich nicht«, erwiderte Diana. »Mancuso ist die heißeste Fährte, die wir haben. Hier haben wir keinerlei Ansatzpunkte. Alle Daten wurden gestohlen. In Italien sieht es vielleicht anders aus.«

»Die örtliche Tatortauswertung ist noch nicht komplett abgeschlossen.«

»Wir wissen beide, dass professionelle Killer keine Spuren hinterlassen.«

»Es könnten sich neue Verdachtsmomente ergeben. Für den Fall hätte ich Sie gern für die Verhöre hier.«

»Und meinen Sie, dass Sie mir in den nächsten Tagen einen Termin beim Verkehrsminister vereinbaren können?«

Ulbricht schürzte die Lippen. Natürlich wusste er genausogut wie Diana, dass sie hier in Deutschland im Moment auf Hindernisse an allen Ecken stießen, und dass auch ein unkonventioneller Vorstoß nur besser sein konnte als Stillstand. Die Kommissarin beschloss, an diesem Punkt anzusetzen.

»Die Blockaden in diesem Fall frustrieren Sie genauso wie mich«, hielt sie fest. Der Polizeichef nickte.

»So viel ist offensichtlich«, sagte er sachlich. »Aber warum glauben Sie, dass es in Italien anders sein wird?«

»Von politischer Seite wahrscheinlich nicht«, entgegnete Diana. »Aber wenn die Mafia unser Täter ist, kann ich dort mehr über sie erfahren als in Deutschland. Die illegalen Transporte mögen hier starten, aber das Ziel ist Kalabrien. Und vielleicht bedeutet die größere Korruption in Italien ja auch, dass dort irgendwo in diesem Wall des Schweigens ein lockerer Stein sitzt, den ich heraushebeln kann.«

Ulbrichts Blick ruhte auf Diana, doch jetzt fiel es ihr leichter, ihn zu halten und dabei firm zu wirken. Denn die vorher nur in Gedanken zurechtgelegten Argumente laut auszusprechen, hatte auch in ihr die Überzeugung gestärkt, das Richtige tun zu wollen.

»Sie möchten also Einblick in die Untersuchung von Mancusos Verschwinden nehmen?«, hakte der Polizeipräsident schließlich nach. Diana wertete die Frage bereits als gutes Zeichen.

»Ja. Und von den Kollegen vor Ort so viel wie möglich über die Geschäfte der 'Ndrangheta erfahren.«

»Das klingt nach einer Zusammenarbeit, die ich in die Wege leiten könnte.«

Diana überkam ein Gefühl großer Erleichterung. Sie schien Ulbricht wirklich überzeugt zu haben.

»Schaffen Sie es bis morgen früh?«, fragte sie entsprechend selbstbewusst nach. »Ich könnte in der Nacht noch einen Flug bekommen.«

Der Anflug eines Lächelns stahl sich auf Ulbrichts Lippen.

»Sie haben wie immer alles schon genau geplant«, hielt er fest.

»So, wie Sie es von mir kennen«, stieg Diana in das humorvolle Spiel ein, das zwischen ihr und ihrem Vorgesetzten schon lange etabliert war – nur um dann sein Gesicht abrupt wieder ernst werden zu sehen.

»Ich habe meine Zustimmung noch nicht gegeben«, sagte Ulbricht in ruhigem, aber bestimmtem Tonfall. »Zuerst möchte ich noch etwas wissen.«

Diana war von der unerwarteten Wendung verunsichert. Entsprechend schwang in ihrer nächsten Frage eine Nuance von Nervosität mit, die sie gern vermieden hätte.

»Und was?«

»Ob Sie sich einer erneuten Ermittlung in Italien gewachsen fühlen.«

Die Kommissarin hatte gehofft, dass der private Aspekt ihres Vorschlags nicht in den Vordergrund treten würde. Aber zumindest hatte sie diese Möglichkeit vorausgesehen und daher auch eine Antwort parat.

»Ich verstehe Ihre Besorgnis«, erwiderte sie bewusst einsichtig. »Die Ereignisse von Rom waren … traumatisch. Das kann ich nicht abstreiten. Aber solche Dinge sind nun mal Teil unserer Arbeit. Wir müssen damit umgehen. Und hier geht es um einen komplett anderen Teil Italiens. Es ist eigentlich ausgeschlossen, dass es Überschneidungen mit dem damaligen Fall geben wird.«

Der letzte Satz war eine Lüge, denn natürlich konnte Diana ihrem Vorgesetzten nicht von der Warnung Don Licatas erzählen. Gleichzeitig bereute sie, die unwahren Worte überhaupt hinzugefügt zu haben. *Die anderen Argumente hätten gereicht. Bleib bei dem, was Fakt ist. Bleib ehrlich gegenüber den Menschen, die dir etwas bedeuten.*

Doch in diesem Moment hatte sie den Fehler bereits begangen. Und dabei vergessen, wie gut der Instinkt Ulbrichts war. Der Polizeichef behielt den festen Augenkontakt bei, ebenso seine souveräne Haltung und den besonnenen Ton seiner Stimme. Trotzdem war sein nächster Satz ein Hammerschlag.

»Sie haben mir nie erzählt, was wirklich in Rom passiert ist.«

Diana traf die Aussage ihres Gegenübers vollkommen unvorbereitet. Denn wenn sie mit einem nie gerechnet hätte, dann damit, dass Ulbricht Zweifel an ihrer Geschichte hegte. Zweifel, die er seit ihrer Rückkehr aus Italien nicht ein einziges Mal geäußert hatte.

»Warum denken Sie das?«

Ihre Stimme war flach und leise und erinnerte die Kommissarin fatal an ihr fünfzehnjähriges Selbst, als sie einer damaligen Vertrauensperson eine ähnlich ungläubige Frage gestellt hatte.

»Ich werde Sie zu nichts zwingen, Diana.« Ulbrichts Stimme blieb weiterhin freundlich, seine Ausstrahlung schützend, verständnisvoll. *Väterlich?* »Ich vertraue Ihnen, und darum möchte ich auch glauben, dass Sie einen guten Grund haben, wenn Sie mir etwas vorenthalten. Gleichzeitig muss Ihnen klar sein, wie lange ich diesen Job bereits mache. In Ihrem finalen Bericht über die Verhaftung gibt es ein paar Zufälle zu viel, und das wissen wir beide.«

Dianas Gedanken überschlugen sich. *Alle haben die Geschichte geglaubt. Aber Ulbricht konnte ich nicht täuschen. Ihn nicht. Natürlich. Wie dumm war ich nur, das auch nur anzunehmen?*

Trotzdem hatte sie keine Antwort. Keinen Ausweg. Denn dem Polizeipräsidenten die Wahrheit zu sagen, war undenkbar. Nicht nur, weil sie Angst vor seinem Urteil bezüglich der Kompromisse hatte, die sie in Rom eingegangen war. Sondern auch, weil ihn ein Mitwissen um ihre Verbindung zu Don Licata in direkte Gefahr bringen würde. Sie musste daran glauben, dass vor allem der letztere Grund ihr Handeln leitete.

Die Kommissarin formulierte ihre nächsten Worte mit größter Umsicht.

»Sie haben recht«, erwiderte sie. »Die Geschichte, die ich zu Protokoll gegeben habe, ist nicht die ganze Wahrheit.« Sie schaute wieder auf, auch wenn sie wusste, dass ihr Blick diesmal nicht fest sein würde, nicht fest sein konnte. »Aber der Aspekt, den ich ausgelassen habe, würde jeden, der davon weiß, in Gefahr bringen. Selbst Sie. Ich würde Ihnen gern mehr sagen. Aber ich kann es nicht.«

Diana forschte im Blick ihres Gegenübers nach einer Reaktion. War da eine Wertung, war da Verständnis, oder doch Enttäuschung? Aber Ulbricht vermochte trotz der emotionalen Situation einen neutralen Gesichtsausdruck zu wahren. Insoweit hatte sein jahrelanger Umgang mit Politikern ihn doch etwas gelehrt.

»Haben Sie etwas Illegales getan?«, fragte er Diana schließlich ohne Umschweife.

»Nein.«

Die Kommissarin gab die Antwort mit Überzeugung. Und sie stimmte insofern, dass sie selbst nicht gegen das Gesetz verstoßen hatte. Inwiefern sie eine Mitschuld trug an den geschehenen Bluttaten, stand auf einem anderen Blatt.

»Dann weiß ich alles, was ich wissen muss«, hielt der Polizeipräsident fest – eine Ansage, die Dianas Anspannung verringerte, aber sie dennoch nicht völlig zur Ruhe kommen ließ.

Ulbricht stand auf.

»Ich gebe Ihnen drei Tage in Kalabrien«, sagte er mit fester Stimme. »Danach sind Sie wieder hier. Jetzt fahren Sie nach Hause, packen und nehmen den Nachtflug. Ich kümmere mich um alles Weitere.«

Die Kommissarin nickte, stand auf.

»Danke.«

Aber das Ergebnis des Gespräches fühlte sich nicht länger wie ein Erfolg an, und entsprechend schwach klang in ihren Ohren der Ausdruck von Erkenntlichkeit. *Nein. So reicht es nicht aus.*

»Ich …« Diana suchte verzweifelt nach den richtigen Worten, aber in dieser Lage gab es nur die naheliegendsten. »Sie wissen, dass ich Sie … zutiefst respektiere. Und dass ich Sie nie mit mangelnder Achtung behandeln würde. Das … wissen Sie, nicht wahr?«

Ulbricht zögerte mit seiner Antwort nur eine Sekunde, aber es war eine Sekunde, die Diana nicht ohne Weiteres würde vergessen können.

»Natürlich«, sagte er dann. »Wenn es anders wäre, würde ich Sie nicht fahren lassen.« Der Polizeichef atmete aus, lächelte kurz, aber sanft. »Viel Erfolg, Diana.«

Die Kommissarin erwiderte das Lächeln, so gut sie konnte. Als sie das Büro ihres Vorgesetzten verließ, hoffte sie inständig, es beim nächsten Mal unter genau denselben Vorzeichen betreten zu können wie immer.

*Er hat es geahnt, aber nichts gesagt. Er hat dich zurück in den Dienst gebracht, dir den Rücken gestärkt. Er vertraut dir trotz allem. Wenn du einen Menschen niemals enttäuschen darfst, dann ihn.*

Es war nur kurze Zeit später, als Diana vom Balkon ihrer Wohnung hinunter auf die ihr so wohlbekannte Straße schaute, wo im Schein der Laternen neben den parkenden Autos ab und zu noch Menschen über die Bürgersteige liefen. Zu dieser Stunde nach Mitternacht waren es meist Hundebesitzer, ab und zu auch Jugendliche auf dem Weg von oder zu Feiern. Einige von ihnen lachten, mit einer Unbeschwertheit, von der Diana in diesem Moment nur träumen konnte.

Die Zukunft der Kommissarin wurde geprägt von bedrohlichen Orakeln, ihre Vergangenheit von den eigenen Fehlern und der andauernden Last ihres großen Geheimnisses. Wieder einmal konnte sie sich nur auf die Gegenwart konzentrieren, das reine Hier und Jetzt ohne Gedanken über mögliche Folgen. In Kalabrien mochten sie Gefahren erwarten, aber auch die Antworten, die sie zur Lösung des Falles brauchte. Und das allein war das Entscheidende.

Diana drückte den Stummel ihrer Zigarette im Aschenbecher aus und ging zurück ins Wohnzimmer, wo sie kurz verweilte und den gepackten Koffer neben dem Sofa betrachtete. Julie hatte Spätschicht und würde in etwa einer Stunde nach Hause kommen. Diana hätte noch solange warten können, denn ihr Flug ging erst später in der Nacht. Aber ihr stand nicht der Sinn nach den Erklärungen, die ein direkter Abschied mit sich bringen würde. Eine Notiz musste reichen, für ein Gespräch war nach ihrer Rückkehr noch Zeit.

Diana nahm ein Blatt Papier zur Hand, schrieb eine Zusammenfassung ihrer Entscheidung und einige persönliche Worte darauf, von denen sie hoffte, dass sie positiv klingen würden. Dann rief sie ein Taxi, nahm den Koffer und ließ die Tür hinter sich ins Schloss fallen.

Die Wellen des azurblauen Meeres schlugen ungestüm gegen die Uferpromenade. Gischt sprühte bis hoch hinauf in die Luft. Doch Diana spürte kaum die Tropfen, die in regelmäßigen Abständen ihre Haut benetzten, und ebenso wenig die sengende Hitze der süditalienischen Sonne. Denn aufgewühlter als die See waren ihre Emotionen, war die Flut aus lang verdrängten Erinnerungen, die in diesem Moment in ihr aufbrandete. Vor ihren Augen erstreckte sich die Straße von Messina, und jenseits der Meerenge erhoben sich die Hügel und Berge von Sizilien.

*Zu Hause.*

Wie konnte es nur sein, dass nach zwanzig Jahren dies der erste Gedanke war, der ihren Kopf und ihr Herz erfüllte? Sie hatte diesen Ort verlassen, aus sehr guten

Gründen. Berlin war jetzt ihre Heimat, dort hatte sie ihre Arbeit, dort lebten die Personen, die ihr Rückhalt gaben. Und doch konnte sie nicht verhindern, dass ihre Sinneswahrnehmungen sie scheinbar direkt in ihre Kindheit zurückversetzten. Der Geruch des salzigen Meeres. Das Geschrei der Möwen. Der frische Wind und die Gischt auf ihrer Haut …

Für einen kurzen und allzu vergänglichen Augenblick fühlte sich Diana wieder leicht, unschuldig, so wie als kleines Mädchen. Erwartungsvoll, dass sich ihre Träume von Abenteuern, Glück und Liebe erfüllen würden. Wie gänzlich anders alles gekommen war.

Diana vermochte nicht zu sagen, welches Gefühl in ihr gerade dominierte. Es waren zu viele, ihr Wechsel zu stetig. Da gab es Nostalgie und Sehnsucht, Erinnerungen an Hoffnung ebenso wie an Schmerz, und ganz sicher spürte sie Angst. Irgendwo dort drüben wartete Don Licata, lauerte die Vergangenheit, die unerwartet erneut in ihre Gegenwart griff, aber auf keinen Fall zu ihrer Zukunft werden durfte.

Der Blick der Kommissarin schweifte ein Stück zur Seite, und ihre Gedanken kehrten zurück in die Realität. Sie befand sich in der Provinzmetropole Reggio Calabria, fast an der äußersten Spitze des italienischen Stiefels. Von ihrem Hotel aus war sie mit dem Taxi in den südlichen Teil der Stadt gefahren, in ein modernes Amphitheater namens Arena dello Stretto, das nach antikem Vorbild genau vor dem dramatischen Hintergrund der Meerenge errichtet worden war. Hinter Diana lagen die halbkreisförmigen Zuschauerränge, während leicht zu ihrer Rechten eine kurze steinerne Mole in das Meer hineinragte. Auf dieser befand sich ein rechteckiger Steinbogen, der die Bühnenwand eines griechischen oder römischen Theaters symbolisierte, und unter dem eine mit Speer und Schild bewaffnete Bronzestatue der Göttin Athene stand.

Dianas Augen verweilten kurz auf der Figur. Musste sie jetzt gleich der kriegerischen Göttin sein, in einem Kampf gegen das vielarmige Monster der Mafia? War es vielleicht von vornherein ihre Bestimmung gewesen, ein Leben des Konflikts zu führen, des immerwährenden Ringens um Gerechtigkeit? Solange der Kampf einer guten Sache diente, war sie gern bereit, dieses Opfer zu bringen. *Und doch … wenigstens ein kurzer Moment wahren Friedens …*

Diana vermochte nicht zu sagen, ob sie einen solchen jemals gespürt hatte. Die Schatten ihrer Vergangenheit waren zu omnipräsent. *Vielleicht, ganz kurz, mit Sabine? Bevor mir auch diese Illusion geraubt wurde?*

Der Kommissarin war klar, dass der Weg zu diesem wahren Frieden nur über eine Konfrontation mit Don Licata führen konnte. Aber dazu war sie nicht bereit. Sie fühlte sich jeder Herausforderung gewachsen – außer dieser.

Mit einem Mal schien die Mole für sie die Gestalt eines Gewehrlaufs anzunehmen, mit dem steinernen Bogen als Korn an dessen Ende. Ein Visier, das nach Sizilien zeigte.

Diana riss sich mit aller Gewalt aus ihren unheilschwangeren Gedanken, sah stattdessen auf ihre Uhr. Es war kurz nach zwölf Uhr. Eigentlich war sie für Punkt Mittag an diesem Ort verabredet, auch wenn sie noch nicht wusste, mit wem. Kurz nach ihrer Ankunft am frühen Morgen hatte sie die Nachricht von Ulbricht erreicht, dass er einen Kontakt zur lokalen Polizei hergestellt habe. Diese Person wolle sich hier an der Bühne mit ihr treffen. Warum Diana nicht direkt in die lokale Questura kommen konnte, war unklar, konnte aber darauf hindeuten, dass eine direkte Zusammenarbeit vielleicht doch nicht zustande gekommen war. Das würde ihre Handlungsfähigkeit im Zweifelsfall stark einschränken.

Die Kommissarin schaute sich um, konnte im Kreisrund der Arena aber nur einige Urlauber ausmachen, die die Sehenswürdigkeit betrachteten oder fotografierten. In ihr rumorte Ungeduld. Sie war vor Ort, wollte und konnte etwas tun, und musste stattdessen ihre Zeit mit Warten vertrödeln, zudem noch auf einen Kontakt, von dem sie nicht wusste, wie hilfreich er überhaupt sein würde.

Einer der scheinbaren Touristen, ein älterer Mann um die sechzig mit grauem, aber vollem Haar, der gerade noch ein Foto von der Meerenge gemacht hatte, kam unvermittelt einige Schritte auf Diana zu und lächelte sie an.

»*Buongiorno*«, begrüßte er sie. »Sind Sie Commissaria Brandt?«

Diana schaute den Mann etwas verblüfft an.

»Die bin ich«, erwiderte sie vorsichtig. Das freundliche Lächeln ihres Gegenübers verbreiterte sich daraufhin noch einmal. Er streckte ihr seine Hand entgegen.

»Paolo Minniti«, stellte er sich vor. »Es freut mich, Sie kennenzulernen.«

Die Kommissarin erwiderte die Geste, war aber nach wie vor unsicher.

»Und Sie sind mein Kontakt bei der Polizei?«, fragte sie nach.

»Etwas Ähnliches«, kam die Antwort. »Ich bin Richter bei der lokalen Staatsanwaltschaft. Wir untersuchen das Verschwinden Davide Mancusos ebenfalls.«

Ein Richter also. Aber gut – auch das konnte hilfreich sein.

»Gibt es schon eine Spur?«, hakte Diana nach. Statt einer Antwort ließ Minniti seinen Blick in Richtung des Meeres schweifen und deutete auf den Fotoapparat in seiner Linken.

»Sie müssen einem alten Mann seine Eigenarten verzeihen«, sagte er. »Ich komme öfter hierher, um ein Foto zu machen. Der Himmel und das Meer sind jedes Mal anders. Es ist schön, oder?«

Diana verspürte in Anbetracht der Dringlichkeit ihrer Ermittlungen wenig Lust, sich über Natureindrücke zu unterhalten. Andererseits konnte sie es sich nicht leisten, ihren neuen Kontakt zu verprellen.

»Das ist es«, erwiderte sie deshalb möglichst neutral. Minniti musterte sie einen Moment lang.

»*La Sicilia* dort drüben ist Ihre Heimat, nicht wahr?«

*Ah. Das.*

»Ich wurde dort geboren«, korrigierte die Kommissarin. Der Richter nickte nachdenklich.

»Ich will ehrlich mit Ihnen sein«, fuhr er fort. »Die örtliche Polizei ist skeptisch, was Ihre Involvierung angeht. Sie dürfen es nicht persönlich nehmen. Man ist hier generell sehr zurückhaltend gegenüber Außenstehenden.«

Diana ahnte, was als Nächstes kommen würde, und beschloss, das Gespräch an dieser unangenehmen Stelle abzukürzen.

»Darf ich raten, warum Sie mir trotzdem helfen möchten?«, fragte sie.

»Bitte.«

»Sie tun es aus Respekt vor meinem Vater.«

Minniti lächelte erneut, diesmal aber eher verhalten.

»Ich kann nachvollziehen, dass es Sie irritiert, wenn man Ihnen aufgrund des Vermächtnisses von Adolfo Ferretti entgegenkommt und nicht wegen Ihrer eigenen Leistungen«, kommentierte er mit einem Einfühlungsvermögen, das Diana positiv überraschte und ihre instinktive Gereiztheit ein wenig milderte.

»In Deutschland höre ich nie davon«, erwiderte sie deshalb wahrheitsgetreu. »Aber in Italien scheint es häufig das einzige Kriterium zu sein, das zählt.«

Der Richter nickte, Verständnis signalisierend, wechselte dann unmittelbar zum nächsten für die Kommissarin anstrengenden Thema.

»Die Morde in Rom vor zwei Jahren haben auch hier großes Aufsehen verursacht«, stellte er fest. »Wie Sie den Fall gelöst haben, war sehr gute Ermittlungsarbeit. Bedauerlich nur, dass es nicht zu einer Verhandlung kam.«

*»Sì. Deplorevole«*, wiederholte Diana die Wortwahl Minnitis mit aller angebrachten Zurückhaltung. Erneut betrachtete der Richter sie eingehend aus seinen braunen Augen, bevor er direkt die Frage stellte, die ihm wahrscheinlich am meisten am Herzen lag.

»Was hoffen Sie, hier zu finden?«

»Die Antworten darauf, warum ein Mensch tot ist und ein anderer verschwunden«, entgegnete die Kommissarin sachlich, aber gleichzeitig mit Überzeugung.

»Auch wenn es Antworten sind, die keiner hören will?«

*Wieder dieselbe Prüfung. Jeder scheint zu glauben, dass ich genauso viel Angst habe wie alle anderen.*

»Dann umso mehr«, antwortete Diana und fügte gleich noch die passende Gegenfrage hinzu. »Wie ist es mit Ihnen? Sind Sie ein Richter, der auch Verbrecher anklagt, die niemand vor Gericht aussagen sehen will?«

Minnitis Gesicht blieb einen Moment lang unbewegt, doch dann lächelte er einmal mehr, klopfte auf Dianas Schulter und deutete in Richtung des nahen Parkplatzes.

»Kommen Sie. Mein Wagen steht gleich hier.«

»Wohin fahren wir?«, erkundigte sich die Kommissarin, während sie dem Richter folgte.

»Zu Mancusos Wohnung«, antworte dieser. »Nachdem Sie den Zusammenhang zu Armin Wiegand hergestellt haben, wurde das Verschwinden zu einem möglichen Mord hochgestuft. Damit haben wir mehr Möglichkeiten für die Ermittlungen.«

Diana nickte zufrieden. Es sah danach aus, als würde sie den örtlichen Untersuchungen nun doch so nahe kommen wie erhofft.

Minniti steuerte seinen kompakten Abarth durch die Straßen des Viertels Archi, und das in relativ hohem Tempo, was Diana zu Beginn ebenso überrascht hatte wie die ungewöhnliche Wahl des Richters für seinen Dienstwagen. Doch die Vorzüge waren ihr schnell klar geworden: Das Auto war klein und leicht zu parken, gleichzeitig schnell und wendig, sodass man auch in einer verwinkelten Großstadt wie Reggio jederzeit schnell an sein Ziel kommen konnte. Während der Fahrt hatte die Kommissarin nunmehr die Möglichkeit, sich einen ersten oberflächlichen Eindruck von Mancusos Wohnviertel zu machen, und es war durchaus kein einladender.

Viele der quadratischen Häuserblöcke bestanden aus unansehnlichem grauem Beton, wirkten heruntergekommen und waren oftmals mit Graffiti beschmiert. Auf den schmalen Balkonen sah Diana hin und wieder Anwohner, die eher teilnahmslos das Geschehen auf der Straße beobachteten – eine rauchende Frau, ein älterer dicker Mann im weißen Feinrippunterhemd, eine Gruppe von vier Teenagern, die Musik aus einem Ghettoblaster älterer Bauart hörten.

Die Straße zwischen den Mietskasernen endete abrupt an einer alten Steinmauer, wo Minniti nach links abbog und den Wagen auf einem schmalen Weg den angrenzenden Hügel hinauflenkte. War der Boden schon zuvor holprig gewesen, mit nur notdürftig ausgebesserten Unebenheiten und Schlaglöchern, rumpelte der Abarth jetzt endgültig über einen Untergrund, den man kaum mehr als Straße bezeichnen konnte. Rechts von Diana erhob sich ein verwilderter grüner Hügel, während zur linken Seite des Weges ein Garten lag, dessen Bäume über rostige Wellblechpappen hinausragten, die lose arrangiert als Zaun dienten. Die Kommissarin kannte ähnlich verwahrloste Viertel zwar noch aus ihrer Jugend in Sizilien, hatte sie damals aber durch den Filter kindlicher Naivität wahrgenommen. Heute hingegen konnte sie einer derartigen Umgebung keinen Charme mehr abgewinnen.

»Das sieht nach einem sozialen Problemviertel aus«, kommentierte Diana das Offensichtliche.

»Und fest in der Hand der 'Ndrangheta«, fügte Minniti das ebenso Absehbare hinzu.

»Wenn Mancuso über die Mafia berichtet hat, warum hat er dann weiterhin hier gewohnt?«, erkundigte sich Diana.

»Es war sein Geburtsviertel«, erwiderte der Richter, verbesserte sich dann. »Oder *ist*. Bleiben wir positiv. Er will sich nicht von hier vertreiben lassen. Vor der Mafia wäre er eh nirgendwo sicher. Und so vermag er ein Zeichen für andere zu setzen.«

»Das klingt nach einem tapferen Mann.«

»Leider kann Tapferkeit in dieser Gegend schnell ein Todesurteil sein«, stellte Minniti mit einem Anflug von Bitterkeit fest.

Er steuerte das Auto erneut nach links, wo sich alte Gebäude, Ruinen und Neubauten in einem surreal wirkenden Puzzle teils stückweise ineinanderfügten. Vor einem der noch frisch verputzten Häuser parkten zwei Polizeiwagen und ein Bus, der wohl zur Spurensicherung gehörte.

Der Richter stoppte und stieg gemeinsam mit Diana aus.

»Ich kläre kurz alles«, sagte er zu ihr und ging hinüber zu einem der vor der Haustür stehenden Carabinieri. Diana ließ ihren Blick an der Fassade des dreigeschossigen Hauses nach oben schweifen. Es war beige, die beiden oberen Etagen besaßen jeweils einen Gemeinschaftsbalkon nach vorn, mit Blick zum Meer hin. Eigentlich eine gute Wohnlage, wenn die Umgebung nicht so heruntergekommen gewesen wäre.

Minniti kam zurück zu der Kommissarin.

»Wir können in die Wohnung«, klärte er sie auf. »Aber ich bitte Sie um Zurückhaltung. Offiziell dürften Sie nicht hier sein. Bitte überlassen Sie mir das Reden.«

Diana missfielen diese Einschränkungen, aber sie hatte keine Wahl. Also nickte sie.

Gemeinsam mit dem Richter ging sie an den beiden Carabinieri vorbei und dann über eine enge Treppe hinauf in die erste Etage, wo sich die Wohnung des Verschwundenen befand.

»Wer hat die Vermisstenanzeige überhaupt erstattet?«, erkundigte sich die Kommissarin noch auf den Stufen.

»Die Schwester Mancusos«, kam die Antwort.

Sie betraten das Apartment, das eher klein war und noch enger wurde, da der Journalist zahlreiche Ordner mit Dokumenten, Zeitungen und Zeitschriften nicht nur in mehreren Schränken arrangiert, sondern aus Platzmangel oft auch auf dem Boden gestapelt hatte. Mit CDs und DVDs war er ebenso verfahren. Zwischen Wohnzimmer, Schlafzimmer und Küche verteilten sich fünf Polizisten, die die Wohnung vorsichtig durchsuchten und Fotos machten. Ein Beamter in Zivil, ein jüngerer Mann mit blondem Haar, schaute bei ihrer Ankunft skeptisch in Richtung Minnitis und Dianas.

»Das ist Commissario Diberti«, informierte der Richter knapp die Kommissarin, bevor er den Mann mit einem Handschlag begrüßte und seine Begleiterin ebenfalls vorstellte.

»Haben Sie schon etwas gefunden, das auf eine Verbindung zu Armin Wiegand hinweist?«, erkundigte sich Minniti. Diberti schüttelte den Kopf.

»Nein«, antwortete er. »Auch keine Spuren einer Gewalttat. Aber wir haben den Hinweisen aus Deutschland folgend Mancusos Computer untersucht.«

Er deutete in Richtung des Schreibtischs neben dem Wohnzimmerfenster.

»Die Festplatten wurden hier ebenfalls entfernt. Und in dem Regal, wo Mancuso laut seiner Schwester Sicherheitskopien aufbewahrt hat, fehlen sämtliche Speichermedien.«

Diana spannte sich an. Dies war bereits ein konkreter Hinweis, dass die beiden Verbrechen miteinander in Zusammenhang standen. Aber gleichzeitig bedeutete es auch, dass sie hier wahrscheinlich ebenfalls keine neuen Hinweise finden würden – zumindest, sofern die Täter genauso gründlich vorgegangen waren wie in Berlin.

»Dürfen wir einen Moment vor Ort bleiben?«, fragte Minniti den Commissario. Dieser zögerte kurz, nickte dann aber.

»Meinetwegen«, sagte er. »Aber fassen Sie nichts an.«

Der Hinweis war überflüssig und indirekt beleidigend, aber Diana ignorierte ihn ebenso wie der Angesprochene, der Diberti nur sein übliches mildes Lächeln schenkte. Als der Commissario das Gespräch mit einem Mitglied der Spurensicherung suchte, wandte sich Minniti wieder Diana zu.

»Wir müssen abwarten, ob sich noch weitere Spuren finden«, stellte er fest. »Wollen wir auf den Balkon gehen, damit wir nicht zu viel Platz wegnehmen?«

Die Kommissarin nickte und folgte dem Richter nach draußen. Hier war es trotz der strahlenden Sonne dank eines leichten Windes zumindest frischer als in der stickigen Wohnung.

»Was wissen Sie noch über Mancuso?«, erkundigte sich Diana.

»Nun, er hat im Laufe seiner Karriere für verschiedene Zeitungen gearbeitet«, entgegnete der Richter. »Und betreibt zudem seinen eigenen Online-Blog. Er beschäftigt sich vor allem mit den sozialen Problemen hier in Kalabrien. Dazu gehört selbstverständlich auch die 'Ndrangheta.«

»Gab es in der Vergangenheit Drohungen gegen sein Leben?«

»Natürlich. Aber es waren bislang nur Worte. Die Mafia agiert heutzutage meist verhältnismäßig.«

»Wie meinen Sie das?«

Minniti wischte sich kurz mit einem etwas altmodischen karierten Taschentuch Schweiß von der Stirn, schaute die Kommissarin dann forschend an.

»Was wissen Sie über die Struktur der 'Ndrangheta?«, fragte er.

»Wahrscheinlich nicht so viel wie Sie.«

Minniti steckte das Taschentuch wieder ein, stützte sich mit den Armen auf die Balkonbrüstung und ließ seinen Blick über die Stadt zu ihren Füßen schweifen.

»Die 'Ndrangheta hat verschiedene Ebenen«, setzte er dabei zu einer Erklärung an. »Sie basiert auf miteinander vernetzten Clans, die entweder ganze Städte kontrollieren oder Stadtteile. Diese kleinsten Territorien nennt man *'ndrine*. Vieles läuft über Erbfolge. Männliche Kinder werden quasi in die Organisation hineingeboren. Dadurch gibt es innerhalb der Familien natürlich einen starken Zusammenhalt.«

»Wie viele Clans gibt es insgesamt?«, hakte Diana nach.

»Um die einhundert«, kam die Antwort. »Natürlich sind die einzelnen Familien unterschiedlich mächtig. Wenn Sie mich fragen würden, wie viele Bosse es hier in Kalabrien gibt, die tatsächlich das Handeln der gesamten Organisation beeinflussen können, würde ich vielleicht auf fünfzehn bis zwanzig tippen.«

»Gibt es eine Art Ältestenrat wie die *Cupola* der Cosa Nostra?«

»Oder einen Boss der Bosse wie Orsino Licata?«

Die Nennung des Namens ließ Diana innerlich kurz erschaudern. Minniti jedoch bemerkte ihre Befremdung nicht und setzte seine Ausführungen fort.

»Nun, seit dem Ende eines Krieges innerhalb der 'Ndrangheta Anfang der Neunziger Jahre gibt es eine Kommission namens *La Provincia*. Sie wurde vor allem mit dem Ziel erschaffen, Konflikte zwischen den Familien künftig zu vermeiden. Im Laufe der Zeit hat sie sich aber auch zu einer Art Kontrollorgan entwickelt. Hier agieren nur die mächtigsten Bosse. Und in deren Reihen wiederum hat ein Mann über die letzten Jahre immer mehr an Macht gewonnen.«

»Um wen handelt es sich?«

»Don Pietro Arcuri. Er ist der Kopf der einflussreichen Familie, die den Industriehafen von Gioia Tauro kontrolliert.«

*Der größte Hafen Kalabriens.* In Dianas Kopf begannen bisher unverbundene Zahnräder schlagartig ineinanderzugreifen.

»Läuft über diesen Hafen auch der Transport von Gift- und Atommüll?«, hakte sie umgehend nach. Minniti schmunzelte.

»Ich sehe, Sie haben Ihre Hausaufgaben gemacht«, stellte er fest. »Ja, das stimmt. Gioia Tauro gilt inoffiziell als der größte Müllumschlagplatz Europas. Insgesamt werden hier fünfzig Prozent des Inlandproduktes von ganz Kalabrien erwirtschaftet. Und die 'Ndrangheta kontrolliert ihn komplett.«

Das war eine beängstigende Vorstellung. Und es machte deutlich, wie mächtig der Clan sein musste, der Gioia Tauro aus dem Schatten heraus lenkte. Im selben Moment fügte sich diese Erkenntnis perfekt zusammen mit allem, was die Kommissarin bis jetzt über Armin Wiegand in Erfahrung gebracht hatte. Endeten die illegalen Transporte, bei deren Organisation er wahrscheinlich mitgeholfen hatte, in genau diesem Hafen?

»Wo entsorgt die Mafia den ganzen Müll?«, erkundigte sich die Kommissarin.

»Den Giftmüll vergraben sie meist«, entgegnete Minniti. »In Wäldern, in Flussläufen, unter leer stehenden Gebäuden – wo auch immer es ihnen passt. Den Atommüll verladen sie in Gioia Tauro auf Schiffe und bedecken ihn mit speziellem Zement und Marmor, der die Strahlung blockt. Dann versenken sie die Schiffe irgendwo im offenen Meer oder vor der Küste.«

Diana stockte kurz der Atem. Es schien unvorstellbar, dass ein Verbrechen solchen Ausmaßes unbemerkt vor sich gehen konnte.

»Seit wann geht das schon so?«, fragte sie.

»Seit vielen Jahren. Wir glauben, dass es mittlerweile mehr als hundert Schiffe sind, die man auf diese Art hat verschwinden lassen.«

*Mehr als hundert.*

»Das alles ist bekannt, aber niemand unterbindet es?«

Den Unglauben in der Stimme der Kommissarin bedachte Minniti mit einem resignierten Kopfschütteln.

»Im Gegensatz zum Drogenhandel ist die Entsorgung unerwünschten Mülls eine Unternehmung, bei der Polizei und Geheimdienste eher zum Wegschauen neigen.«

Da war er wieder, der ekelerregende Gestank von Korruption auf höchster Ebene, der Diana einfach nur wütend machte. Wie konnte es gerecht sein, dass sie im Schweiße ihres Angesichts kleine Mörder zur Strecke brachte, während Leute, die in der Hierarchie über ihr standen, gleichzeitig Schwerverbrecher davonkommen ließen?

»Der Müllhandel läuft also auch oder vor allem über Gioia Tauro«, hielt die Kommissarin fest. »Das heißt, dieser Pietro Arcuri kontrolliert ihn?«

»Zumindest den Teil davon, der im ganz großen Stil betrieben wird«, bestätigte der Richter. »Und die Atommülltransporte laufen ausschließlich über ihn. Das ist auch der Grund, warum ich vorhin davon sprach, dass die 'Ndrangheta heute versucht, verhältnismäßig zu agieren, mit weniger Gewalt als früher. Arcuri arbeitet bei den Müllgeschäften mit multinationalen Konzernen zusammen. Deshalb möchte er sich nach außen einen legitimen Anstrich geben. Die Justiz soll keinen Anlass finden, ihm zu genau auf die Finger zu schauen.«

»Sie wollen also sagen, dass das der Grund war, warum Mancuso trotz seiner Enthüllungsstorys bisher unbehelligt blieb.«

Minniti nickte.

»Er hat Dinge an die Öffentlichkeit gebracht wie die Tatsache, dass die 'Ndrangheta Kindersoldaten benutzt. Oder dass infolge vergrabenen Giftmülls Anwohner an Krebs erkranken. Keine gute Publicity, aber bis jetzt hat sich die Mafia damit begnügt, Mancusos Glaubwürdigkeit anzugreifen. Vor drei Jahren wurde ihm zum Beispiel vorgeworfen, sich an kleinen Jungen vergangen zu haben. Mitunter erfüllt eine Verleumdung denselben Zweck wie eine Kugel.«

»Wenn sich die Mafia also jetzt vielleicht entschlossen hat, ihn mit Gewalt aus dem Weg zu räumen ...«

»Dann muss er einer Sache auf die Spur gekommen sein, die für die 'Ndrangheta akut gefährlich werden könnte«, beendete der Richter Dianas Satz. *Schön. Wir denken gleich.*

»Wiegand arbeitete im Verkehrsministerium«, führte die Kommissarin die Diskussion fort. »Ich vermute, dass er diejenigen illegalen Transporte gedeckt hat, die in Deutschland starten. Dann könnte sein Auftraggeber hier in Kalabrien also Don Arcuri gewesen sein.«

»Möglich.« Minniti kaute nachdenklich auf seiner Unterlippe. »Aber wenn das wirklich den Tatsachen entspricht, wird es schwierig werden, Beweise dafür zu finden.«

»Kommen wir an Arcuri heran?«

Der Richter schüttelte direkt den Kopf.

»Er steht auf keiner Fahndungsliste, aber trotzdem wissen nur seine engsten Vertrauten, wo er sich aufhält. Er ist extrem vorsichtig. Nein – im Zweifelsfall findet Arcuri Sie. Und davor sollten Sie Angst haben.«

»Sagten Sie nicht, dass er Gewalt eher vermeidet?«

Die Züge Minnitis verfinsterten sich.

»Wenn sie für ihn ein unnötiges Risiko bedeutet. Aber wenn er seine Interessen tatsächlich in Gefahr sieht, agiert er mit erschreckender Brutalität. Glauben Sie mir. Vor ein paar Jahren gab es einen Fall, wo ein Hafenarbeiter uns Informationen über die Verladung des Atommülls geben wollte. Wir fanden den Mann einige Tage später in einem Fass mit Säure. Daneben standen zwei weitere Fässer – mit den Überresten seiner Frau und seiner Tochter. Darauf lag ein Zettel, auf dem stand: ›Er durfte zusehen.‹ Und darum,

Signora Commissaria, zweifeln Sie bitte keine Sekunde daran, dass Don Arcuri ein Verbrecher ist, der im Zweifelsfall vor absolut nichts zurückschreckt.«

Die grauenvolle Geschichte ließ Diana innerlich frösteln, machte sie aber gleichzeitig nur noch entschlossener, den unbekannten Mafiaboss zur Strecke bringen zu wollen. Eine Absicht, die Minniti zu teilen schien.

»Und trotzdem stellen auch Sie sich gegen ihn«, stellte die Kommissarin fest. Der Richter zuckte mit den Schultern.

»Bis jetzt hatte ich nie Beweise, die ihm hätten schaden können.«

»Was, wenn wir im Laufe dieses Falls welche finden?«

Wieder tupfte sich Minniti kurz den Schweiß von der Stirn, diesmal etwas bedächtiger, um eine Denkpause zu kaschieren. Schließlich lächelte er knapp.

»Dann weiß ich zumindest eine tapfere deutsche Kommissarin an meiner Seite.«

Nun musste auch Diana lächeln. Der ältere Richter, den sie zuerst für eher schwach und etwas exzentrisch gehalten hatte, stellte sich zunehmend als couragierter Vertreter des Gesetzes heraus. Vielleicht konnte sie mit ihm an ihrer Seite hier in Italien wirklich etwas bewirken.

Im selben Moment ließ die Kommissarin ihren Blick eher nebenbei noch einmal durch das Innere der Wohnung streifen – und hielt abrupt inne. Ein Mitglied der Spurensicherung war gerade dabei, die Jacken an Mancusos Kleiderständer zu untersuchen, und zog dabei einen gefalteten Zettel Papier aus einer der Taschen.

Irgendwo in Dianas Kopf klingelte eine Alarmglocke. Aber was war der Grund? Der Beamte faltete den Zettel vorsichtig auseinander. Es handelte sich um liniertes Papier, wie von einem Notizblock …

*Der klassische Notizblock neben dem alten Füller.*

Die Erinnerung stand der Kommissarin unmittelbar und mit aller Klarheit vor Augen.

»Kommen Sie!«, forderte Diana Minniti auf, der sie überrascht ansah, ihr aber ohne Nachfragen folgte. Im selben Moment hatte der Mann von der Spurensicherung den Zettel bereits in eine Beweistüte bugsiert und zeigte diese Commissario Diberti.

»Kann ich diesen Zettel bitte sehen?«, erkundigte sich Diana. Der italienische Kollege warf ihr einen unwilligen Blick zu.

»Warum?«, fragte er.

»Weil dieser Zettel aus der Wohnung von Armin Wiegand stammt«, klärte ihn die Kommissarin auf. Diberti wog einen Moment lang ab, reichte ihr dann die Tüte. Diana nahm sie vorsichtig entgegen und hielt sie gegen das Licht. Auf dem linierten Papier standen fein säuberlich drei Dinge notiert, niedergeschrieben mit der Tinte aus Wiegands Füllfederhalter.

*76730*
*27. April, 01:20*
*28. April, 00:15*

Diana atmete scharf ein. Das erstere Datum war bereits der folgende Tag. Was würde noch im Laufe dieser Nacht geschehen? Und welche Bedeutung hatte die mysteriöse Zahlenfolge? Die Kommissarin sammelte ihre Gedanken. Es musste sich um eine Kennziffer handeln, so viel war naheliegend. Wofür, vermochte sie nicht zu sagen. Oder doch? Es gab zwei Uhrzeiten – einen Startpunkt und einen Endpunkt. Sie wusste, dass es wahrscheinlich um einen Transport von Deutschland nach Italien ging. Also war die Frage, auf welchem Weg dieser stattfinden sollte. Für einen Flug war die Zeit zu lang, für eine Verschiffung zu kurz. Damit blieben zwei Möglichkeiten. Die Straße oder die Schiene. Für Giftmüll war erstere Variante noch vorstellbar – aber womit transportierte man eine hochriskante Fracht wie Atommüll? Mit einem Zug. Und im Gegensatz zu Lastkraftwagen hatten Güterzüge Nummern. Das musste die Antwort sein.

»Ich glaube, hier geht es um einen Zug«, platzte es aus Diana heraus. »Sehen Sie? Wir haben die Kennziffer, die Abfahrtszeit und die Ankunft.«

Sowohl Minniti als auch Diberti schauten auf den Zettel.

»Aber ein Zug von wo nach wo?«, erkundigte sich der Richter.

»Wenn Wiegand involviert war, dann fährt er in Deutschland ab und kommt in Italien an.«

Diberti musterte Diana eher kritisch.

»Und Sie glauben, diese Notiz stammt von dem Opfer in Berlin?«, fragte er.

»Ich bin mir sicher«, bestätigte Diana. »Natürlich brauchen wir noch einen Handschriftvergleich. Aber ich habe genau so einen Notizblock auf Wiegands Schreibtisch gesehen, und die Tinte paßt zu dem Füller, der daneben lag.«

Der Commissario überlegte kurz, nickte dann.

»Also gut«, sagte er. »Ich schicke ein Foto des Zettels nach Deutschland. Dann können Ihre Experten die Schrift vergleichen.«

»Danke«, erwiderte Diana. Da Diberti sich daraufhin entfernte, wanderte der Blick der Kommissarin weiter zu Minniti. Auch der bisher so besonnene Richter wirkte nun leicht aufgeregt.

»Wissen Sie, was das vielleicht bedeutet?«, fragte er Diana. »Es könnte das erste Mal sein, dass wir die Eckdaten eines der geheimen Mülltransporte im Voraus kennen.«

»Und ihn noch stoppen können«, fügte die Kommissarin mit Genugtuung hinzu.

»Was glauben Sie, was der Zielbahnhof ist?«

»Falls es sich tatsächlich um Atommüll handelt, kann es laut Ihren Aussagen nur Gioia Tauro sein.«

Diana dachte kurz nach, entschloss sich dann, dem Richter auch mit ihrem letzten Trumpf zu vertrauen.

»Ich glaube, damit haben wir das Motiv«, fuhr sie fort. »Wiegand hat Mancuso etwas gegeben, was für die 'Ndrangheta eine zu immense Bedrohung war: die Eckdaten für den nächsten Transport auf der Weißen Route Eins.«

Diana sah, wie Minniti kurz zusammenzuckte und sich augenblicklich sichtbar versteifte. Es war klar, dass er den Begriff kannte, und seine Erwähnung hatte tatsächlich den Effekt, den Katja Hofstädter vorhergesagt hatte.

Der Richter schaute sich um, so, als ob er sichergehen wolle, dass keiner der anderen Anwesenden die Worte vernommen hatte. Dann zog er Diana sanft ein Stück zur Seite.

»Woher kennen Sie diese Bezeichnung?«, fragte er sie leise.

»Sie wurde mir in Berlin anvertraut«, antwortete Diana bewusst vage. »Können Sie mir Näheres dazu sagen?«

Minniti befeuchtete sich leicht nervös die Lippen mit der Zungenspitze.

»Ich wünschte, es wäre so«, entgegnete er. »Der Begriff ist … wie ein Phantom, fast ein Mythos. Sicher, wir wissen, dass die 'Ndrangheta Gift- und Atommüll in Kalabrien verkappt. Es gibt Untersuchungen darüber, sogar Dokumentarfilme. Aber wie genau alles abläuft, wie der Müll genau hierherkommt, das ist das große Geheimnis.«

»Ein Geheimnis, das Don Arcuri mit allen Mitteln bewahren würde.«

»Davon ist auszugehen«, kommentierte der Richter. »Unter der Hand haben wir im Laufe der Jahre von den Weißen Routen Eins und Zwei gehört. Zugverbindungen, die kein Zollbeamter jemals kontrolliert. Die erste Strecke läuft angeblich schon länger von Nordeuropa nach Italien, die zweite und jüngere Strecke kommt aus dem Ostblock. Aber wir haben niemals irgendwelche Beweise dafür finden können.«

»Bis jetzt«, kommentierte Diana.

Es ergab alles Sinn. Wie stellte man sicher, dass ein Gefahrguttransport unbemerkt über mehrere Ländergrenzen ans Ziel kommen würde? Mit der Hilfe korrupter Beamter vor Ort – aber schon vorher brauchte man jemanden, der den Gesamtablauf organisieren und decken würde. Jemanden, der einen Überblick über den gesamten Zugverkehr hatte. Der außerplanmäßige Testfahrten anordnen konnte und alle wichtigen Leute kannte. Jemanden wie Wiegand.

Die Kommissarin atmete einmal tief durch. Was galt es jetzt zu tun? Zunächst einmal den Zug zu identifizieren, sodass ihn Ulbricht noch würde stoppen können, bevor er Deutschland verließ. Oder bevor er überhaupt morgen losfuhr. Und hier vor Ort …

»Hören Sie«, wandte sich Diana an den Richter. »Wenn Wiegand die Transporte auf deutscher Seite organisiert hat, dann muss es hier in Kalabrien eine Person geben, die dieselbe Aufgabe übernimmt. Jemanden in einer ähnlichen Position. Wie heißt der Verkehrsminister für die Provinz?«

Minniti überlegte kurz.

»Das Schienennetz sollte in der Zuständigkeit des *dirigente generale* für Infrastruktur und Mobilität liegen«, antwortete er dann. »Sein Name ist Luigi Spadafora.«

»Hat er seinen Amtssitz hier in Reggio?«

»Ja.«

»Kommen Sie an ihn heran?«

»Er sollte bereit sein, mit mir zu reden.«

»Sie klingen sehr sicher.«

Minniti lächelte trocken.

»Spadafora war vor ein paar Jahren in eine Schmiergeldaffäre verwickelt«, erklärte er. »Da er uns den Hauptschuldigen geliefert hat, haben wir bei ihm ein Auge zugedrückt.«

»Dann nutzen wir das«, sagte Diana entschlossen. »Also: Sie vereinbaren einen Termin mit Spadafora. So bald wie möglich. Und ich kontaktiere Deutschland und veranlasse, dass der Zug gestoppt wird.«

»Beides wird der ’Ndrangheta nicht gefallen«, äußerte der Richter, etwas zögerlich.

»Und das ist gut, oder?«, entgegnete Diana gerade auch deshalb mit voller Überzeugung. Auf Minnitis Gesicht stahl sich erneut ein Lächeln, und seine nächsten Worte waren bestimmter, kämpferisch.

»Ja«, sagte er. »Das ist es.«

»Exzellente Arbeit.« Auf Ulbrichts Gesicht mischten sich Zufriedenheit und Erstaunen. »Ich hätte nicht gedacht, dass Ihr Aufenthalt in Kalabrien so schnell konkrete Ermittlungsergebnisse bringt.«

»Also hatte ich den richtigen Instinkt, als ich herkommen wollte?«, setzte Diana nach. Eine kleine freundliche Stichelei konnte sie sich in Anbetracht ihres Erfolges erlauben.

Der Online-Chat ruckelte kurz, was an der schlechten Internetverbindung lag.

»Es sieht so aus«, gestand Ulbricht ehrlich ein.

»Die Nummer des Zuges haben Sie erhalten?«, erkundigte sich Diana.

»Und bereits identifiziert«, kam die überraschende Antwort. »Es handelt sich bei Transport 76730 um einen Güterzug, der momentan in Hamburg beladen wird. Was das Ziel angeht, hatten Sie ebenfalls recht: Er fährt ohne Zwischenstopp direkt nach Gioia Tauro.«

Diana spürte Erregung in sich aufsteigen. Das lief besser, als sie erwartet hätte.

»Gibt es Unterlagen über die Fracht?«, fragte sie.

»Offiziell Industriegüter«, erwiderte Ulbricht. »Mehr wissen wir noch nicht.«

»Wie werden Sie vorgehen?«

»Ich werde eine Durchsuchung veranlassen wegen des Verdachts auf den Transport illegaler Gefahrengüter. Die Aktion muss mit einigen anderen Stellen koordiniert werden – Zoll, Hafenbehörde und so weiter. Aber ich denke, das Ganze sollte noch vor Mitternacht durchführbar sein.«

Das klang ausgezeichnet. Diana lächelte.

»Wissen Sie, was das bedeutet?«, fragte sie, ohne das Gefühl zu haben, ihre Aufregung verbergen zu müssen. »Wir könnten es gemeinsam schaffen, ein internationales Verbrechen von enormem Umfang zu stoppen!«

Auch Ulbricht konnte den Anflug eines Lächelns nicht vermeiden.

»Darauf hatten Sie gehofft, oder? Einmal die Leute zu erwischen, die davon ausgehen, dass sie davonkommen?«

»Ich weiß, dass Sie einen solchen Erfolg genauso brauchen wie ich.«

Der Polizeichef nickte kurz, nahm sich dann aber etwas zurück, um nicht zu viel preiszugeben.

»Also gut«, sagte er. »Dann widme ich mich jetzt weiter der nötigen Bürokratie.«

»Sagen Sie mir bitte Bescheid, wenn die Durchsuchung des Zuges anläuft.«

»Ich melde mich zeitnahe. Bis dahin, Diana.«

»Gute Jagd, Chef.«

Die Kommissarin verließ den Chatroom und klappte den Bildschirm ihres Laptops nach unten. Dann ging sie unmittelbar zum Fenster ihres Hotelzimmers, öffnete es und rollte sich eine Zigarette.

In ihrer Seele spürte sie Hoffnung aufsteigen, wie sie Diana schon lange nicht mehr gefühlt hatte. Oder, vielleicht besser gesagt, nicht zugelassen. Zu groß war die Angst, zu früh zu hoffen, nur um ihre Bestrebungen dann einmal mehr scheitern zu sehen. Es war bereits zu oft so geschehen, hatte Risse hinterlassen, und sie wusste nicht, ob eine erneute Wiederholung nicht zum endgültigen Einsturz ihres ganzen inneren Kartenhauses führen würde. Aber andererseits ... Ein Erfolg, ein echter Erfolg, und dann auch noch gegen die Mafia ... *Es wäre der Sieg, den ich brauche. Und auch der endgültige Bruch mit meinem Erbe.*

Es klopfte an der Tür. Die Kommissarin legte die Zigarette auf dem Fenstersims ab, ging in den Flur und schaute durch den Spion. Minniti stand draußen im Korridor.

Diana schloss auf und ließ den Richter eintreten.

»*Buona sera, giudice*«, begrüßte sie ihn. »Was haben Sie für mich?«

Ihr Kollege lächelte.

»Einen Termin bei Spadafora.«

»Heute Abend noch?«

»Leider nein. Morgen früh um zehn Uhr.«

Die Kommissarin fühlte leichte Enttäuschung. Auch wenn Ulbricht derzeit in Deutschland die wirklich dringliche Arbeit erledigte, hatte sie dennoch gehofft, den Impetus nutzen und auch hier in Italien heute noch etwas bewerkstelligen zu können.

»Eher ging es nicht?«, fragte sie leicht frustriert nach. Minniti schüttelte den Kopf.

»Ich kann leider nicht zaubern«, sagte er. »Und auch nicht verlangen, dass sich der Dirigente außerhalb seiner Dienstzeiten mit uns trifft. Egal, ob ich nun ein kleines Druckmittel gegen ihn habe oder nicht.«

Diana nickte, akzeptierte, atmete aus.

»Das heißt, wir können für heute gar nichts weiter tun?«

Der Richter betrachtete sie einen Moment lang.

»Ich denke, etwas Wichtiges gibt es doch«, sagte er dann, wirkte dabei sehr ernst.

»Und was?«, fragte die Kommissarin.

»Lassen Sie uns ein Stück fahren«, erwiderte ihr Gegenüber. »Ich möchte Ihnen gern etwas zeigen.«

Das Umfeld des Krankenhauses erinnerte Diana unangenehm an die Zeit ihrer Reha und das damit einhergehende Gefühl körperlicher Ohnmacht. Minniti hatte sich zudem bis jetzt darüber ausgeschwiegen, was genau er ihr hier zu zeigen gedachte, und ihre Nachfrage während der Fahrt nur mit einem knappen »die menschliche Seite« bedacht. Der vage Verdacht der Kommissarin, was er damit meinen könnte, bestätigte sich in dem Augenblick, als sie gemeinsam aus dem Fahrstuhl stiegen und sich der Richter nach links wandte in Richtung einer Station, die als Onkologie ausgewiesen war.

Minniti winkte der Schwester am Einlass zu, die die Geste mit einem Lächeln erwiderte.

*»Buona sera, Emilia«*, grüßte er sie.

*»Buona sera, giudice«*, folgte die Erwiderung. Offensichtlich war es keine Seltenheit, dass der Richter hierherkam.

Als sie die Doppeltür der Krebsabteilung durchschritten, entschloss sich Diana, direkt nachzufragen.

»Wen besuchen wir hier?«

Minniti sah zu ihr herüber. Sein Blick war ebenso von tiefer Traurigkeit gezeichnet wie gleich darauf seine Stimme.

»Eigentlich alle.«

Die Kommissarin fühlte den Ernst seiner Aussage, auch wenn sie diese noch nicht vollends verstand. So schaute sie nach vorn in den Gang, in dem sich einige Patienten aufhielten. Es waren Männer und Frauen, Rentner ebenso wie Jugendliche. Viele von ihnen hatten als Folge der Chemotherapie ihre Haare verloren, einige schoben mobile Infusionsständer neben sich her. Die meisten von ihnen grüßten den Richter, als er sie passierte, und dieser erwiderte die Begrüßungen und erkundigte sich meist kurz nach dem Befinden der Betroffenen.

»Sie kennen all diese Leute?«, fragte ihn Diana, als sie einen Moment lang allein waren.

»Die meisten«, entgegnete Minniti. »Es handelt sich vor allem um schwere Fälle, die aus dem Umland hierher verlegt wurden. Bei vielen besteht der Verdacht, dass ihr Krebsleiden durch Giftmüll ausgelöst wurde, den die 'Ndrangheta nahe ihrer Heimatorte vergraben hat.«

Genau diese düstere Vermutung hatte Diana bereits gehegt, und jetzt verstand sie, warum der Richter ihr diesen Ort zeigte. Er wollte, dass die menschlichen Konsequenzen der Verbrechen der Mafia auch für sie nicht nur Ziffern, sondern Gesichter waren.

Minniti stoppte vor der Tür eines Zimmers.

»Ich möchte Ihnen gern Francesca vorstellen«, sagte er, klopfte dann bereits, bevor Diana noch eine Folgefrage stellen konnte.

»Ja?«, kam schwach die Antwort von drinnen – und es handelte sich um die Stimme eines Kindes. Dianas Magen verkrampfte sich leicht.

Sie betraten den Raum, in den in diesem Moment die Strahlen der sich senkenden Abendsonne fielen. Das Krankenzimmer war recht klein, bot Platz für ein Bett, einen Tisch mit zwei Besucherstühlen und einen Schrank; links neben der Tür befand sich die Toilette. In dem Bett lag ein Mädchen, das vielleicht acht oder neun Jahre alt war. Doch die Schwermut, die in ihren großen grünen Augen lag, ließ vermuten, dass sie bereits mehr Leid erfahren hatte als manch Erwachsener. Francesca hatte ebenfalls keine Haare mehr und in ihrem rechten Arm steckte die Kanüle des Tropfes. Trotz alldem lächelte die Kleine, als sie Minniti erblickte.

»Ciao, Onkel Paolo«, grüßte ihn das Mädchen, schaute dann etwas unsicher zu Diana.

*»Ciao, cara mia«*, entgegnete der Richter, zeigte danach zu der Kommissarin. »Ich habe dir heute eine Freundin von mir mitgebracht. Das ist Diana, sie ist eine Commissaria aus Deutschland.«

Francesca betrachtete Diana einen Moment lang, lächelte dann auch sie an.

»Ciao, Diana«, sagte sie.

»Ciao, Francesca«, erwiderte die Kommissarin. »Es freut mich, dich kennenzulernen.«

Minniti nahm die beiden Besucherstühle und stellte sie links neben das Bett, sodass sie direkt an Francescas Seite Platz nehmen konnten.

»Wie geht es dir heute?«, erkundigte er sich. Das Gesicht der Kleinen wurde wieder ernster.

»Etwas besser«, antwortete sie mit der Sachlichkeit einer Erwachsenen. »Ich muss mich immer noch übergeben. Aber nicht mehr so oft. Sie sagen, die neue Medizin hilft.« Ein leichtes Lächeln umspielte ihren Mund. »Vielleicht kann ich nächste Woche schon wieder runter in den Hof.«

»Das würde mich freuen«, kommentierte der Richter. »Dann können wir wieder ein wenig Ball spielen.«

»Das wäre schön«, sagte Francesca, mit einem hoffnungsvollen Leuchten in ihren Augen.

»Heute habe ich eine Bitte an dich«, wandte sich Minniti an das Mädchen. »Natürlich nur, wenn du möchtest.«

»Ich helfe dir doch gern«, kam die Antwort der Kleinen.

»Das ist lieb von dir. Sag, könntest du Diana vielleicht die Geschichte von deinem Olivenhain erzählen?«

Francesca zögerte.

»Das ist aber ein Geheimnis«, wandte sie ein.

»Diana ist eine gute Freundin«, bemühte der Richter eine gut gemeinte Notlüge. »Du kannst ihr vertrauen.«

Das Mädchen musterte Diana eine Weile lang.

»Dann gut«, sagte sie schließlich. »Ich verrate es dir. Aber du darfst mit wirklich niemandem darüber reden. Versprichst du's?«

Die Kommissarin legte symbolisch eine Hand auf ihr Herz.

»Ich schwöre es«, sagte sie. Francesca nickte.

»Dort war ich immer spielen«, erzählte sie dann. »Zwischen den schönen alten Bäumen. Der Olivenhain hat früher meinem Opa gehört. Aber jetzt kümmert sich niemand mehr darum.«

Das Mädchen stemmte sich im Bett hoch, leicht mühevoll, und bewegte ihren Kopf näher zu Diana, sprach flüsternd weiter. Die Kommissarin lehnte sich ihrerseits nach vorn, um den Abstand zu der Kleinen zu verkürzen.

»Dort im *oliveto* habe ich viele Freunde«, verriet ihr Francesca verschwörerisch. »Da leben nämlich Feen und Kobolde, weißt du?«

»Ach, tatsächlich?« Diana spielte großes Erstaunen. »Das hätte ich nicht gedacht!«

»Es ist aber so!« Das Mädchen nickte eifrig. »Sie haben ihr Königreich dort. Tagsüber tuscheln sie mit mir. Aber nachts habe ich sie auch schon manchmal gesehen. Vom Fenster aus. Da sind sie als Lichter durch den Olivenhain gehuscht.«

Die Kommissarin überkam ein unwohles Gefühl. Sie warf einen kurzen Seitenblick in Richtung Minnitis, dessen starrer Gesichtsausdruck ihre Vermutung zu bestätigen schien.

»Die Feen beschweren sich manchmal bei mir über die Kobolde«, fuhr Francesca inzwischen mit ihrer Erzählung fort. »Denn die machen ganz viel Unfug. Sie stehlen Sachen und reißen die schönen Farne aus.«

»Sie … graben also in der Erde?«, fragte Diana nach, konnte dabei nicht verhindern, dass ihre Stimme leicht wegbrach. Das Mädchen nickte.

»Ja«, sagte sie. »Das eine Mal haben sie den halben *oliveto* umgegraben. Aber dafür wurden sie von den Feen in so blaue Fässer gesperrt, damit sie endlich Ruhe geben. Und die Fässer haben die Feen ganz tief vergraben, also die meisten. Ein paar schauten noch raus aus dem Boden.«

Diana hatte das Gefühl, als würde ihr jemand die Luft abschnüren. Schon die ganze Zeit hatte sie Francescas

Geschichte an ihre eigene Kindheit erinnert, wo der nahe Olivenhain mit seiner winzigen Kirche für sie ein magischer Rückzugsort gewesen war. Für sie hatte er Sicherheit bedeutet. Aber aus Francescas *oliveto* hatten skrupellose Verbrecher einen Hort des Todes gemacht.

Die Kommissarin spürte unbändige Wut in sich aufsteigen, gepaart mit tiefster Beklemmung. Sie wusste nicht, wie lange sie vor Francesca noch eine neutrale Fassade würde bewahren können.

»Und was ist dann passiert?«, fragte sie vorsichtig nach. Das Mädchen legte sich zurück aufs Kissen, verlor den kindlichen Enthusiasmus in seinem Tonfall wieder.

»Ich glaube, die Kobolde haben ihre Lektion verstanden«, sagte sie. »Aber genau weiß ich's leider nicht. Kurz darauf bin ich krank geworden.«

Diana spürte, wie Tränen in ihren Augen aufwallten. Sie stand überhastet auf.

»Ich … warte im Hof auf Sie«, sagte sie in Richtung Minnitis, fügte dann bereits im Gehen hinzu: »Ich wünsche dir alles Gute, Francesca.«

Sie konnte das Mädchen nicht noch einmal ansehen. Es tat zu sehr weh.

»Mach's gut, Diana«, hörte sie die Erwiderung der Kleinen, als sie bereits durch die Tür ging.

Minniti gesellte sich etwa zehn Minuten später wieder zu ihr, während sie auf einer Bank im Garten der Klinik ihre zweite Zigarette am Stück rauchte.

»Es tut mir leid«, sagte der Richter, während er sich neben die Kommissarin setzte. »Ich wollte nicht, dass es Sie so aufwühlt.«

Diana schüttelte den Kopf.

»Nein«, entgegnete sie. »Es war gut so.« Sie nahm einen Zug, schaute zu ihrem Kollegen. »Erzählen Sie mir, was genau passiert ist.«

Minniti faltete die Hände auf seinen Knien.

»Francesca stammt aus Africo Nuovo«, begann er. »Einer kleinen Stadt an der Ostküste. Mittlerweile sind drei Viertel aller dortigen Todesfälle Krebserkrankungen. Die Mafia hat während der Trockenzeit Autos voller Giftmüll im Bett des örtlichen Flusses vergraben. Und ebenso auf nahen Mülldeponien, auf Feldern –«

»Und unter Francescas Olivenhain«, ergänzte Diana bitter die unheilvolle Aufzählung. Der Richter nickte nur betreten.

»Was ist mit ihren Eltern?«, fragte die Kommissarin weiter.

»Francescas Mutter ist kurz nach ihrer Geburt gestorben. Ihr Vater hat sie allein aufgezogen. Nachdem sie an Krebs erkrankt ist, kam er zu mir. Er hat eine Aussage darüber gemacht, wie er die nächtliche Vergrabungsaktion beobachtet hat.«

»Was hat er gesehen?«

»Keine Gesichter. Den Transporter eines lokalen Bauunternehmens, der aber angeblich nicht mehr in dessen Bestand ist. Und zwei Wochen später ist Francescas Vater verschwunden. Mitten am Tag, auf dem Weg von der Arbeit hierher ins Krankenhaus. Es gab keinen einzigen Zeugen.«

Die hilflose Wut in Dianas Innerem wuchs und wuchs.

*»Omertà.«* Sie spie das verhasste Wort nahezu aus. Minniti seufzte hörbar, seine eigene Frustration klar zeigend.

»Sicher, wir führen Schläge gegen die 'Ndrangheta«, führte er aus. »Gegen ihren Drogenhandel. Gegen Schutzgelderpressung. Und ab und zu verhaften wir einen der Bosse. Aber wie ich schon sagte – die illegale Müllentsorgung ist das eine Geschäftsfeld, von dem zu viele Leute profitieren.«

Er drehte sich gänzlich zu Diana, und während seiner nächsten Worte wurde seine Stimme zunehmend härter.

»Ich kämpfe schon seit Jahrzehnten gegen die Mafia«, sagte er. »Aber nie zuvor habe ich mich so schwach gefühlt. Sie vergraben hier jährlich zehntausende Tonnen Müll, und mitunter wissen wir sogar wo. Aber dann werden im besten Fall oberflächliche Messungen vorgenommen und die Umweltbehörde erklärt die Schadstoffwerte für unbedenklich. Wenn ich weitergehende Ermittlungen anstrengen will, werde ich von meiner eigenen Justiz abgeblockt, oder die Geheimdienste verweigern die Herausgabe wichtiger Akten. Vor ein paar Jahren hatte ein Ermittler herausgefunden, wo einige der Atommüllschiffe versenkt wurden. Aber noch bevor er die Standorte melden konnte, ist er einem Giftattentat zum Opfer gefallen.«

Die Kommissarin konnte nur mit dem Kopf schütteln. Ein solches Ausmaß an Korruption schien einfach unvorstellbar, und doch war es traurige Realität. *Was würde ich tun, wenn ich wieder und wieder an solchen Widerständen scheitern müsste?*

»Wie schaffen Sie es trotz alledem, noch immer weiterzukämpfen?«, fragte sie Minniti, nunmehr mit tief empfundenen Respekt. »Wie erhalten Sie Ihren Glauben aufrecht, etwas gegen die 'Ndrangheta ausrichten zu können?«

Der Blick des Richters verlor sich für einen Moment in der Distanz, während er über eine Antwort nachdachte.

»Es wird irgendwie zur Gewohnheit, wissen Sie?«, erwiderte er letzten Endes. »Es beginnt als Idealismus, aber dann … wird es zur Notwendigkeit, weil die Alternative zu schrecklich wäre. Ich habe den Kampf nie aufgegeben, das mag stimmen. Doch wenn ich ehrlich bin, hatte ich den Glauben daran verloren, ihn wirklich noch einmal gewinnen zu können.«

Diana verstand nur allzu gut, wie sich Minniti fühlen musste. Er war im Grunde genau wie sie, genau wie Ulbricht. Er wollte etwas ändern. Er wollte an etwas glauben. Aber ihnen allen stand eine Realität entgegen, die von Menschen gestaltet wurde, die aus kaltem Kalkül die inhumansten Entscheidungen trafen.

»Diesmal können wir es schaffen«, versuchte die Kommissarin ihrem Kollegen Mut zuzusprechen, und im gleichen Atemzug auch sich selbst. »Diesmal sind wir der Mafia einen Schritt voraus. Wenn wir diesen Zug stoppen, gelingt es uns vielleicht, dieses schmutzige Giftmüllgeschäft vor den Augen der ganzen Welt auffliegen zu lassen.«

Der Richter schaute ihr tief in die Augen. Für einen Moment glaubte Diana, darin eine Bewunderung zu sehen, von der sie nicht sicher war, ob sie sie verdiente. Minniti straffte seine Körperhaltung und sprach seine nächsten Worte mit fester Stimme.

»Sie müssen entschuldigen, wenn ich heute Nachmittag kurz zögerlich war. Sehen Sie, ich war nie feige. Aber vielleicht auch nicht immer so mutig, wie ich es hätte sein müssen. Um mich selbst habe ich keine Angst. Aber manchmal denke ich an meine Enkel und …« Er brach ab, schüttelte den Kopf, korrigierte sich dann selbst. »Aber genau das ist das falsche Handeln«, fuhr er fort. »Ich muss mein Bestes tun, gerade, weil ich Enkel habe. Damit sie in einer besseren Welt aufwachsen. Damit ihnen nicht dasselbe passiert wie Francesca.«

Diana legte ihre linke Hand auf Minnitis Schulter, und auch sie sprach ihre folgenden Sätze aus leidenschaftlichster Überzeugung. »Wir werden diese Verbrecher zur Strecke bringen. Für Francesca. Und für alle anderen.«

Diana wälzte sich unruhig auf dem Bett hin und her. Sie versuchte nun schon seit mehreren Stunden, ein wenig Schlaf zu finden, aber abgesehen von einigen kurzen Momenten des oberflächlichen Wegdriftens wollte es ihr einfach nicht gelingen. Zu sehr belasteten sie die Erlebnisse des vergangenen Abends, vor allem die Erinnerung an Francescas tieftraurigen Blick. Gleichzeitig war da die Hitze, die trotz des weit geöffneten Fensters unverändert in ihrem Hotelzimmer stand, denn die Klimaanlage funktionierte nur auf der niedrigsten Stufe. Diana hatte den Defekt zu spät bemerkt und keine Lust mehr gehabt, sich noch einmal anzuziehen und an der Rezeption ein anderes Zimmer zu verlangen. So hatte sie sich schließlich ihres Pyjamas entledigt und lag nunmehr nackt auf dem Laken, das mittlerweile ebenso schweißnass war wie ihre Haut.

Der Hauptgrund für Dianas andauernde Anspannung aber war die immer noch ausstehende Rückmeldung

Ulbrichts. Sie hatte ein Update in Bezug auf die Durchsuchung des Zuges bereits im Verlauf des späten Abends erwartet, aber aus Berlin war bislang nichts zu hören gewesen. Das ließ in der Kommissarin immer stärkere Nervosität aufkeimen. Sie schielte nach rechts zu dem leuchtenden Display des Weckers auf dem Beistelltisch. Er zeigte bereits zwanzig Minuten nach Mitternacht. In kaum mehr als einer Stunde sollte die unheilvolle geheime Fracht laut Wiegands Planungen Hamburg verlassen.

Wann würde der Zugriff also endlich erfolgen? Ihr Laptop stand neben dem Bett bereit, der Chatroom war vorbereitet. Wie lange noch bis zu dem Anruf, der Diana zumindest diese Sorge würde vergessen lassen? Sie wollte so gern ein wenig schlafen, etwas Ruhe finden, Kraft für den nächsten Tag …

Die roten Ziffern verschwommen vor ihren Augen, wurden für kurze Zeit ebenso von Dunkelheit verschluckt wie ihre unsteten Gedanken. Doch nicht lange genug, um ein Abgleiten in wirklich stärkenden Tiefschlaf zu erlauben. Denn als die Kommissarin vom Klingeln ihres Handys aufgeschreckt wurde, waren nur wenige Minuten vergangen.

Diana musste sich kurz orientieren, warf dabei einen erneuten Blick auf die Uhr. Null Uhr zweiunddreißig. Ihr Smartphone lag noch auf dem Fensterbrett, wo sie es nach ihrer letzten Zigarette vergessen hatte. Die Kommissarin schaltete die Nachttischlampe ein, nahm das vorher unbenutzt zur Seite gelegte zweite Bettlaken und band es eilig über ihrer Brust zusammen. Für einen Telefonanruf war dies natürlich nicht zwingend nötig, aber irgendwie wäre sich Diana trotzdem seltsam dabei vorgekommen, nackt mit ihrem Vorgesetzten zu sprechen. *Warum ruft er an, anstatt wieder einen Videochat zu starten?*

Die Kommissarin lief mit schnellen Schritten zum Fenster, schaute auf das Display. Es war in der Tat Ulbricht. Sie nahm das Telefon in die Hand, stellte die Verbindung her.

»Chef? Wie sieht es aus?«

Am anderen Ende der Leitung herrschte kurz Schweigen.

»Hallo, Diana«, hörte sie schließlich die Stimme des Polizeipräsidenten. »Entschuldigen Sie den späten Anruf.«

*Etwas stimmt nicht*, schoss es der Kommissarin unmittelbar durch den Kopf. Ulbrichts Stimme war ungewohnt leise und die Feststellung einer Nichtigkeit definitiv nicht seine Art.

»Chef?«, fragte sie deshalb direkt nach. »Was ist mit dem Zug?«

Wieder ein Moment der Stille, diesmal scheinbar unendlich lang.

»Er wird planmäßig abfahren.«

Diana hörte die Worte, aber es war ihr zunächst unmöglich, sie mit der ihr bekannten Realität in Einklang zu bringen. Sie setzte sich zurück aufs Bett, versuchte ihre sich überschlagenden Gedanken und Emotionen so weit unter Kontrolle zu bekommen, um eine konstruktive Folgefrage zu ermöglichen. Doch es gelang ihr nicht.

»Das kann nicht sein«, waren die einzigen Worte, so voller Unglauben, die sie auszusprechen vermochte.

»Ich habe es versucht«, hörte sie Ulbricht sagen. »Glauben Sie mir.« In seiner Stimme schwang eine Emotion mit, die Diana noch nie bei ihm wahrgenommen hatte. Es war

Scham. *Er ruft auf dem Telefon an, weil er nicht will, dass ich sein Gesicht sehen kann.*

»Wer hat es verhindert?«

»Erinnern Sie sich an unser Gespräch vor Ihrem Abflug?«

*Wieder keine direkte Antwort.*

»Natürlich.«

»Sie hatten ihre Gründe bezüglich der Sache in Rom. Aus denselben Gründen kann ich Ihre Frage jetzt nicht beantworten.«

Ulbricht glaubte, sie schützen zu müssen. Das war ehrenwert. Aber es durfte nicht zu Lasten der Gerechtigkeit gehen. Nicht bei diesem Verbrechen.

»War es die Regierung oder war es der Geheimdienst?«, setzte die Kommissarin nach, bemerkte dabei, wie ihre Stimme zunehmend lauter und wütender wurde.

»Bitte, Diana. Machen Sie es mir nicht noch schwerer.«

»Wie können Sie so einfach aufgeben?«

»Ich habe ganz sicher nicht *einfach* aufgegeben.«

Nun war auch die Stimme des Polizeipräsidenten zum ersten Mal scharf und emotional. Natürlich, sie hatte ihn verletzt. Sicher hatte er alle denkbaren Optionen ausgeschöpft. Aber dennoch … Er *hatte* aufgegeben. Ulbricht. Der Einzige, auf den sie wirklich immer hatte zählen können. *Und er weiß genau wie ich, worum es hier geht.*

»Wir sind da, um Verbrechen zu verhindern«, sagte Diana. »Wenn wir wissentlich eines geschehen lassen – was sind wir dann noch?«

Der Polizeichef schwieg. Unter nahezu allen anderen Umständen hätte die Kommissarin Mitleid mit ihrem Vorgesetzten empfunden, ob seines Dilemmas und ebenso in Anbetracht der Tatsache, dass ihm diese erneute Niederlage vielleicht endgültig seinen Glauben an die eigene Berufung nehmen würde. Aber dann sah Diana wieder das Gesicht Francescas vor sich. Und konnte weder verstehen noch verzeihen.

»Wie soll es jetzt weitergehen?«, fragte sie, mit bitterem Unterton. »Wenn wir den Zug ans Ziel kommen lassen, haben wir nichts mehr in der Hand. Gar nichts. Dann hat die Mafia gewonnen.«

»Sie können weiterhin in der Mordsache Wiegand ermitteln«, kam die Antwort. »Es ist immer noch möglich, dass wir dort Beweise finden.«

Es war eine pathetische Selbsttäuschung, und die Fluktuationen in Ulbrichts sonst so fester Stimme machten klar, dass er genauso wenig daran glauben konnte. Die Kommissarin konfrontierte ihn mit der Unhaltbarkeit seiner eigenen Aussage.

»Ich soll die Untersuchung für den schönen Schein fortsetzen, aber das eigentliche Motiv ignorieren? Das verlangen Sie von mir?«

*Wie kann er sich dem nur fügen?*

»Diana, bitte. Ich tue das auch in Ihrem Interesse.«

*Wie kann er nur so schwach sein?*

»Was Sie hier tun, ist nur im Interesse der Mörder.«

Ulbrichts scharfes Einatmen war klar vernehmbar. Die Kommissarin war sich bewusst, wie hart ihre Aussage klingen musste. Und das sie vielleicht zu weit ging. Aber gleichzeitig war es die Wahrheit. Sicher, sie selbst hatte die Wahrheit auch schon gedehnt, vor allem damals in Rom. Aber zumindest konnte sie behaupten, es im Interesse der

Gerechtigkeit getan zu haben. In ihren Augen verriet der Polizeichef gerade die Gerechtigkeit an sich. *Und damit auch mich.*

»Also gut.« Bei seinen nächsten Worten war Ulbrichts Stimme hart und kühl. »Ich möchte, dass Sie nach Deutschland zurückkommen, sobald Sie alle relevanten Fakten über das Verschwinden Mancusos in Erfahrung gebracht haben.«

»Sie haben mir drei Tage gegeben.«

»Und zu dieser Ansage stehe ich. Aber unter einer Bedingung: Sie werden nicht versuchen, vor Ort diesen Zug zu stoppen.«

Diesmal nun schwieg Diana. Was konnte sie auf diese Forderung auch antworten, ohne klar erkennbar zu lügen?

»Sie wissen, dass ich Ihnen dieses Versprechen nicht geben kann.«

»In diesem Fall kann ich Sie nicht länger schützen.«

Es war eine verzweifelte Bitte. Im Tonfall ihres Vorgesetzten schwang ehrliche Sorge mit. Aber Diana fühlte in diesem Augenblick keine empathische Verbindung mehr zu ihm.

»Sie sind nicht die erste Person, die mir das in den letzten Tagen gesagt hat.«

»Dann nehmen Sie es bitte ernst.«

Diana schüttelte den Kopf, obwohl Ulbricht es nicht sehen konnte. Sie merkte, wie das Telefon gemeinsam mit ihrer Hand zitterte.

»Wissen Sie was?«, erwiderte sie. »Es ist mir egal. Dann soll es mich meinen Job kosten. Oder auch mehr. Aber ich werde nicht vor Verbrechern kriechen. Ich werde mir nicht von Verbrechern Befehle geben lassen, die sich nach außen als Diener von Volk oder Staat präsentieren. Diesen Kompromiss werde ich niemals machen. Und wenn Sie das können …«

Für einen Moment versagte ihre Stimme.

*Ich habe an dich geglaubt. Ich habe dir vertraut. Dir und sonst niemandem. Du warst wie … wie ein …*

»… dann sind Sie nicht der Mann, der … den …«

Sie fand keine Worte, um den Satz zu beenden. Diana unterbrach die Verbindung und ließ das Telefon auf den Teppich fallen. Tränen liefen über ihre Wangen. Ihr ganzer Körper bebte. Und erst jetzt bemerkte sie, dass das Bettlaken schon während des Gespräches an ihr heruntergerutscht war und sie gänzlich nackt auf dem Bett saß.

Das Handy klingelte erneut. *Ulbricht* stand auf dem Display. Diana packte das Gerät und schleuderte es gegen die Wand, stieß im selben Moment einen lauten Schrei aus, in dem sich all ihre Wut und Enttäuschung entlud. Das zerbrochene Telefon fiel auf den Boden, genau wie Diana schluchzend zurück auf das Laken sank.

Der Wind wehte stürmisch aus Richtung des Meeres und trieb graue Wolken über den Himmel. Das dramatische Wetter war ein Spiegel von Dianas Seele. In ihrem Innersten spürte die Kommissarin an diesem Morgen nur drei Dinge: Einsamkeit, Enttäuschung und Zorn. Alle drei Emotionen waren nach ihrer Eruption in der letzten Nacht mittlerweile so kalt und hart wie erstarrte Lava. Und da nur das dritte Gefühl sie voranbringen konnte, war der

Zorn die Kraft, der sie die Kontrolle über ihr Handeln anvertraute.

Als die Kommissarin Minnitis Abarth auf den Parkplatz vor ihrem Hotel steuern sah, stieg sie bereits in den Wagen, bevor der Richter komplett abgebremst hatte.

»*Buongiorno, commissaria*«, begrüßte sie ihr Kollege mit freundlicher Miene, in die sich aber schnell leichte Besorgnis stahl.

»*Buongiorno*«, erwiderte Diana knapp, vermied direkten Augenkontakt, während sie sich anschnallte. »Fahren wir?«

Minniti zögerte.

»Was ist passiert?«, fragte er vorsichtig.

Diana atmete aus. *Er wird es eh erfahren.*

»Sie haben den Zug abfahren lassen.«

»*Cavolo!*«

Auch ein leidgeprüfter Mann wie Minniti musste in diesem Moment seiner Frustration mit einem Fluch Luft machen.

»Wissen Sie, warum?«, fragte er nach.

Diesmal wandte ihm Diana ihr Gesicht zu, denn er sollte sehen, wozu sie entschlossen war.

»Nein«, sagte sie. »Und es ist auch egal. Egal, welcher korrupte Beamte oder Politiker oder Geheimdienstler diese Entscheidung getroffen hat. Der Zug ist unterwegs. Das heißt, wir haben genau zwei Optionen: Wir beschlagnahmen ihn, sobald er Gioia Tauro erreicht, oder wir stoppen ihn noch auf dem Weg dorthin. Für beide Vorhaben bleiben uns ab jetzt gerade noch etwas über fünfzehn Stunden.«

Der Richter wirkte nachdenklich, aber zur Beruhigung der Kommissarin nicht eingeschüchtert.

»Das wird schwierig werden«, hielt er fest.

»Könnten Sie es schaffen?«

»Vielleicht. Mit konkreten Beweisen.«

»Dann holen wir uns Beweise.« Diana deutete durch die Scheibe nach vorn. »Also, fahren wir?«

Minniti nickte und trat aufs Gaspedal.

Spadafora ließ sie warten. Diana und Minniti saßen nun schon seit einer halben Stunde auf der harten alten Holzbank im Gang vorm Büro des Verkehrspolitikers. Die Kommissarin schaute auf die Uhr an der Wand. Bereits zehn Uhr sechzehn. Am liebsten wäre sie aufgesprungen, hätte die Tür aufgerissen und den *dirigente generale* direkt konfrontiert. Aber sie musste sich zusammenreißen. Eine Aussage des Mannes könnte die letzte konkrete Chance sein, den Zug des Verderbens zu stoppen.

Der Richter, der Dianas anhaltende Anspannung natürlich bemerkte, klopfte ihr sanft auf die Schulter und lächelte zumindest so ermunternd, wie es ihm unter den Umständen möglich war.

*»Forza«*, bekräftigte er sie. »Wir kriegen das schon hin.«

Die Kommissarin hätte sich gewünscht, den Optimismus ihres Kollegen teilen zu können.

Im selben Moment öffnete sich endlich die Tür des Büros. Der kleine Mann mit kurzem, gescheiteltem Haar, der sich im Gang umschaute und die beiden Wartenden dann hereinwinkte, musste Spadafora sein.

»Vielen Dank, dass Sie uns empfangen«, bedankte sich

Minniti, als er gemeinsam mit Diana den Raum betrat. Das Büro war nicht übermäßig groß, die Aktenschränke und der Schreibtisch schienen noch aus den achtziger Jahren zu stammen.

Der Dirigente winkte in einer beiläufigen Geste ab, warf gleichzeitig einen Blick auf seine Armbanduhr.

»Ich habe nicht viel Zeit«, sagte er anstelle einer Begrüßung, setzte sich dann und deutete auf die beiden Besucherstühle. »Nehmen Sie Platz.«

Diana nutzte die kurze Atempause, um einen besseren ersten Eindruck von ihrem Gegenüber zu gewinnen. Spadafora wirkte wie das Klischeebild eines Beamten – unauffällig, wenig charismatisch, in seinen Bewegungen und Gesten von einer gewissen beflissenen Wuseligkeit beseelt. Und noch eine weitere Sache war der Kommissarin sofort klar: Der Mann war nervös. Er versuchte, seine Unsicherheit zu verbergen, indem er beide Arme flach auf dem Tisch positionierte und sich um eine regelmäßige Atemfrequenz bemühte. Aber den leicht nervösen Tanz seiner Pupillen, deren Fokus zwischen Diana und Minniti alternierte, vermochte er nicht zu kontrollieren.

»Womit kann ich Ihnen also dienen?«, erkundigte sich der Dirigente.

»Wir untersuchen das Verschwinden von Davide Mancuso«, erläuterte Minniti. »Kannten Sie ihn?«

»Nein«, erwiderte Spadafora. »Aber ich habe von ihm gehört.«

*Keine Frage nach dem Grund des Verschwindens.*

»Commissaria Brandt verfolgt die Ermittlungen«, führte der Richter mit Blick auf Diana weiter aus. »Sie betreut in Deutschland eine Untersuchung, die wahrscheinlich mit dem Schicksal Mancusos in Verbindung steht. Den Fall Armin Wiegand.«

»Der Name sagt mir nichts«, kommentierte der Dirigente, ein ganzes Stück zu übereilt.

»Von ihm haben Sie noch nicht einmal gehört?«, schaltete sich Diana in die Befragung ein. Spadaforas Blick schwenkte zu ihr herüber.

»Sollte ich das?«

»Er war quasi Ihr Pendant im deutschen Verkehrsministerium.«

»War?«

*Du kleiner Wichser. Du denkst, du bist clever, ja?*

»Er wurde vor sechs Tagen ermordet«, spielte die Kommissarin zunächst mit. Sie war sich sicher, dass Spadafora sehr genau wusste, wer Wiegand gewesen war und was sich ereignet hatte.

»Das ist tragisch«, resümierte der Dirigente mit geheuchelter Anteilnahme. »Ich hoffe, Sie finden die Mörder. Leider weiß ich nicht, wie ich Ihnen dabei helfen könnte.«

»*Gli assassini?* Plural?«

Diana setzte unmittelbar nach. Spadafora hatte ihr genau den Ansatzpunkt geliefert, den sie brauchte. Der Dirigente zögerte, rang um Haltung, wurde aber merklich unsicherer.

»Oder … den Mörder. Die Mörderin«, versuchte er unbeholfen, seinen Fehler auszubügeln. »Es gibt ja immer verschiedene Möglichkeiten. Und man kann nicht alle nennen.«

Er formte ein brüchiges Lächeln, das weder Diana noch Minniti überzeugen konnte.

»Wenn Sie etwas über die Täter wissen, könnten Sie uns mit einem Hinweis sehr helfen«, hakte der Richter diplomatisch nach, nur um dann ganz und gar nicht diplomatisch hinzuzufügen: »Wieder einmal.« Diana mochte den älteren Kollegen immer mehr.

Spadafora rutschte ein Stück mit seinem Stuhl zur Seite. Ein dünner Schweißfilm bildete sich auf seiner Stirn, und das, obwohl sein Büro anders als Dianas Hotelzimmer sehr gut klimatisiert war.

»Ich wüsste nicht …«, setzte er an, brach dann ab, suchte nach einem neuen Ansatz. »Wer sollen denn diese mysteriösen Täter überhaupt sein?«

»Die 'Ndrangheta«, erwiderte Minniti.

Der Dirigente schüttelte in einer völlig unglaubwürdigen Geste viel zu heftig den Kopf.

»Mit der Mafia habe ich nichts zu tun!«, protestierte er.

»Das hat hier in Kalabrien fast jeder irgendwann einmal«, hielt Minniti betont sachlich fast, bot dem Dirigente dann indirekt einen weiteren Ausweg an. »Und falls die 'Ndrangheta Sie zu etwas gezwungen haben sollte, wäre das schließlich auch nicht Ihre Schuld.«

Doch die subtilen Vorstöße des Richters stießen bei dem Verkehrsbeamten auf taube Ohren. Dieser sammelte sich stattdessen und erlangte ein wenig seine Fassung zurück.

»Ich habe mir nichts zuschulden kommen lassen«, sagte er mit allem Selbstbewusstsein, das er aufbringen konnte. »Und ich finde Ihre Unterstellungen ungeheuerlich. Ich möchte Sie daher bitten, zu gehen.«

*Nein*, dachte Diana. *So einfach kommst du nicht davon.*

Und im selben Augenblick hatte sie eine vielversprechende Eingebung. Spadafora wusste von dem Mord an

Wiegand und war deshalb offensichtlich verunsichert. Es war unwahrscheinlich, dass sich die Mafia ihm erklären und damit ein Verbrechen gestehen würde. Und wenn der Dirigente die Motive seiner Auftraggeber nicht verstand, würde er in diesem Moment auch um seine eigene Haut fürchten. Das war genau der Punkt, an dem sie ansetzen mussten.

»Wir machen uns lediglich Sorgen um Ihre Sicherheit«, fuhr die Kommissarin deshalb fort, mit völlig ruhiger Stimme und Spadaforas Aufforderung komplett ignorierend. Und ihre Worte hatten den erhofften Effekt, denn der Beamte fixierte sie mit irritiertem Ausdruck.

»Meine Sicherheit?«, fragte er nach. »Warum sollte ich denn in Gefahr sein?«

Diana hatte einen weiteren blitzartigen Gedanken. Wenn Wiegand für den deutschen Teil der illegalen Strecke zuständig gewesen war und Spadafora den Transport auf der italienischen Seite deckte, dann musste es auch noch einen dritten Mann geben, der das Zwischenstück in Österreich kontrollierte. Das gab ihr einen potenziellen Bluff in die Hand.

Die Kommissarin beugte sich nach vorne, verkürzte den Abstand zu Spadafora.

»Weil wir glauben, dass die 'Ndrangheta gerade ihre Spuren verwischt«, sagte sie. »Erst haben sie Wiegand aus dem Weg geräumt. Dann Mancuso, weil er Wiegands geheimen Machenschaften auf die Schliche gekommen war. Und heute früh haben wir die Meldung erhalten, dass ein Beamter aus dem österreichischen Verkehrsministerium ebenfalls ermordet wurde.«

Der Dirigente verkrampfte sich derart, dass er in seinen Stuhl hineinzuschrumpfen schien.

»Was?«, fragte er panisch, versuchte dann schnell, Ignoranz zu heucheln. »Ich verstehe nicht.«

Diana bemerkte aus den Augenwinkeln einen Seitenblick Minnitis in ihre Richtung und konnte nur hoffen, dass der Richter ihren Bluff mit einem Pokerface mittragen würde.

*Jetzt nicht lockerlassen.*

»Wir wissen, dass die beiden Opfer zusammengearbeitet haben«, setzte die Kommissarin nach, ihre erfundene Geschichte eilig weiterspinnend. »Beide haben für die Mafia illegale Mülltransporte organisiert. Entlang einer geheimen Strecke, die sich Weiße Route Eins nennt.«

Erneut zeigte Hofstädters Präsent maximale Wirkung. Spadafora hielt für einen Moment die Luft an, seine rechte Hand krampfte sich um die Stuhllehne.

»Diesen Begriff kenne ich nicht«, stieß er so übereilt aus, dass keines der fünf Worte voll ausformuliert war.

»Das ist schade«, entgegnete Diana kühl. »Denn wir müssen befürchten, dass derjenige, der hier in Italien für das letzte Teilstück der Route verantwortlich ist, das nächste Opfer sein wird.«

Neben der Kommissarin beugte sich nun auch Minniti nach vorn.

»Darum sind wir hier«, setzte er an, zu Dianas Beruhigung auf ihre Vorlage einsteigend. »Wir wollen Sie nicht anklagen. Wir möchten Sie schützen.«

Spadaforas nunmehr panischer Blick oszillierte zwischen der Kommissarin und dem Richter hin und her. Seine Lippen rieben gegeneinander.

*Wir haben ihn. Nutzen wir die Chance.*

»Wir wissen, dass auf der Weißen Route Eins Gift- und Atommüll aus Nordeuropa hierher transportiert wird«, konfrontierte sie den Beamten mit ihren Erkenntnissen. »Und dass ein Zug mit Müll noch heute Nacht in Gioia Tauro ankommen wird. Verraten Sie uns, welche Strecke er genau nimmt. Mehr brauchen wir gar nicht.«

Aber während dieser drei letzten Sätze ging etwas schief. Diana vermochte nicht zu sagen, was oder warum, aber sie registrierte sehr genau die Veränderung in Spadaforas Ausdruck. Bei ihrer Formulierung »ein Zug mit Müll« wandelte sich seine nervöse Angst erst in Irritation, dann in kalte Skepsis.

Der Dirigente schraubte sich aus seinem Stuhl in die Höhe.

»Sie machen mir etwas vor«, sagte er dann, mit mehr Sicherheit, als es Diana lieb sein konnte. *Er hat mich durchschaut. Aber wodurch?*

Spadafora hob seinen rechten Arm und deutete auf die Tür.

»Ich hatte Sie bereits gebeten, zu gehen«, fuhr er mit rauer, aber fester Stimme fort. »Tun Sie es jetzt. Oder ich rufe den Sicherheitsdienst.«

»Ich bitte Sie«, versuchte Minniti die Situation zu entschärfen. »Wir müssen doch nicht –«

»Sofort!«, schrie Spadafora mit hochrotem Gesicht. In diesem Moment wurde auch Diana klar, dass sie hier nichts mehr ausrichten konnten. *Verdammte Scheiße.*

Sie stand gemeinsam mit dem Richter auf. Spadafora ging zur Tür, öffnete diese und ließ seine Besucher passieren, ohne noch einmal Blickkontakt zu ihnen herzustellen. Dann schlug er die Tür in ihrem Rücken so laut zu, dass das Echo noch einige Sekunden durch den Gang hallte.

Die Kommissarin schaute ratlos zu Minniti.

»Und was machen wir jetzt?«, fragte sie, unfähig, ihre Konsternation zu verbergen. Der Richter presste in einer Geste angestrengten Nachdenkens kurz eine Faust gegen seinen Mund, schüttelte dann den Kopf.

»Das müssen wir in Ruhe abwägen«, sagte er dann, mit nach wie vor besonnenem Ton, den zu hören Diana in diesem Augenblick sehr guttat. Ihr italienischer Kollege schaute auf und musterte sie.

»Kommen Sie«, sagte er schließlich. »Lassen Sie uns etwas essen gehen.«

»Dafür haben wir keine Zeit«, wandte Diana ein.

»Ich kann auf leeren Magen jedenfalls schlechter klar denken«, kam die Erwiderung, begleitet von einem Lächeln. »Ihnen geht es bestimmt ähnlich. Und wir müssen jetzt so klar denken wie möglich, oder?«

Dem charmanten Argument konnte die Kommissarin kaum etwas entgegenhalten. Und auch wenn sie selbst nicht in der Lage war, ein Lächeln auf ihre Lippen zu zwingen, nickte sie.

Diana und Minniti saßen vor einer Osteria, die an einer wenig befahrenen Nebenstraße gelegen war. Gegenüber befand sich zwischen den Häuserzeilen ein kleiner Park, in dem einige Obdachlose die wenigen Bänke füllten, aber auch zwei junge Mütter mit Kinderwagen spazierengingen und sich unterhielten. Es war zwar noch immer wolkig und windig, aber ab und zu zeigte sich jetzt auch die Sonne.

Vor der Osteria standen fünf Tische; am ersten davon saß eine ältere Frau, die die Tageszeitung las und einen Espresso trank. Die beiden Ermittler hatten den vierten Tisch in der Reihe gewählt. Minniti hatte sich eine einfache Portion Spaghetti *aglio e olio* bestellt, während es die Kommissarin bei zwei belegten Tramezzini belassen hatte. Der Richter aß, wenn auch mit bedächtigem Tempo, während Diana immer noch das erste Sandwich in der Hand hielt, von dem sie bisher nur ein einziges Mal abgebissen hatte.

»Woran denken Sie?«, hörte sie Minniti fragen. Diana schaute auf und dem Richter in die Augen.

»Spadafora«, antwortete sie. »Es geht mir nicht aus dem Kopf. Wir hatten ihn. Er hätte beinahe geredet. Und dann ist irgendetwas passiert, was ihn wieder hat umschwenken lassen.«

»Ich weiß nicht recht.« Minniti trank einen Schluck Wasser, überlegte dabei. »Der Mann hatte Angst. In so einem Zustand agiert man nicht rational.«

»Nein.« Diana war sich ganz sicher, dass die Antwort eine konkretere war. »Er ist auf unseren Bluff hereingefallen, aber dann exakt in dem Moment misstrauisch geworden, als ich einen Zug mit Müll erwähnt habe. Aber warum nur? Genau darum geht es hier doch.«

»Das stimmt.« Der Richter wickelte einige Spaghetti auf seine Gabel und kaute gedankenverloren auf ihnen herum. »Es muss Gift- oder Atommüll in dem Zug sein. Und ihre Formulierung hätte sich auf beides beziehen können.«

»Eben.« Die Kommissarin legte das Tramezzino geistesabwesend beiseite. Und schlug dann die Brücke zu einer Frage, die weiter zurücklag, aber ebenso unbeantwortet geblieben war. *Warum wollte Wiegand überhaupt reden?*

»Vielleicht ist diesmal irgendetwas anders«, formulierte die Kommissarin mit großer Vorsicht, so, als wären ihre Worte so zerbrechlich wie die Idee dahinter.

»Was meinen Sie damit?«, fragte Minniti nach.

»Ich musste gerade an Armin Wiegand denken«, erklärte ihm Diana. »Er hat sich fünf Jahre lang an diesen Geschäften bereichert. Er muss gewusst haben, wie viel Leid er damit verursacht. Und es war ihm völlig egal. Wieso also entscheidet er sich gerade jetzt dafür, auszupacken und mit Mancuso zu reden?«

»Vielleicht hat sich sein Gewissen gemeldet?«

»Das ist schon möglich, aber …«

*Ein Spiel mit vielen Unbekannten*, hatte Katja Hofstädter es formuliert. Aber eigentlich war doch exakt bekannt, was auf der Weißen Route Eins transportiert wurde. Und in wessen Auftrag. Außer natürlich …

»Was, wenn dieser Zug eine andere Fracht mit sich führt als sonst?«, spann die Kommissarin ihren neuen Gedanken weiter. »Eine Fracht, die so gefährlich ist, dass sie sogar ein korrupter Mann wie Wiegand nicht mehr verantworten wollte?«

Minniti legte die Stirn in Falten, wirkte etwas skeptisch. Aber gleichzeitig spornte auch ihn Dianas neue Hypothese zum Nachdenken an. Er schob den halb aufgegessenen Teller Pasta beiseite und klopfte mit den Fingern auf die Tischplatte. Da sich im selben Moment zwei junge Männer an den äußeren Tisch neben ihnen setzten, sprach der Richter leiser weiter, damit das Gespräch vertraulich blieb.

»Aber um was sollte es sich dabei handeln?«, fragte er

Diana. »Was kann denn noch gefährlicher sein als Gift- und Atommüll?«

Hier musste auch die Kommissarin klein beigeben. Das war in der Tat das große Problem bei dieser Theorie.

»Ich weiß es nicht«, antwortete sie ehrlich. »Das Ganze ist nur eine Vermutung. Aber sie würde sowohl Wiegands Verhalten erklären als auch, warum Spadafora gemerkt hat, dass wir über den Transport nicht so gut Bescheid wissen, wie wir vorgegeben haben.«

Minniti schaute kurz zu Boden. Diana war wissbegierig, zu erfahren, worüber er nachsann. Schließlich sah der Richter wieder zu ihr auf.

»Es sieht so aus, als müssten wir jetzt noch dringender herausfinden, was sich in diesem Zug befindet«, hielt er fest. Die Kommissarin war erleichtert über eine so entschlossene Ansage. Sie erlaubte ihr zumindest einen Hauch frischer Zuversicht.

»Aber dazu müssen wir ihn erst einmal anhalten«, kommentierte sie, nun flüsternd, da der Kellner herausgekommen war und dicht neben ihnen stand, um die Bestellung der Männer am nächsten Tisch aufzunehmen. »Wie sollen wir das bewerkstelligen?«

Minniti fuhr sich über die Stirn, bemerkte dabei den dünnen Schweißfilm und wischte ihn wieder mit seinem karierten Taschentuch ab.

»Fast alle bürokratischen Optionen dauern zu lange«, hielt er mit gedämpfter Stimme fest. »Das schnellste Mittel wäre, wenn ich eine Beschlagnahmung anordne. Aber ich habe keine Beweise dafür, dass sich an Bord des Zuges wirklich illegale Güter befinden. Das ist das erste Problem.«

»Und das zweite?«

»Bei der Polizei wird es ein Chaos betreffs der Zuständigkeit geben. Eine sofortige Kommandoaktion wäre nahezu ausgeschlossen.«

»Unter welchen Voraussetzungen würde es schneller laufen?«, erkundigte sich die Kommissarin.

Minniti reflektierte kurz. »Nun, bei den üblichen Notfallszenarien«, antwortete er. »Einer Geiselnahme, einem Terrorakt …«

Diana nickte. Der Zorn in ihrem Inneren wurde noch kühler.

»Ist Atommülltransport nicht irgendwie auch ein Terrorakt?«, sinnierte sie vage, aber durchaus gezielt.

»Leider nicht wirklich«, entgegnete der Richter. »So weit kann ich die Definition nicht dehnen.«

»Was ist, wenn wir vermuten würden, an Bord des Zuges wäre eine Bombe?«

»Aber dafür haben wir keinen –«

Minniti brach ab, als er verstand, was Diana tatsächlich vorgeschlagen hatte. Er lehnte sich leicht in seinem Stuhl zurück, wirkte befremdet.

»Sie wollen, dass ich eine Kommandoaktion unter einem falschen Vorwand in die Wege leite?«

»Es würde trotzdem ein Verbrechen aufgedeckt.«

»Das ändert nichts daran, dass ich mich strafbar machen würde.«

Die Kommissarin war nicht bereit, lockerzulassen.

»Sagten Sie nicht, dass Sie um sich selbst keine Angst haben?«

»Sie wissen, dass der Kontext ein ganz anderer war.«

»Aber wir waren uns einig, dass wir diesen Zug aufhalten müssen. Um jeden Preis.«

Der Richter schloss kurz die Augen. Dianas erster Impuls war, weiter zu argumentieren, aber dann entschied sie, den Mann in Ruhe reflektieren zu lassen. Er musste wissen, was das Einzige war, das sie tun konnten. Das einzig Richtige. Das einzig Verbleibende.

Minniti atmete aus, öffnete die Augen wieder.

»Ich glaubte, ich wäre als junger Mann wagemutig gewesen«, observierte er leise. »Jetzt verlangen Sie mir etwas ab, was ich mich selbst damals nicht getraut hätte.«

»Dafür wissen Sie jetzt, wie selten ein wirklicher Sieg gegen diesen Gegner ist.«

Minniti schaute Diana an, lächelte dann leicht.

»Also werden Sie es tun?«, fragte die Kommissarin hoffnungsvoll nach.

»Ich kann es nur –«

Der Richter unterbrach seine Antwort und schaute über Dianas Schulter. Plötzlich war von der Straße das Kreischen von Bremsen zu hören. Die Kommissarin fuhr herum. Ein schwarzer BMW war abrupt hinter ihnen zum Stehen gekommen, halb auf dem Bürgersteig. Zwei Männer sprangen aus dem Auto. Sie trugen Skimasken.

Dianas Hand wanderte instinktiv in Richtung ihrer Schulter. Aber dort war kein Holster. Hier in Italien durfte sie keine Waffe tragen. *Was kann ich tun?* Die Kommissarin drehte sich zurück zu Minniti – und erstarrte.

Der Richter schaute zu den Maskierten hinter ihr, völlig überrascht, dann zu Diana selbst. Und bemerkte nicht, dass die beiden jungen Männer vom Nachbartisch aufgestanden waren und in seinem Rücken standen. Metall blitzte im Sonnenlicht. Die linke Hand des einen Mannes packte Minnitis Stirn und drückte seinen Kopf nach hinten. Die Rechte brachte das Rasiermesser in einem harten Schlag nach unten. Die Klinge schlitzte Minnitis Hals von links nach rechts auf, so tief, dass plötzlich seine Luftröhre zu sehen war. Eine Blutfontäne schoss aus der Halsschlagader, färbte den Tisch rot, die Teller, die Gläser. Diana entfuhr ein Schrei, genauso wie der alten Frau am äußersten Tisch und irgendjemandem drüben im Park.

Der Mann ließ Minnitis Kopf los, der Oberkörper des Richters sackte nach vorn auf den Tisch. Seine Arme zuckten, suchten ziellos Halt, die Augen drehten sich wie wild, die Pupillen teils verschwindend, aus seinem Mund drang ein grauenvolles Röcheln.

Diana versuchte, sich aus der momentanen Schockstarre zu reißen. Alles war innerhalb weniger Sekunden passiert. *Tu etwas. Irgendetwas.*

Sie stemmte sich vom Tisch weg, aber im selben Moment packten sie kräftige Hände in Handschuhen von hinten. Jemand presste ihr eine Atemmaske aufs Gesicht. Die Kommissarin hielt die Luft an, strampelte, wand sich, aber fand es unmöglich, sich aus dem Griff zu befreien.

Der zweite maskierte Mann trat um sie herum, schlug ihr hart in die Magengrube. Diana atmete scharf aus, dann gezwungenermaßen wieder ein, und zog damit das Narkosegas tief in ihre Lungen. Einen Moment später verschwand die Welt um sie herum in tiefster Dunkelheit.

Die erste Sinneswahrnehmung, die sich fragmentarisch in Dianas nur langsam zurückkehrendes Bewusstsein drängte, war der raue, kalte Beton, auf dem ihre Wange ruhte. Vom Hals abwärts fühlte sich ihr Körper größtenteils taub an. Von ganz weit weg waren unstete Geräusche zu hören. Erst nach einer Weile realisierte die Kommissarin, dass es sich um Stimmen handelte.

Sie hielt ihre Augen geschlossen, versuchte gleichzeitig nach Kräften, sich zu konzentrieren. Die Stimmen gehörten zwei Männern, die in einiger Entfernung stehen mussten. Sie redeten leise, aber ein starker Hall trug ihre Unterhaltung trotzdem bis an Dianas Ohren. Sie schienen sich in einem großen Raum zu befinden.

»Ich verstehe es nicht«, sagte die eine Stimme, in gereiztem Tonfall. Erst jetzt wurde Diana klar, dass die beiden Männer Englisch sprachen.

»Das müssen Sie auch nicht«, kam die Erwiderung, sehr ruhig und selbstbewusst, in einer tiefen, leicht kratzenden Stimme mit starkem italienischem Akzent.

»Sie haben den Richter getötet«, argumentierte der zweite Mann, dessen ebenfalls hörbaren Akzent Diana nicht zuordnen konnte. »Warum also nicht auch die deutsche Polizistin? Sie weiß zu viel.«

*Sie reden darüber, ob sie mich umbringen*, zuckte es durch die Gedanken der Kommissarin. *Und ich kann mich nicht wehren.*

Die Erwiderung des anderen Mannes war leiser, aber gleichzeitig schneidender als zuvor. Diana musste sich anstrengen, um sie zu verstehen.

»Sobald die Fracht auf See ist, ist der weitere Transport Ihre Sache«, stellte der Italiener klar. »Aber bis dahin liegt die Operation in meiner Verantwortung, und ich handhabe sie nach meinen Regeln.«

Es folgte ein Moment des Schweigens. Diana empfand kalten Terror.

»Also gut«, hörte sie dann endlich den Mann mit dem fremdländischen Akzent erwidern. »Ich hoffe, Sie wissen, was Sie tun.«

Die Kommissarin vernahm sich entfernende Schritte, ebenfalls stark hallend, danach das Geräusch einer Tür, die hart ins Schloss fiel. Gleichzeitig spürte sie auch langsam wieder mehr von ihrem Körper. Sie lag auf dem Bauch auf dem harten Boden, ihre Arme waren hinter ihrem Rücken zusammengebunden. Die scharfen Ränder einer Handfessel aus Kunststoff schnitten in die Haut ihrer Gelenke. In ihrem Bauch spürte sie nicht nur einen Druckschmerz in Folge des Faustschlags, sondern auch anhaltende Übelkeit, die von dem Betäubungsgas herrühren musste.

Ebenso kehrte mit aller Wucht die volle Erinnerung an die letzten Ereignisse zurück. Vor Dianas Augen blitzten die furchtbaren Bilder des Rasiermessers auf und von Richter Minniti, wie er in seinem eigenen Blut auf dem Tisch lag. Die Kommissarin konnte nicht vermeiden, dass ihr Körper leicht zu zittern begann.

Im nächsten Moment näherten sich Schritte. Erneut hörte Diana die tiefe Stimme des Mannes, der sich scheinbar gegen ihre Ermordung ausgesprochen hatte.

»Wirkt das Mittel?«, fragte er auf Italienisch eine unbekannte dritte Person.

»Sie wacht auf«, antwortete daraufhin ein weiterer Mann, der sich hinter Diana befand.

»Dann hoch mit ihr.«

Zwei große Hände packten Diana grob an den Schultern, zogen sie vom Boden weg und drückten ihren Oberkörper nach hinten und unten, sodass sie auf ihren Knien zum Sitzen kam. Die abrupte Bewegung verursachte starken Schwindel in ihrem Kopf, und ihr Magen revoltierte. Diana drehte sich zur Seite, erbrach sich. Die Hände hielten weiterhin ihre Schultern fest, gaben ihr zumindest etwas Stabilität.

Die Kommissarin öffnete vorsichtig die Augen, musste sich erst an die Helligkeit gewöhnen. Schließlich nahm sie eine große Lagerhalle wahr, in der aber nur einige alte Ölfässer herumstanden. Durch das dicke Glas einer Fensterzeile im oberen Teil der hohen Wände fiel trübes Tageslicht.

Jemand schnipste mit den Fingern an Dianas linkem Ohr. Die Kommissarin drehte ihren Kopf wieder in eine gerade Haltung. Vor ihr kniete ein Mann, der vielleicht Ende vierzig war, recht stämmig gebaut, mit braunem Haar und einem präzise kurz geschnittenen Vollbart. Er trug einen maßgeschneiderten Anzug ohne Krawatte, die obersten Knöpfe seines Hemdes waren geöffnet. Was Diana sofort negativ auffiel, waren seine Augen. In den graublauen Pupillen spiegelte sich keinerlei Emotion; sie waren so leblos wie die eines Hais.

»Kannst du mich verstehen?«, fragte der Mann, sie dabei durchdringend fixierend. Die Kommissarin nickte.

»Gut«, kommentierte ihr Gegenüber. »Dann hör mir jetzt genau zu. Ich bin Don Arcuri. Ich gehe davon aus, dass du von mir gehört hast.«

Er stellte sich nicht mit seinem vollen Namen vor, sondern benannte sich selbst als Don, was unter Mafiapaten keineswegs üblich war. *Du bist eitel*, dachte Diana.

Der ’Ndrangheta-Boss setzte seine Ansprache ohne Pause fort.

»Und Tatsache ist, dass ich nur wenig Zeit habe, um mich um dich zu kümmern. Darum wird diese Lektion kurz, aber schmerzhaft.«

Er stand auf, schaute über Dianas Schulter.

»Nicht ihr Gesicht«, sagte er vollkommen flach.

Die Kommissarin wurde nach oben gezogen und umgedreht. Dabei nahm sie kurz den massigen Mann wahr, der sie festhielt. Er trug eine Skimaske, genau wie ein weiterer Mann, der etwas entfernt stand und eine Zigarette rauchte. Mehr Eindrücke konnte Diana nicht gewinnen. Im nächsten Moment bohrte sich die Faust des hünenhaften Mafioso so hart in ihre Magengrube, dass sämtliche Luft aus ihren Lungen gedrückt wurde. Die Kommissarin fiel hart zurück auf den Boden, krampfte ihren Körper zusammen, drückte mit aller Kraft ihre Kiefer gegeneinander, um einen Schmerzensschrei zu vermeiden.

Don Arcuri trat neben sie, schaute auf sie herab.

»Was denkst du, wer du bist, hierherzukommen, in mein Land, in mein Gebiet, und zu versuchen, meine Geschäfte zu stören? Das tut niemand, ohne den Preis zu zahlen.«

Sein Scherge machte einen Schritt um Diana herum und trat ihr dann mit voller Wucht gegen die Wirbelsäule. Der Schmerz, der durch ihren ganzen Körper brandete, war immens, und diesmal brauchte sie all ihre Willenskraft zur Verhinderung eines Aufschreis. *Kein Zeichen von Schwäche. Ich krieche nicht.*

Arcuri kniete sich wieder neben sie, sprach seine nächsten Worte wesentlich leiser. Diana hatte Mühe, ihn durch den anhaltenden Schmerz, dessen Ausläufer stumpf durch ihren Schädel hämmerten, zu verstehen.

»Und jetzt hör mir besonders gut zu«, fuhr der Pate fort. »Ich weiß, dass du unter dem Schutz von Don Licata stehst. Das ist der einzige Grund, warum du im Gegensatz zu Minniti diese Warnung erhältst. Es wird keine zweite geben.«

*Er weiß es?* Diana war von der unerwarteten Information zunächst völlig überfordert. *Woher kennt er dieses Geheimnis?*

Doch sie kam nicht zum weiteren Nachdenken. Denn plötzlich kniete sich der massive Mafioso mit all seinem Gewicht auf ihren Bauch – ein weiterer kaum erträglicher Schmerz –, legte seine riesigen Hände um ihren Hals und begann, sie zu würgen. Diana hatte keine Zeit gehabt, einzuatmen, und musste nahezu augenblicklich um Luft ringen. Doch die ungeheure Kraft des Mannes ließ ihr keine Chance. Die Kommissarin wand sich, schabte ihre unbedeckten Arme am Beton des Bodens auf. Ihr Überlebensinstinkt erwachte und stürzte sie in akute Todesangst. Wieder begann sich ein Schleier über ihre Augen zu legen. Sie sah auf zu Arcuri, der ihr Leid völlig teilnahmslos beobachtete. Schließlich hob er in einer extrem lapidaren Geste leicht die Hand, woraufhin sein Helfershelfer die Hände von Dianas Hals nahm und wieder aufstand.

Die Kommissarin rollte auf die Seite, schnappte röchelnd nach Luft. Mit jedem Atemzug schien gefühlt glühende Asche in ihre Lungen zu dringen. Arcuri setzte seinen Monolog derweil unbeeindruckt fort.

»Um achtzehn Uhr dreißig geht ein Flug zurück nach Deutschland«, informierte er sie. »Wir haben einen Platz auf deinen Namen gebucht. Du wirst dich in dieses Flugzeug setzen. Wenn du das nicht tust, werden wir dich töten. Ab dann wird egal sein, unter wessen Schutz du stehst.«

Arcuri packte Diana an den Haaren, zwang sie so, ihm direkt ins Gesicht zu schauen. Seine nächsten Worte waren eher ein bösartiges Zischen.

»Aber wir werden dich nicht schnell und sauber töten. Wir werden dich abschlachten wie ein Schwein. Du wirst quieken wie ein Schwein, und du wirst mit deinen eigenen Gedärmen in den Händen sterben.«

Er zog Dianas Kopf noch weiter nach vorn, was heftige Schmerzen durch ihre malträtierte Wirbelsäule branden ließ.

»Hast du diese Warnung verstanden?«, fragte der Pate mit schneidender Stimme.

*Du mieses Stück Scheiße*, dachte Diana, deren kalte Wut plötzlich allen Schmerz auszublenden vermochte. *Du hast Minniti getötet. Hast Tausende krank gemacht. Kinder wie Francesca. Und du glaubst, ich würde dich jemals davonkommen lassen?*

Der Widerstand gegen die Forderungen eines Verbrechers war bei der Kommissarin reiner Instinkt. Aber er stellte in diesem Moment den größten Fehler dar, den sie überhaupt begehen konnte. Denn natürlich war Arcuri nicht dumm, und natürlich sah er den Funken blanken Hasses in Dianas Blick.

Er ließ ihr Haar los, formte gleichzeitig auf seinen Lippen ein kaltes, grausames Lächeln.

»Du hast immer noch keine Angst«, stellte er fest, nicht frei von einem Hauch von Bewunderung. »Du bist immer noch stolz. Du glaubst noch immer, dass du dieses Spiel vielleicht kontrollieren kannst.«

Arcuri stand auf, schaute von oben auf Diana herab.

»Das werden wir ändern«, sagte er.

Der Pate trat neben seinen Handlanger, flüsterte diesem etwas ins Ohr. Diana spürte tiefe Furcht. Sich einem Mörder nicht geschlagen geben zu wollen, bedeutete nicht, dass sie keine Angst um ihr Leben hatte. Auch sie war nur ein Mensch.

Der bullige Mafioso winkte seinem Kollegen im Hintergrund, der daraufhin die Zigarette wegwarf und nach vorne kam. Der Mann, der Diana bereits die ganze Zeit misshandelt hatte, bückte sich und drückte sie hart mit Schultern und Gesicht zurück gegen den Boden. Gleich darauf spürte sie ein noch stärkeres Gewicht, als sich der zweite Mann auf ihren Rücken kniete, seinen Arm um ihren Hals legte und sie mit einem Würgegriff fixierte. *Was wollen sie jetzt –*

Die Pranken des ersten Mannes packten den Bund von Dianas Hosen, zerrten sie an ihren Beinen nach unten, stießen dabei die Schuhe von ihren Füßen. Dann griffen schweißnasse Finger in ihren Schlüpfer und rissen ihn ihr vom Leib.

*Nein. Nicht das.*

Diana mobilisierte alle Kraftreserven in ihrem Körper, versuchte verzweifelt, sich zu befreien. Aber es war zwecklos. Mit jeder Bewegung nahm sie sich nur selbst die Luft zum Atmen.

*Es kann nicht sein, dass ich vollkommen hilflos bin.*

Arcuri kniete sich wieder vor die Kommissarin. Sie suchte nach Worten, Einwänden, Lügen, egal was. Aber ihr fiel nichts ein. Im selben Moment spürte sie das Gewicht des schweren Mannes auf ihren Beinen.

*Glaub an dich. Du bist immer noch du selbst, egal, was sie dir antun.*

Flüssigkeit tropfte auf ihre entblößten Gesäßbacken, fand den Weg in die Talsohle dazwischen. Es musste Speichel sein.

*Nein. Das ist nicht wahr. Sie werden dir allen Glauben an deine Selbstbestimmung nehmen.*

Die Beine des bulligen Mannes rutschten über die ihren. Der Stoff seiner Hose schabte über ihre Haut.

*Sie werden dich zu einem Opfer machen.*

Etwas streifte über Dianas Gesäß. Erst hielt sie es für eine Hand, aber dann wurde ihr klar, dass es die Spitze eines erigierten Penis war.

*Hilfe. Bitte. Irgendjemand. Helft mir!*

Das Gefühl absoluten Ausgeliefertseins raubte Diana noch mehr den Atem als der brutale Griff um ihren Hals. Das Glied des Mafiosos fand den Weg zu ihrem Anus.

Diana schrie. Sie schrie, so laut sie nur konnte. Und in genau diesem Moment hob Don Arcuri die Hand.

Der Druck des Penis blieb, aber wenigstens bewegte er sich nicht weiter, drang nicht in sie ein.

Arcuri beugte sich nach vorn, sodass sein Gesicht sich genau vor dem der Kommissarin befand.

»Hast du die Warnung jetzt verstanden?«, fragte er, jede Silbe betonend. Tränen strömten über Dianas Wangen in ihren Mund. Sie nickte.

»Hast du verstanden, warum du mich fürchten solltest?«

Wieder nickte Diana, heftig, verzweifelt. *Bitte, lass das alles enden.*

»Wirst du in dieses Flugzeug steigen?«

Und Diana nickte auch ein drittes Mal. *Bitte, glaub es mir.*

Arcuri musterte sie, für Sekunden, die wie Stunden schienen. Und schließlich, endlich, nickte auch er.

»Dann *haben* wir uns verstanden«, sagte er kalt.

Der Pate stand auf. Diana sah durch ihre Tränen nicht, was er seinen Untergebenen bedeutete. Aber dann verschwand zuerst die obszöne Berührung von ihrem After, unmittelbar gefolgt von dem Druck auf ihren Hals und Rücken, als auch der zweite Mann aufstand.

Diana rollte sich in eine fötale Haltung zusammen, versuchte voller Scham, mit ihrem T-Shirt ihre Blöße zu bedecken. Es gelang ihr nicht. Die ganze Angst und das durchdringende Gefühl der Erniedrigung entluden sich in einem ungehemmten Weinkrampf. In diesem Moment verblieb ihr kein Funken Stolz oder Kampfgeist, um ihre Schwäche vor ihren Peinigern verbergen zu können.

So nahm sie nicht einmal wahr, wie Don Arcuri die Lagerhalle verließ. Irgendwann packten sie die beiden anderen Männer, zogen sie auf die Beine und drückten sie nach vorn, sodass sie mit unsteten Schritten mit ihnen in Richtung des Ausgangs stolperte. Noch auf dem Weg zog ihr einer der Beiden einen Sack über den Kopf. Die Kommissarin hatte keine Kraft mehr, um in irgendeiner Form zu reagieren. Sie wurde durch die Tür bugsiert, dann hinein in einen Wagen, wo man sie auf die Rückbank stieß. Diana krampfte sich zusammen und verlor sich in der Dunkelheit.

Die Kommissarin vermochte nicht zu sagen, wie lange sie gefahren waren. Vielleicht hatte sie auch für einige Minuten gnädige Ohnmacht umfangen. Sie bemerkte erst, dass der Wagen bei laufendem Motor angehalten hatte, als sich die Hintertür öffnete und sie nach draußen gezogen wurde. Dann stieß man sie zu Boden, wo sie hart aufs Pflaster schlug.

»Wir sind gleich neben deinem Hotel«, hörte sie eine Stimme sagen. »Pack deine Sachen und dann verschwinde.«

Schritte entfernten sich, Autotüren schlugen zu. Diana zerrte den Sack von ihrem Kopf, konnte aber zunächst nichts sehen, denn der Sonnenschein überforderte ihre Wahrnehmung komplett. Als sich ihre Pupillen langsam an die Helligkeit gewöhnt hatten, war der Wagen der Mafiosi bereits um die nächste Ecke verschwunden.

Diana sah sich um, hatte größte Probleme, ihre Situation zu verorten. Sie lag am Ende einer kurzen Sackgasse, neben einem Haufen aus Müll und gebrauchtem Hausrat. Niemand sonst war zu sehen. Die Kommissarin schaute nach oben, wo einige Wohnungsfenster in Richtung der Gasse zeigten. Sie glaubte, eines von ihnen eilig zuschlagen zu hören.

Diana versuchte, eine Entscheidung zu treffen, sich selbst irgendeinen Impuls zu geben. Aber es gelang ihr nicht. Sie fühlte sich so verloren wie nie zuvor in ihrem Leben, von einer Situation abgesehen.

Es gab keinen Ausweg mehr. Keinen Schritt nach vorn. Kein Mittel, die Verbrecher noch zu besiegen.

*Du bist hilflos. Du bist nutzlos.*

Wieder begannen sich Tränen in Dianas Augen zu sammeln. Sie zog sich ein Stück über das Pflaster, bemerkte erst jetzt, dass ihr Unterleib nach wie vor entblößt war. Aber sie hatte nicht die Kraft, ihn mit irgendetwas zu bedecken. Nicht den Willen, aufzustehen.

So sank sie zurück zu Boden, schloss die Augen, wollte einfach nur alles vergessen. Die Geräusche der nahen Hauptstraße verhallten in ihrer Wahrnehmung. Und auch die Schritte, die sich ihr näherten, nahm sie zunächst bestenfalls unterbewusst wahr.

Jemand warf eine Decke über sie. Die Kommissarin wusste zunächst gar nicht, wie sie reagieren sollte.

»Diana? Kannst du aufstehen?«, fragte eine Männerstimme.

*Wieso kennt er meinen Namen?*

Aber die Stimme schien ihr vertraut. Woher nur?

Die Kommissarin hielt die Decke über ihre Schenkel gepresst, stemmte sich ein Stück nach oben. Zunächst sah sie die Hand, die sich ihr entgegenstreckte. Eine Hand mit einem silbernen Ring. Dem Ring in Gestalt einer Schlange, die sich selbst verschlang.

Diana sah weiter auf, in das Gesicht des Mannes mit dem kurzen blonden Haar und den azurblauen Augen. Nie hätte sie damit gerechnet, gerade ihn in diesem Moment zu sehen. Gerade von ihm gerettet zu werden. Der Mann, dem sie in Rom zum ersten Mal begegnet war, war der Anführer von Don Licatas Leibgarde – der Mafioso namens Scalidda.

Das warme Wasser rann über Dianas Körper, spülte den Schmutz und das Blut hinweg, nicht aber die Scham und den Schmerz. Die Kommissarin hockte auf dem Boden der Dusche, während die Strahlen von oben auf sie herabprasselten, hielt die Augen geschlossen, versuchte, nicht zu denken, nichts zu fühlen. Es gelang ihr nicht. Die Eindrücke der letzten Stunden zuckten Blitzen gleich durch ihr Bewusstsein: Die Wucht der Schläge. Der Anblick von Minnitis durchtrenntem Hals. Die obszönen Berührungen. Das Gefühl absoluter Hilflosigkeit. Und immer wieder sah sie in Gedanken die kalten Augen Don Arcuris und sein verächtliches Lächeln.

Trotz der Wärme des Wassers überkam Diana ein weiterer Anfall von Schüttelfrost. Einmal mehr mischten sich salzige Tränen unter die säubernden Strahlen. So saß sie da, innerlich gelähmt, bis sie das Geräusch des Schlüssels vernahm, der die Wohnungstür aufschloss. Für einen kurzen Moment fühlte die Kommissarin Panik in sich aufsteigen, doch nachdem die Tür wieder zugefallen war, zerstreute Scalidda dankenswerterweise schnell ihre Ängste.

»Ich bin es«, identifizierte sich der Capitano von Licatas Praetoriani durch die geschlossene Badezimmertür. Dann öffnete er diese ohne weitere Ankündigung, und Diana sah durch das milchige Glas der Duschkabine seinen schwarzen Schatten in den Raum treten. Er legte etwas auf die Kommode neben der Dusche.

»Hier ist Unterwäsche in deiner Größe«, sagte Scalidda. »Zieh sie an und komm ins Wohnzimmer. Ich verbinde dich.«

Er drehte sich um und verließ das Bad ohne weitere Worte. Diana folgte der Aufforderung nicht unmittelbar, sondern versuchte zunächst, zumindest halbwegs ihre Gedanken zu ordnen. Sie hatte das Auftauchen des Cosa-Nostra-Killers noch immer nicht völlig verarbeitet. Sicher, es lag auf der Hand, dass Don Licata erneut seinen besten

Mann geschickt hatte, um sie im Notfall zu schützen. Aber auch dieses Szenario warf zahlreiche Fragen auf. Fragen, die zu stellen – oder auch nur zu ersinnen – der Kommissarin ob ihrer Verstörung auf der kurzen Fahrt hierher unmöglich gewesen war. Sie wusste nicht einmal zu sagen, wo »hier« überhaupt war. Irgendeine Wohnung im ersten Stock eines alten Hauses etwas außerhalb. Diana hatte keinen anderen Anwohner gesehen, und Scalidda hatte sie bei ihrer Ankunft einfach die Treppe hinaufgetragen, scheinbar gänzlich ohne Sorge, dass jemand sie sehen könnte.

Diana atmete tief ein und aus, schaute auf ihre Hände, versuchte mit aller Macht, das Zittern unter Kontrolle zu bringen. Aber der Tremor ließ sich nicht aus ihren Gliedern vertreiben. Die Kommissarin griff nach der Haltestange und zog sich mühevoll nach oben. Nahezu ihr ganzer Körper wurde augenblicklich wieder von scharfen Schmerzen durchflutet.

Sie schaltete die Dusche ab, öffnete die Tür der Kabine, griff nach dem Badetuch. Der sanfte, warme, unbelebte Stoff fühlte sich gut an auf ihrer Haut, selbst dann, als er über die offenen Schürfwunden strich. Als sie sich abgetrocknet hatte, nahm Diana den Büstenhalter und den Schlüpfer zur Hand, die ihr Scalidda bereitgelegt hatte. Der Mafioso hatte ein simples schwarzes Set gekauft, das ihr tatsächlich problemlos passte.

Diana machte einige Schritte in Richtung der Tür, hielt dann abrupt inne, stützte sich mit der Hand gegen das Holz und legte auch ihre Stirn dagegen. Sie fühlte sich nicht bereit dazu, irgendjemanden zu sehen, und schon gar nicht zu reden. Aber sie musste es schaffen. Musste irgendwoher die Stärke nehmen, auch wenn sie keine Reserven sah, die sie noch hätte anzapfen können. *Einatmen, ausatmen. Nicht denken. Einfach tun.*

Die Kommissarin öffnete die Badtür, betrat das Wohnzimmer. Es war recht groß und zweckmäßig eingerichtet; die Vorhänge waren zugezogen, doch zwei Lampen sorgten für ausreichend Licht. Scalidda saß auf dem Bett, neben ihm lag ein Verbandskasten bereit. Der Mafioso ließ seinen Blick über Dianas Körper gleiten, was in ihr kurz einen Abwehrreflex weckte, aber ihr wurde schnell genug klar, dass es lediglich eine analytische Kenntnisnahme ihrer Wunden war.

»Setz dich«, forderte Scalidda sie auf, deutete dabei auf die freie Matratze neben sich. Diana tat, wie ihr geheißen.

Der Praetorianus öffnete eine Flasche Antiseptikum.

»Ich desinfiziere die Wunden«, sagte er kurz und sachlich. »Es wird wehtun.«

Diana nickte nur. Scalidda tränkte einen Wattebausch mit dem Desinfektionsmittel, tupfte mit diesem dann zunächst über die Wunden an ihrem Bein, gefolgt von denen an ihren Armen. Die scharfe Substanz biss in das rohe Fleisch, aber die Kommissarin nahm den Schmerz kaum wahr. Er war so irrelevant im Vergleich zu allem anderen.

Als Nächstes nahm Scalidda einen Pack Wundauflagen, fixierte diese mit präzisen Handgriffen unter Zuhilfenahme einer Rolle Mullbinde. Diana verfolgte sein Handeln, ohne vollständig wahrzunehmen, dass es ihr eigener Körper war, der von ihm versorgt wurde.

»Hast du das schon oft gemacht?«, fragte sie.

»Ja«, kam die knappe Antwort.

»Bei anderen Praetoriani?«

»Auch. Vor allem bei der Armee.«

Scalidda trennte das letzte Stück Mullbinde mit einer Schere ab, begutachtete dann kurz seine Arbeit.

»Damit sollte alles gut abheilen«, stellte er fest, schaute dann Diana direkt in die Augen. »Jetzt sag mir bitte genau, was Don Arcuri gesagt hat.«

Die Kommissarin war von dem abrupten Wechsel des Gesprächsthemas überfordert. Gleichzeitig weckte die Erwähnung des 'Ndrangheta-Paten unmittelbar eine erneute Flut traumatischer Erinnerungen. Scalidda bemerkte ihre Erregung, suchte kurz nach diplomatischen Worten, die offensichtlich nicht seine Stärke waren.

»Mir ist klar, dass du eine schlimme Erfahrung gemacht hast«, sagte er. »Ich bin hier, um sicherzustellen, dass sie sich nicht wiederholt. Aber dazu muss ich wissen, was gesagt wurde.«

*Die Taten interessieren ihn nicht. Nur die Worte.*

»Er hat …« Diana schluckte, musste sich zwingen, die Sätze ihres Peinigers selbst noch einmal auszusprechen. »Er hat gesagt, dass ich eine einzige Warnung erhalte. Weil ich unter Don Licatas Schutz stehe.« Die Kommissarin hielt inne, schaute jetzt ihrerseits Scalidda fragend an. »Woher weiß er davon?«

Die Antwort kam ohne Zögern, mit der dem blonden Mafioso eigenen zweckdienlichen Offenheit.

»Weil wir ihn darüber informiert haben.«

*Don Licata hatte selbst …*

»Warum habt ihr das getan?«

»Ansonsten wärst du jetzt tot«, kam eine sachliche Feststellung anstelle einer direkten Antwort.

Gleichzeitig drängte sich der Kommissarin ein weiterer Gedanke auf.

»Wie lange folgst du mir schon?«, fragte sie den Praetorianus. Diesmal wog dieser einen Moment lang ab, bevor er sich entschied, zu antworten.

»Seit du hier bist.«

»Das heißt …« Der Folgeschluss traf Diana wie ein Pfeil. »Du warst … Hast du gesehen, was mit Minniti passiert ist?«

»Ja.« Scaliddas Gesicht blieb vollkommen unbewegt.

»Du hättest eingreifen können.«

Der Mafioso schüttelte den Kopf. »Nein. Ich war allein. Und ich durfte nicht den ersten Schritt machen.«

Diese Entgegnung warf eine ganze Reihe von Fragen auf einmal auf. Die Kommissarin brauchte einen Moment, um sich aller Aspekte bewusst zu werden.

»Warum hat Licata diesmal nur dich geschickt?«, fragte sie.

»Das hier ist das Gebiet der 'Ndrangheta. Alles andere wäre eine Provokation.«

»Und deshalb durftest du nicht einmal eingreifen, als mein Leben in Gefahr war?«

Zum ersten Mal wirkte Scalidda kurz unentschlossen, ja beinahe kindlich unbeholfen beim Suchen nach den richtigen Worten, und Diana wurde schnell klar, dass er völlig entgegen seiner Natur eine nicht gänzlich wahre Aussage formulieren würde.

»Es war klar, dass Arcuri dich nicht töten kann«, kam schließlich die Erwiderung. »Auch er muss sich an die Regeln halten.«

Die Kommissarin war sich sicher, dass der Mafioso den wirklich relevanten Grund in diesem Moment vor ihr verbarg, aber es fehlte ihr die innere Kraft, um nachzubohren. Das tat an ihrer statt Scalidda.

»Und was hat Arcuri noch gesagt?«, fragte er.

»Dass sie für mich einen Flug für heute Abend gebucht haben. Wenn ich nicht darin sitze, würden sie mich abschlachten.«

Der Praetorianus reagierte nicht auf das grausame Wort, sondern überlegte lediglich einen Moment lang, nickte dann.

»In dem Fall wirst du exakt so handeln«, hielt er fest.

*Selbst er will, dass ich aufgebe.*

»Aber ich muss zur Polizei«, wandte Diana schwach ein. »Ich bin sicher, sie suchen nach mir.«

»Das tun sie«, kommentierte Scalidda. »Mit Hochdruck sogar. Aber wenn sie dich finden, verbringst du die nächsten zwei Tage mit Aussagen auf der Questura. Flieg zurück nach Berlin und lass das Protokoll dort aufnehmen. In Sicherheit.«

Diana realisierte augenblicklich den unausgesprochenen Teil dieser Ansage.

»In der Questura von Reggio wäre ich vor Arcuri nicht sicher?«, fragte sie.

»Nein.« Scalidda intonierte die schockierende Wahrheit vollkommen flach.

Der Mafioso stand auf, deutete auf eine Einkaufstüte, die neben dem Bett stand. »Hier sind weitere Sachen für dich«, sagte er. »Für den Rückflug werden sie reichen. Dein Gepäck aus dem Hotel lässt du dir nachschicken.«

Diana starrte nach vorn und gleichzeitig ins Nichts. So würde es also geschehen. Ihr Weg war vorgezeichnet, es gab keine Alternativen mehr. Sie konnte nichts tun außer … *mich Arcuri beugen. Diesem Monster.*

Der Gedanke weckte in der Kommissarin einen noch größeren Ekel als alle Erinnerungen an die grauenvollen

Ereignisse der letzten Stunden. *Was bleibt von mir, wenn ich jetzt aufgebe?*

Diana schaute in Richtung des Fensters. Durch die Vorhänge war das Rund der Sonne zu erkennen; in ihrem Licht tanzten Staubpartikel zwischen Gardine und Fensterbank. Dianas Blick wanderte weiter, durch das Zimmer, und blieb an dem kleinen Esstisch haften. Auf ihm lag eine Tischdecke aus Plastik, die mit diversen lokalen Früchten bedruckt war. Weintrauben, Zitronen … und einem Ast mit Oliven.

Spontan sah die Kommissarin wieder Francesca vor sich. Dieses so liebe, so schöne Mädchen, das keine Haare mehr hatte und um sein Leben kämpfte. *Wie viele Francescas wird es noch geben, wenn ich es jetzt nicht stoppe?*

Ein winziger Funke neuer Kraft erstand tief in Dianas geschundenem Körper. Sie stand spontan auf, ging zum Fenster und zog den Vorhang ein kleines Stück zur Seite.

»Was soll das?«, fragte Scalidda irritiert, aber Diana antwortete ihm nicht. Stattdessen legte sie ihren Arm auf die Fensterbank, hinein in den goldenen Lichtkreis, und schloß die Augen. Atmete eine Weile lang einfach nur ein und aus. Und erhielt dann die Antwort, nach der sie gesucht hatte. *Ich spüre sie noch. Ich spüre die Wärme noch.*

Diana öffnete die Augen wieder, drehte sich um und schaute zu Scalidda.

»Weißt du, wo der Zug jetzt ist?«, fragte sie.

Der Mafioso fixierte sie mit zunehmend kaltem Blick, schüttelte dann den Kopf, aber nicht als Antwort auf ihre Frage.

»Mein Auftrag ist nicht, dir zu helfen«, entgegnete er stattdessen. »Ich bin hier, um dich zu schützen. Auch wenn es bedeutet, dich vor dir selbst zu schützen.«

Er fasste in die Einkaufstüte, zog eine blaue Jeans und einen weißen Pullover hervor, warf beides auf das Bett.

»Zieh dich an«, befahl er Diana. »Und dann fahren wir zum Flughafen.«

*Nein. So endet es nicht.*

Die Kommissarin wusste nicht, was sie konkret noch tun konnte. Und genauso wenig, wie sie den eiskalten Killer, dessen Loyalität allein Don Licata galt, auf ihre Seite ziehen sollte. Aber eine Wahrheit stand ihr in diesem Moment vor Augen wie ein heiß brennendes Fanal: *Dieser Fall ist größer als alle davor. Er ist wichtiger als dein Leben. Und wenn du dich jetzt geschlagen gibst, wird deine Seele sterben.*

Diana ging zurück zu Scalidda, fixierte ihn auf Augenhöhe. Und knüpfte an der einzigen Schwachstelle an, die sie in diesem Moment sah.

»Du bist ein Soldat«, sagte sie. »Ein guter Soldat. Was also machst du hier?«

Diesmal hatte Diana Erfolg, denn Scalidda musste unsicher sein, worauf sie hinauswollte. Entsprechend reagierte er.

»Wie meinst du das?«, fragte der Mafioso und öffnete der Kommissarin damit die gewünschte Tür.

»Du kommst ganz allein her«, fuhr sie fort. »Auf eine Mission, die definitiv gefährlich werden kann. Das ist ein unnötiges Risiko. Don Licata geht keine unnötigen Risiken ein. Und es ist schlampige Arbeit, aber jemand wie du macht keine schlampige Arbeit. Also: Warum bist du allein hier?«

Der Angriff auf seine Professionalität ließ Scalidda nicht unbeeindruckt. Er versuchte es zu verbergen, aber ein kurzes Zurückziehen der Oberlippe war dennoch zu sehen, gleich dem Zähnefletschen eines Wolfs.

»Diese Frage muss ich dir nicht beantworten«, erwiderte er dennoch kontrolliert.

»Nein«, konterte Diana. »Aber du willst es.«

Der Praetorianus wirkte verblüfft, und vielleicht auch ein winziges Stück beeindruckt – Emotionen, die die Kommissarin an ihm noch nicht hatte beobachten können. Jetzt wusste sie, dass sie auf die richtige Karte gesetzt hatte: Scalidda war ein Mann der Tat, des Handelns auf der Grundlage von Fakten, und etwas anderes zu formulieren als Tatsachen, war ihm zutiefst zuwider.

»Also gut.« Der Mafioso wählte seine nächsten Worte mit Bedacht. »Weder Don Licata noch Don Arcuri wollen zu diesem Zeitpunkt etwas tun, was der jeweils andere als Angriff werten könnte. Denn dann gibt es Krieg. Darum bin ich allein gekommen, um dich aus der Gefahrenzone zu schaffen. Verstehst du jetzt, wie prekär deine Lage ist?«

Diana hörte die letzten beiden Sätze, aber konnte sie nicht mehr wirklich verarbeiten. Stattdessen kreisten ihre Gedanken um eine viel zentralere Frage: *Don Licata und Don Arcuri … sind Feinde?*

»Das heißt, es gibt einen Konflikt zwischen der Cosa Nostra und der 'Ndrangheta?«, hakte sie nach.

Scalidda zögerte, musterte die Kommissarin eindringlich, nickte schließlich.

»Arcuris Macht beruht auf seinen Müllgeschäften«, erwiderte er. »Sie laufen seit Jahrzehnten gut und werden es auch weiterhin tun. Aber langsam werden sie hier in Kalabrien zu bekannt. Irgendwann wird das Risiko zu groß werden, egal, auf wie viel *omertà* und wie viel Korruption er bauen kann. Deshalb möchte er seine Geschäfte auf Sizilien ausweiten. Müll dort vergraben. Schiffe vor unserer Küste versenken.«

Die Konsequenzen waren Diana augenblicklich klar.

»Was Licata niemals zulassen würde.«

Scalidda nickte.

»Richtig. *La Sicilia è terra santa.* Und solange Don Licata an der Macht ist, wird niemand diese heilige Erde vergiften.«

*Sie sind tatsächlich Feinde. Dann habe ich noch eine letzte Chance.*

»Gibt es Clans in der Cosa Nostra, die anders denken?«

»Der schnelle Profit lockt die Dummen«, entgegnete Scalidda mit einem Hauch von Abschätzigkeit. »Aber genauso gibt es auch in der 'Ndrangheta Familien, die klug genug sind zu wissen, dass sich die Bevölkerung irgendwann gegen die Mafia wenden wird, wenn die Krebszahlen weiter steigen.«

»Also will Arcuri auch deshalb expandieren, damit er innerhalb des obersten Konzils ... innerhalb von La Provincia nicht an Rückhalt verliert«, hielt Diana fest. »Das klingt, als wäre er bereit, es auf einen Krieg ankommen zu lassen.«

*Ich kann diesen Konflikt nutzen.*

Scalidda lächelte, allerdings ohne auch nur den leisesten Anflug von Humor.

»Das ist er. Aber er will nicht derjenige sein, der diesen Krieg vom Zaun bricht. Das würde ihn Unterstützung kosten, nicht nur von seinen eigenen Leuten, sondern auch in der Politik. Und die bräuchte er im Fall des Falles an seiner Seite.«

Die Kommissarin hörte aufmerksam zu, während sie gleichzeitig in ihrem Kopf und ihrem Herzen einen heftigen Widerstreit ausfocht.

*Aber das wäre derselbe Fehler wie damals in Rom. Derselbe Kompromiss, mit denselben unvorhersehbaren Folgen.*

»Es ist also ein kalter Krieg«, kommentierte sie die Aussage ihres Gegenübers. Der Mafioso nickte.

»Noch. Aber es braucht nur einen Zündfunken, und es wird den schlimmsten Mafia-Krieg geben, den Italien je gesehen hat. Keinen Krieg zwischen einzelnen Familien wie in der Vergangenheit. Sondern einen Krieg zwischen den beiden mächtigsten Mafia-Organisationen der Welt. Tausende würden sterben. Die ökonomischen und politischen Auswirkungen wären massiv. Verstehst du jetzt, warum wir extrem vorsichtig agieren müssen?«

*Aber diesmal konfrontiere ich Schwerverbrecher. Massenmörder. Das Gesetz will mir nicht helfen. Warum also nicht Feuer mit Feuer bekämpfen?*

Diana blickte zu Boden und nickte nachdenklich, was Scalidda fälschlicherweise als Bejahung seiner Nachfrage verstand.

»Gut«, sagte er. »Dann lass uns zum Flughafen fahren.«

*Diese Transporte müssen gestoppt werden.*

Die Kommissarin schaute wieder auf und dem Mafioso direkt in die Augen.

»Deine oberste Priorität ist es, die Interessen Don Licatas zu schützen. Richtig?«

Scalidda wirkte zunehmend irritiert, antwortete aber dennoch wahrheitsgetreu.

»Das stimmt«, sagte er.

*Arcuri muss gestoppt werden. Mit allen Mitteln.*

Mit der Verzweiflung schwanden auch alle Zweifel aus Dianas Seele. An ihre Stelle trat einmal mehr kalte, klare Entschlossenheit, und mit ebendieser intonierte sie auch ihre nächsten Worte.

»Wenn du mir nicht hilfst, diesen Zug zu stoppen, verletzt du die Interessen Licatas.«

Scalidda legte leicht den Kopf schief, betrachtete sie skeptisch. »Versuch keine Spiele mit mir«, entgegnete er gefährlich leise. Aber damit konnte er die Kommissarin nicht länger schrecken.

»Keine Spiele«, sagte sie. »Wahrheit gegen Wahrheit. Es geht diesmal nicht um Atommüll, der irgendwo versenkt werden soll. Arcuri transportiert etwas anderes, was er an eine dritte Partei verkauft.«

»Woher willst du das wissen?«

»Weil ich gehört habe, wie er sich mit einem Ausländer darüber unterhalten hat. Die Fracht soll in Gioia Tauro auf ein Schiff verladen werden, über das die besagte dritte Partei dann die Kontrolle übernimmt.«

Diesmal ließ Scaliddas nächste Frage kurz auf sich warten, denn jetzt dachte der Mafioso tatsächlich nach.

»Wer soll dieser Käufer sein?«

»Eine andere Verbrecherorganisation, Terroristen … Ich weiß es nicht. Aber auf jeden Fall geht es um etwas Größeres als sonst. Um etwas Gefährlicheres. So gefährlich, dass Armin Wiegand reden wollte. Und so wichtig, dass sie den Zug trotzdem fahren lassen, obwohl sie wissen, dass wir darüber informiert sind.«

Scalidda schüttelte den Kopf.

»Sie haben keine andere Alternative. Wiegand, Spadafora und der dritte Mann in Österreich brauchen Monate, um einen dieser Transporte zu organisieren. Eine solche Aktion wirft man nicht um.«

Der Mafioso hatte recht. Die korrupten Helfershelfer der 'Ndrangheta waren ihr Geld wert.

»Es wird eine Weile dauern, bis Arcuri in Deutschland einen gleichwertigen Ersatz für Wiegand findet«, hielt Diana fest.

»Aber das wird er«, kommentierte Scalidda. »Schließlich kann er dafür Millionen bieten.«

»Es wird niemals aufhören.«

»Nicht auf absehbare Zeit.«

»Dann hilf mir, es zu beenden. Das wird Arcuri schwächen. Es könnte den Krieg zwischen der 'Ndrangheta und der Cosa Nostra vermeiden. Und du wirst herausfinden, mit welchem neuen Partner Arcuri bei diesem Deal zusammenarbeitet. All das ist ohne jeden Zweifel im Interesse Don Licatas.«

»Aber genauso liegt ihm an deiner Sicherheit.«

»Woran, glaubst du, liegt ihm mehr?«

Diesmal musterte Scalidda Diana mit einem Ausdruck, den die Kommissarin nicht zuzuordnen wusste. War es … Mitleid?

Um was auch immer es sich handelte, sie fühlte sich damit extrem unwohl. Und beschloss deshalb, schnell beim eigentlichen Thema nachzusetzen.

»Also«, fragte sie. »Rufst du Don Licata an?«

»Das brauche ich nicht«, kam die Antwort. »Diese Entscheidung liegt innerhalb meiner Zuständigkeit.«

Diana war überrascht. Offenbar sah Licata Scalidda nicht nur als Untergebenen, sondern als einen nahezu Gleichgestellten, der sein komplettes Vertrauen genoss.

Das war naheliegend angesichts der Tatsache, dass er ihn zum Anführer seiner persönlichen Eliteeinheit und Leibgarde gemacht hatte. Und trotzdem hatte die Kommissarin das Gefühl, dass es noch mehr geben musste, was die beiden Männer verband.

»Und wie entscheidest du dich?«, setzte sie direkt nach. Scalidda machte einige Schritte um das Bett herum, fuhr dabei mit der Hand durch sein blondes Haar, während er nachdachte.

»Wenn die 'Ndrangheta herausfindet, dass ich involviert bin, könnte es ihnen genau den Vorwand für einen Krieg geben, den sie wollen.«

»Wissen Sie ohne deinen Ring, wer du bist?«, fragte die Kommissarin im Gegenzug.

Der Mafioso stoppte, betrachtete nachdenklich den silbernen Schlangenring an seinem Finger. Diana war sich bewusst, dass der Ring mehr war als ein Symbol. Er war ein Zeichen von Identität, ein Gelübde von Loyalität. Für jeden Praetorianus war er Teil seines Körpers. Und als Scalidda ihn abstreifte, unendlich langsam, und mit größter Umsicht in seine Hosentasche bugsierte, wusste die Kommissarin eines mit Sicherheit: *Ich habe ihn.*

Scalidda schaute wieder zu ihr.

»Wie willst du herausfinden, was der Zug geladen hat?«, fragte er.

»Spadafora«, erwiderte Diana ohne Umschweife. »Er weiß, um welche Fracht es sich handelt.«

Scalliddas Augen verengten sich leicht, als er innerlich einen Plan entwarf.

»*Va bene*«, sagte er schließlich. »Ich kann herausfinden, wo er wohnt. Dann bringe ich ihn zum Reden.«

Diana schrak innerlich zusammen, als ihr klar wurde, wovon der Mafioso redete.

»Du willst ihn foltern?«

»Er ist ein Zivilist«, kam die in diesem Fall erschreckend sachliche Antwort. »Es wird nicht viel brauchen.«

Die Gedanken der Kommissarin rasten. Ja, sie war bereit, den Zug mit Scaliddas Hilfe zu stoppen. Mit der Hilfe der Cosa Nostra. Aber es gab immer noch Grenzen, die sie nicht überschreiten konnte und durfte. Glücklicherweise kam ihr im selben Moment die rettende Eingebung.

»Nein«, sagte sie entschieden. »Wir lösen das anders.«

»Und wie?«, fragte Scalidda mit leicht zynischem Unterton.

Die Kommissarin deutete auf die Kleidungsstücke, die der Mafioso zuvor auf das Bett geworfen hatte.

»Zuerst gehen wir noch einmal einkaufen.«

Das Stoffband drückte auf Dianas Brustkorb und erschwerte ihr das Atmen ebenso sehr wie die Skimaske über ihrem Kopf, die lediglich eine Öffnung für ihre Augen hatte. Aber es war essenziell, in den kommenden Minuten ihr Geschlecht zu verbergen, und deshalb hatte sie sowohl ihren Busen abbinden als auch ihre Lippen bedecken müssen.

Es war ein bizarres, bedrückendes Szenario. Sowohl die Kommissarin als auch Scalidda waren maskiert, trugen unauffällige schwarze Sportkleidung, zudem Lederhandschuhe. Diana wartete auf einem Stuhl in der Mitte des

Wohnzimmers, der Mafioso lehnte an der Wand neben der Tür. Keiner von ihnen sprach. Zumindest in Dianas Innerstem war die Anspannung derweil fast unerträglich, ebenso wie die Assoziationen, die ihre Gedanken in diesem Moment verbildlichten.

Sie trug eine nahezu identische Maske wie ihre Peiniger wenige Stunden zuvor. Ihr Partner war nicht länger ein Vertreter des Rechts, sondern ein Verbrecher. Und sie lauerten ihrem Opfer genauso auf, wie es auch die Mörder Armin Wiegands getan haben mussten.

Wie hatte alles nur so schnell derart außer Kontrolle geraten können? Sie derart auf die falsche Seite katapultiert werden? Aber was war noch die richtige Seite, wenn Kriminelle von höchster Stelle aus gedeckt wurden? *Den Zug stoppen. Das ist richtig. Es bleibt richtig. Denke nur daran.*

Diana zog kurz den Ärmel ihrer Jacke hoch und schielte auf die Anzeige der billigen Digitaluhr, die sie sich ebenfalls gekauft hatte. Es war achtzehn Uhr zwanzig. Der Zug musste sich in diesem Moment schon längst in Italien befinden. In bereits sechs Stunden sollte er Gioia Tauro erreichen. Die Uhr tickte erbarmungslos herunter, und sie konnten nichts tun außer warten. Aber es gab keine andere Möglichkeit.

In diesem Moment hörte die Kommissarin das Klicken des Schlüssels in der Haustür. *Endlich.*

Scalidda spannte sich an, presste sich eng an die Wand neben der angelehnten Wohnzimmertür und zog seine Pistole. Diana bemühte sich, ruhig zu atmen, die Aufregung und Unsicherheit unter Kontrolle zu bringen. Zumindest würde sie selbst kaum etwas tun müssen. Die Hauptlast ihres Plans lag bei Scalidda. Aber auch das war nicht unbedingt eine Beruhigung.

Sie hörte, wie im Flur ein Schlüssel abgelegt wurde, gefolgt von den Geräuschen, als Straßenschuhe ausgezogen und Hausschuhe übergestreift wurden. Dann die entsprechend gedämpften Schritte, die sich dem Wohnzimmer näherten. Die Tür öffnete sich, Spadafora betrat den Raum – und stoppte abrupt, als er die maskierte Diana in der Mitte des Zimmers am Tisch sitzen sah. Doch noch bevor der Dirigente reagieren konnte, schloss sich Scaliddas Hand um seinen Mund. Gleichzeitig presste der Mafioso Spadafora den Lauf seiner Waffe seitlich gegen die Rippen. Der Mann wurde stocksteif, sein Blick wanderte panisch nach allen Seiten.

»*Sta' calmo!*«, befahl ihm der Mafia-Killer. »Bleib ruhig, mach keinen Laut. Dann passiert dir nichts. Hast du mich verstanden?«

Diana fiel sofort auf, dass Scalidda, der normalerweise ein nahezu perfektes Hochitalienisch sprach, mit nur dem leisesten Hauch eines sizilianischen Einflusses, die Worte an den Dirigente mit einem hörbaren Akzent unterlegte, der zweifelsohne ein kalabrischer sein musste. Das machte ihre riskante Inszenierung auf jeden Fall glaubwürdiger.

Spadafora nickte, so gut es der feste Griff des Praetorianus zuließ.

»Wenn ich meine Hand jetzt wegnehme, bleibst du also still?«, vergewisserte sich dieser. Wieder nickte der Dirigente.

Scalidda nahm langsam seine Hand vom Mund des anderen Mannes. Dieser schnappte nach Luft, atmete hektisch, aber hielt sich ansonsten an die Anweisung.

»Setz dich«, forderte ihn Scalidda auf.

Spadafora schien blockiert, schaute Diana angsterfüllt an. Die Kommissarin blieb äußerlich unbewegt, saß einfach nur da. Aber leicht fiel es ihr nicht. *Was ich hier tue, verstößt gegen das Gesetz. Es ist die am wenigsten schlimme Alternative, aber das macht es nicht richtig.*

Scalidda steuerte den Lauf Spadaforas, indem er seine Linke auf dessen Schulter legte, bugsierte ihn auf diese Weise zu einem Stuhl am Ende des Tisches, so weit wie möglich entfernt von der Tür. Durch das Fenster konnte keiner von ihnen gesehen werden, denn die Läden waren fast vollständig angelehnt. Und zum Glück war Spadafora laut Scaliddas Informationen geschieden, sodass es keine Familie gab, um die sie sich hätten Sorgen machen müssen.

Der Dirigente nahm Platz. Scalidda machte ein paar Schritte zurück, setzte sich dann auf den Stuhl gegenüber von Diana, sodass sie beide in Richtung Spadaforas schauten. Genau wie die Mündung der Pistole, die der Mafioso bewusst langsam auf dem polierten Holz des Tisches ablegte.

»Don Arcuri schickt uns«, sagte er dann mit ruhiger Stimme. »Er denkt, dass du gern reden möchtest.«

»Ich habe den Polizisten nichts gesagt!«, versicherte Spadafora augenblicklich mit leicht kreischendem Tonfall.

»Beruhige dich«, entgegnete Scalidda. »So weit glauben wir dir. Aber wir wissen auch, dass du nervös bist. Dass du dich unter Druck gesetzt fühlst. Deine Kollegen in Deutschland und Österreich waren diesem Druck leider nicht gewachsen.«

Der Politiker zuckte leicht zusammen, als er den nur zur Hälfte wahren Verlust seiner Mitverschwörer noch einmal bestätigt bekam. Scalidda fuhr unmittelbar fort, weiterhin sehr ruhig, gleichzeitig kühl und bestimmt. »Wir glauben, dass du Angst um deine Sicherheit hast, und offene Fragen. Das ist legitim – solange du diese Fragen nicht nach außen trägst. Also sei ehrlich mit uns, erzähl uns offen von deinen Bedenken, und ich bin sicher, wir werden sie zur gegenseitigen Beruhigung aus der Welt schaffen können.«

Spadafora wirkte noch immer sehr nervös, befeuchtete sich die Lippen. Sein Blick wanderte hinüber zu Diana.

»Warum sagt er nichts?«, fragte der Verkehrspolitiker unsicher. Scalidda strafte die zu gewagte Erkundigung umgehend in scharfem Ton ab.

»*Ich* bin hier, um mit dir zu reden. Er ist da für den Fall, dass du *nicht* ehrlich mit uns bist.«

Zur Untermalung seiner Worte schob der Mafioso die Pistole hinüber zu Diana. Die Kommissarin improvisierte mit und legte ihre Hand auf den Lauf der Waffe. Spadafora schüttelte augenblicklich unterwürfig den Kopf.

»Ich wollte nicht respektlos sein«, sagte er, bemühte sich dann um ein Mindestmaß an Haltung. »Ich werde die Wahrheit sagen.«

»Gut«, erwiderte Scalidda. »Also sag uns jetzt, was dir Sorgen macht.«

Der Dirigente kaute auf seiner Unterlippe. Seine nächsten Sätze sprach er mit größter Umsicht und offensichtlicher Angst, auch nur ein falsches Wort in den Mund zu nehmen.

»Wir verdienen seit vielen Jahren gut an diesen Geschäften«, begann er. »Alles … läuft mit größter Präzision. Und die normalen Transporte sind gedeckt. Sie sind für alle

Beteiligten nützlich. Aber diesmal … Bei dieser Fracht … Wenn die Regierung davon Wind bekommt …«

Er schaute nach Verständnis heischend zwischen Scalidda und Diana hin und her. Die Kommissarin frohlockte innerlich. Hier hatte sie, auch zur endgültigen Überzeugung des Mafiosos, den Beweis, dass der Zug im Zentrum dieser ganzen Affäre tatsächlich eine noch gefährlichere Fracht transportierte als normalerweise. Natürlich hatte auch der Praetorianus die Aussage des Dirigente genau registriert und baute geschickt auf ihr auf.

»Warum glaubst du, dass die Regierung ein Problem darstellen könnte?«, erkundigte er sich bei Spadafora.

»Nun, ich weiß es natürlich nicht genau«, präzisierte dieser beschwichtigend. »Don Arcuri und die *invisibili* haben exzellente Kontakte. Das ist keine Frage. Aber trotzdem … Wir reden hier von hochangereichertem Uran. Waffenfähig. Wenn der Käufer es zum Einsatz bringt … Ich könnte wegen Unterstützung von Terrorismus angeklagt werden.«

Diana stoppte der Atem. Sie hatte in der Theorie mit dem Schlimmsten gerechnet, aber im Strudel der sich überschlagenden Ereignisse keine Zeit gehabt, sich die möglichen Szenarien tatsächlich auszumalen. Und jetzt sah sie sich endgültig mit der erschreckenden Wahrheit konfrontiert: Don Arcuris Todeszug transportierte das Rohmaterial für einen atomaren Sprengsatz oder zumindest eine schmutzige Bombe. Eine Massenvernichtungswaffe, die eine noch unbekannte dritte Partei vielleicht tatsächlich einzusetzen gedachte.

Während die Kommissarin geschockt das Echo der erschreckenden Sätze in ihrem Kopf widerhallen hörte, reagierte Scalidda mit einer Klarheit und Zielstrebigkeit, zu der Diana in diesem Moment nicht fähig gewesen wäre.

»Niemand wird die Operation zu uns zurückverfolgen können«, stellte er fest. »Oder zu dir.«

»Wiegand musste eigens einen Waggon mit noch höherer Strahlensicherheit besorgen«, wand sich Spadafora. »Das war nicht einfach. Es könnte Aufmerksamkeit erregt haben.«

»Das Problem Wiegand ist aus der Welt geschafft«, hielt Scalidda gegen.

»Ich weiß, ich weiß«, wiegelte der Dirigente ab, versuchte sich dann von dem Ermordeten zu distanzieren. »Und ich kann verstehen, warum ihr es getan habt. Wenn er wirklich mit Mancuso geredet hat … Ich würde so etwas nie tun! Ich weiß, was Ehre bedeutet. Nicht wie dieser Deutsche.«

Unwillkürlich schloss sich Dianas Hand etwas enger um den Griff der Pistole. Spadafora widerte sie an. Der Mann sprach von Ehre, war aber gleichzeitig bereit, einen Mord zu legitimieren und den Tod zahlreicher Menschen durch einen atomaren Sprengsatz in Kauf zu nehmen. Ihm ging es allein darum, sich selbst zu schützen.

Im selben Augenblick realisierte die Kommissarin, dass es bei Wiegand genauso gewesen war. Auch seine größte Sorge musste vor allem gewesen sein, aufgrund der hochriskanten Natur dieses speziellen Transports von den involvierten Personen in Regierung und Geheimdienst nicht mehr gedeckt zu werden. Und er war naiv genug gewesen zu glauben, die Mafia verraten zu können, ohne dass diese es merken würde. Vielleicht hatte er sogar angenommen, dass die Involvierung Mancusos die 'Ndrangheta im Zweifelsfall zu der Annahme bringen würde, dass nicht er, sondern Spadafora vor Ort geredet hätte. Der Zug wäre gestoppt worden, jemand anders der potenzielle Sündenbock gewesen, und Wiegand hätte sich an den normalen Mülltransporten auch weiterhin eine goldene Nase verdienen können. Ja – so oder ähnlich musste das zynische Kalkül des Staatssekretärs ausgesehen haben.

»Dann musst du dir auch keine Sorgen machen.« Die Stimme Scaliddas katapultierte die Kommissarin wieder in die unmittelbare Gegenwart.

»Du musst nur ruhig bleiben und das tun, was du immer tust«, fuhr der Mafioso an Spadafora gewandt fort. »Um alles andere kümmern wir uns. Oder hat Don Arcuri je unvorsichtig gehandelt?«

»Nein, nein, natürlich nicht«, stimmte der Dirigente eilig zu. »Und ihr habt ja auch zusätzliche Maßnahmen getroffen.«

Diana horchte auf. Was meinte Spadafora damit? Würde Scalidda mehr herausfinden können?

Doch bevor der Mafioso hier ansetzen konnte, lenkte der Lokalpolitiker das Gespräch zu einem anderen Punkt.

»Der Weitertransport wird jedenfalls reibungslos über die Bühne laufen«, ergänzte er in der Bemühung, sachliche Kompetenz auszustrahlen. »Eure Leute sichern das Schiff im Hafen, und die Küstenwache wird es auf der Fahrt nicht belästigen. Darum habe ich mich wie immer gekümmert.«

Scalidda reagierte einmal mehr sehr geschickt und nutzte Spadaforas Verlangen, die eigene Wichtigkeit für den Ablauf der Operation herauszustellen.

»Der Zug wird die Westküste kurz vor Mitternacht erreichen, richtig?«, stellte der Mafioso eine Frage, deren Bedeutung sich Diana nicht augenblicklich erschloss.

»Um dreiundzwanzig Uhr vierzig in Lamezia Terme«, präzisierte Spadafora, sichtbar erleichtert, seinen vermeintlichen Auftraggebern konstruktiv dienlich sein zu können.

»Gut.« Scalidda nickte. »Wir werden trotz allem noch einmal für zusätzliche Sicherheitsmaßnahmen auf den letzten Kilometern sorgen. Dasselbe gilt für die Umladung in Gioia Tauro.«

»Ich habe gehört, dass ihr Minniti ausgeschaltet habt«, kommentierte der Dirigente, der sich mittlerweile wohl außer Lebensgefahr wähnte und entsprechend selbstbewusster agierte, was in Diana ebenso kalte Wut weckte wie seine mit einer Nuance der Genugtuung formulierte Feststellung zur Ermordung des Richters. »Was ist mit dieser deutschen Kommissarin? Könnte die noch Probleme verursachen?«

»Über sie musst du dir ganz sicher keinen Kopf machen«, entgegnete Scalidda flach. »Also: Glaubst du jetzt an den sicheren Ausgang der Operation?«

»Auf jeden Fall«, antwortete Spadafora, minimal zu enthusiastisch.

»Und wir können darauf vertrauen, dass du ruhig bleibst und den Dingen ihren Lauf lässt?«

»Ich schwöre es«, versicherte der korrupte Politiker. Scalidda schaute hinüber zu Diana.

»Was meinst du?«, fragte er.

Die Kommissarin zögerte kurz. Es gab noch so viel, was sie erfahren wollte. Von welchen zusätzlichen Sicherheitsmaßnahmen hatte Spadafora geredet? Wer war der Käufer des Urans? Und gegen wen sollte der atomare Sprengsatz eingesetzt werden? Aber leider war klar, dass das Gespräch seinen natürlichen Endpunkt erreicht hatte und sie keine weiteren Fragen stellen konnten, ohne die Glaubwürdigkeit ihrer Inszenierung zu gefährden. Also nickte Diana und schob die Pistole wieder zurück zu Scalidda, was Spadafora mit großer Erleichterung wahrnahm. Der Praetorianus nahm die Waffe und steckte sie zurück in sein Schulterholster.

»Dann betrachten wir die Situation als bereinigt«, sagte er und stand auf. Diana tat es ihm gleich.

»Und ich freue mich auf eine weitere profitable Zusammenarbeit«, äußerte Spadafora. Scalidda ignorierte den Kommentar.

»Du bleibst fünf Minuten genau so sitzen«, wies er sein Gegenüber stattdessen an. »Danach kannst du dich frei bewegen. Nimm keinen weiteren Kontakt zu uns auf. Wir melden uns, wenn die Operation abgeschlossen ist.«

»Dann erhalte ich auch meinen Bonus?«, hakte Spadafora nach. *Du miese Ratte*, dachte Diana.

»Natürlich«, beantwortete Scalidda die Frage. »Für dein erhöhtes Risiko bekommst du wie vereinbart auch mehr Geld.«

Der Dirigente nickte zufrieden, blieb ansonsten am Tisch sitzen, wie es ihm befohlen worden war. Diana und Scalidda verließen das Haus durch die Hintertür, die sie bereits für ihr Eindringen genutzt hatten. Diana wollte ihre Skimaske vom Kopf ziehen, doch Scalidda hielt inne und beugte sich zu ihr herüber.

»Möchtest du, dass ich zurückgehe und ihn töte?«, erkundigte er sich mit gedämpfter Stimme. Diana war von der unerwarteten Frage vollkommen überfordert.

»Natürlich nicht«, erwiderte sie fassungslos. »Warum sollte ich das wollen?«

»Weil die ’Ndrangheta irgendwann herausfinden wird, dass er mit uns geredet hat«, kam die pragmatische Antwort. »Und dann werden sie ihn töten. Aber nicht kurz und schmerzlos, so wie ich es tun würde.«

Die Worte schienen sich bis in Dianas Seele zu bohren. Der Kommissarin wurde klar, dass sie die Konsequenzen ihrer Verzweiflungstat nicht bedacht hatte. Es brauchte die kalte Berechnung des Mafiakillers, um sie ihr vor Augen zu führen. Und jetzt wollte er eine Antwort, und zweifelsohne war es auch ein Test, wie weit sie gehen würde. Scalidda schlug einen Mord als Akt der Gnade vor. Aber dieses Konzept war jenseits von allem, was Diana verantworten konnte. Und so schüttelte sie nur schwach mit dem Kopf.

Der Mafioso betrachtete sie noch einen Moment lang, doch dann nickte er.

»Es ist deine Entscheidung«, sagte er ohne hörbare Emotion. »Aber du solltest dich hier und jetzt von der Illusion verabschieden, dass du diese Sache zu Ende bringen kannst, ohne dir die Hände schmutzig zu machen.«

Er zog die Skimaske von seinem Kopf und schwang sich über den niedrigen Zaun hinüber auf die angrenzende Nebenstraße. Diana stand einen Moment lang wie angewurzelt da. Ganz kurz schoss ihr der Gedanke durch den Kopf, zurück ins Haus zu gehen und Spadafora zu warnen. Aber das hätte all ihre Chancen zerstört, den unheilvollen Zug noch zu stoppen. *Vor einigen Sekunden habe ich diesen Mann gehasst. Und jetzt könnte es sein, dass ich ihn gerichtet habe.*

*Passiert es schon wieder? Wird ein Unschuldiger … Wird ein Schuldiger wegen mir sterben? Ein Schuldiger, dem das Gesetz vielleicht nie etwas anhaben könnte …*

*Nein. So darfst du nicht denken. Du kannst immer noch morgen etwas dagegen tun.*

*Aber was, wenn hier nicht einmal die Polizeireviere vor der 'Ndrangheta sicher sind?*

Diana wischte die Besorgnis beiseite. Es ging nicht anders. Sie würde sich später damit auseinandersetzen müssen. Die Kommissarin entfernte ebenfalls ihre Skimaske und kletterte über den Zaun. Niemand beobachtete sie. Diana lief zu Scaliddas in der Nähe geparktem Land Rover Defender, hinter dessen Steuer der Mafioso bereits auf sie wartete. Am Horizont sank die Sonne derweil hinunter in Richtung des in der Ferne sichtbaren Meeres.

Die Kommissarin setzte sich auf den Beifahrersitz, schaute zu dem Praetorianus.

»Hättest du mit so etwas gerechnet?«, fragte sie.

»Nein«, kam die Antwort.

»Denkst du, sie verkaufen das Uran an Terroristen?«

Scalidda wog kurz ab, schüttelte dann den Kopf.

»Unwahrscheinlich. Das Risiko für Arcuri wäre viel zu hoch.«

»Aber wer ist dann der Käufer?«

»Der einzige sichere Geschäftspartner ist eine Regierung.«

Der Gedanke schockte Diana, aber mittlerweile nicht mehr so, wie es noch vor einem Tag der Fall gewesen wäre.

»Ein Staat, der sich heimlich einen atomaren Sprengsatz bauen will«, hielt sie mit flacher Stimme fest.

»Einen Sprengsatz, den niemand zu ihm zurückverfolgen könnte.« Scalidda nickte. »Du hattest recht. Wenn Arcuri erfolgreich einen Atomwaffen-Deal mit einer ausländischen Regierung durchführt, wird ihn das mächtiger machen als je zuvor.«

»Also hilfst du mir, den Zug zu stoppen?«

Scalidda schaute zu ihr herüber.

»Don Licata wird für dich keinen Krieg anfangen.«

»Würde er mir helfen, einen zu beenden?«

Zum ersten Mal huschte der Anflug eines Lächelns über die Lippen des Killers, auch wenn es kalt und berechnend war.

»Wir werden sehen«, sagte er, startete gleichzeitig den Motor.

»Wohin fahren wir?«, erkundigte sich Diana.

»Nach Gioia Tauro.«

Die Kommissarin war verunsichert.

»Sollten wir nicht weiter nach Norden?«, fragte sie. »Wir müssen den Zug aufhalten, bevor er ans Ziel kommt.«

»Vielleicht.« Scalidda musterte sie mit festem Blick. »Aber in Gioia Tauro wartet das Schiff der Käufer. Und ich will wissen, wer das ist.«

»Dabei verlieren wir Zeit.«

»Ich beginne keinen Krieg gegen einen Gegner, den ich nicht kenne.«

Der Praetorianus trat ohne weitere Worte aufs Gas. Diana verzichtete auf weitere Einwände. Zumindest nahmen sie jetzt einen Kurs, auf dem sie direkt die Fahrtstrecke des Todeszuges kreuzen würden. Und gleichzeitig wütete in ihrer Brust ein Kampf zwischen den widerstrebendsten Gefühlen. Sie befand sich komplett jenseits aller moralischen Leitlinien, die noch bis vor wenigen Stunden ihr Leben geprägt hatten. Dass der Zug gestoppt werden musste, stand nach den Enthüllungen Spadaforas mehr außer Frage denn je. Aber ebenso klar war Diana, dass sie eine Ereigniskette losgetreten hatte, über deren vielleicht extrem blutige Konsequenzen sie nur noch eine sehr bedingte Kontrolle hatte.

Die Scheinwerfer des Rovers erhellten die Autobahn, während zur Linken des Wagens die letzten Strahlen der untergegangenen Sonne die Wolken über dem Meer in ein dunkles Rot färbten. Diana ignorierte das Naturschauspiel, weil jeder Seitenblick zwangsläufig auch Scalidda miteinbezog. Außerdem war sie noch immer damit beschäftigt, die Informationen aus dem Gespräch mit Spadafora in ihrem Kopf zu ordnen. Es tat gut, ihre Gedanken auf den Fall konzentrieren zu können. Weg von den Erinnerungen an die Lagerhalle.

Bei der Analyse des Gesagten stolperte Diana neben dem hauptsächlichen Mysterium, was mit dem waffenfähigen Uran genau passieren sollte, vor allem über zwei Dinge. Zum einen war da die Tatsache, dass der Zug die Westküste in Lamezia Terme erreichen sollte, einer Stadt, die nur ein relativ kurzes Stück nördlich von Gioia Tauro lag. Was bedeutete, dass die Weiße Route Eins einen längeren Umweg durch den Osten Italiens beinhaltete, den die Kommissarin nicht verstand.

»Warum fährt der Zug so weit die Ostküste entlang?«, erkundigte sie sich bei Scalidda.

»Die Strecke umgeht Rom und andere Großstädte«, entgegnete der Mafioso. »Vor allem aber das Territorium der Camorra in Kampanien.«

Diana ging ein Licht auf.

»Arcuri will seine Profite nicht teilen.«

»Exakt.«

Zumindest verschaffte ihnen dieser Umweg etwas mehr Zeit. Diana warf kurz einen Blick auf ihre Uhr. Neunzehn Uhr siebenunddreißig.

»Woher kennt ihr die Weiße Route so genau?«, fragte sie dann.

»Es ist die profitabelste Operation eines potenziellen Feindes«, kam die leicht tadelnde Antwort. »Sie nicht zu studieren, wäre eine Dummheit.«

»Das heißt, ihr habt Spitzel in Arcuris Clan?«

Diesmal erwiderte Scalidda nichts, sondern sah nur konzentriert nach vorn auf die Straße. Aber Diana konnte sich die Frage auch selbst beantworten. Natürlich würde es Informanten geben, genauso wie Don Arcuri in Anbetracht des schwelenden Konflikts Leute in der Cosa Nostra haben würde, die ihm Bericht erstatteten. Loyalität war ein wichtiger Bestandteil der Philosophie der Mafia, aber es würde immer genug Mitglieder geben, deren Gier sie auch das Risiko eines Verrats eingehen ließ.

Damit blieb der Kommissarin nur noch eine offene Frage.

»Spadafora hat die sogenannten Unsichtbaren erwähnt«, erkundigte sie sich. »Wer ist das?«

Scalidda überlegte einen Moment lang, vielleicht abschätzend, wie viel er preisgeben durfte.

»La Provincia ist mittlerweile das Führungsorgan der 'Ndrangheta«, erläuterte er schließlich. »Nur die mächtigsten Bosse sind Teil davon. Und innerhalb der Provincia gibt es noch einmal die Mächtigsten der Mächtigen – die *invisibili.* Es sind fünf Paten. Sie allein verhandeln mit den höchsten Vertretern von Politik, Wirtschaft und Geheimdiensten.«

»Arcuri ist einer davon.«

»Ja.«

»Wer sind die anderen?«

Scalidda stellte Blickkontakt zu Diana her.

»Du bist immer noch Polizistin«, sagte er. »Und solange du das bist, gibt es Dinge, die ich dir nicht verraten werde.«

Eine klare Ansage, die in Anbetracht seines Kodexes nachvollziehbar war. Und trotzdem meinte Diana, eine Nuance in seiner Stimme zu hören, die persönlicher war als die tatsächlich gesprochenen Worte. Die Kommissarin machte mit einer privateren Frage, die sie sich schon länger stellte, die Probe aufs Exempel.

»Dein Kampfname Scalidda – er bedeutet ›kleine Stufe‹. Aber was ist die Geschichte dahinter?«

Der Praetorianus schaute mit völlig unbewegtem Gesicht zurück nach vorn.

»Das weiß nur Don Licata«, erwiderte er mit hartem Tonfall. Diana entschied sich daraufhin, dem Mafioso in Sachen Direktheit auf Augenhöhe zu begegnen.

»Du magst mich nicht, oder?«, fragte sie.

»Nein.«

Die Antwort kam ohne Zögern. Und zu einem Zeitpunkt, wo sie sich vor allem von Heuchelei und Doppelbödigkeit umgeben wähnte, empfand Diana Scaliddas unverblümte Ehrlichkeit als ungemein erfrischend.

»Weil ich Polizistin bin?«

»Dieser Fakt beeinflusst mein Vertrauen. Nicht meine Wertschätzung.«

»Woran liegt es dann?«

Wieder schaute Scalidda zu ihr, und diesmal war der Blick seiner eisblauen Augen stechend.

»Don Licata riskiert viel für dich. Aber du behandelst ihn mit Verachtung. Du bist undankbar.«

Diana musste sich angesichts dieses Vorwurfs zusammenreißen. Natürlich war klar, dass Scaliddas ganze Loyalität seinem Paten galt. Aber wie konnte er sich anmaßen, ihre Gefühle zu bewerten und zu verurteilen?

»Wofür sollte ich diesem Mann dankbar sein?«, konterte sie. Und unerwarteterweise legte sich in Scaliddas Blick daraufhin erneut eine Mischung aus Konsternation und Mitleid, die ihr viel näherging, als es hätte der Fall sein dürfen.

»Ist dir wirklich nicht klar, was er für dich geopfert hat?«, fragte der Mafioso, mit mehr Emotion, als Diana je zuvor in seiner Stimme wahrgenommen hatte.

Sie verstand die Frage nicht.

*Er hat mich in eine Illusion gesperrt. Wegen ihm hätte ich fast allen Glauben verloren. Und er soll derjenige sein, der etwas geopfert hat?*

Gleichzeitig nagte eine weitere, noch unangenehmere Frage an Diana.

*Kennt Scalidda das Geheimnis? Vertraut ihm Licata so sehr?*

Diese Unsicherheit zwang sie zur Zurückhaltung. Denn jetzt dieses Thema anzuschneiden, in ihrem verletzlichen Zustand, jetzt, wo so viel auf dem Spiel stand, das war einfach undenkbar. Also verlagerte sie den Fokus der Diskussion.

»Was verdankst du Licata?«, fragte sie den Mafioso.

»Alles, was ich bin.« Erneut eine Antwort ohne Zögern.

*Aber du bist ein Killer.*

Scalidda wandte seine Aufmerksamkeit zurück auf die Straße, wollte das Thema offensichtlich nicht weiter ausführen. Diana wusste, dass dies ein guter Zeitpunkt gewesen wäre, um das Gespräch zu beenden. Aber etwas wollte ihr keine Ruhe lassen.

»Was siehst du in ihm?«, fragte sie vorsichtig.

Diesmal überlegte der Praetorianus einen Moment lang.

»Er ist ein großer Mann«, entgegnete er dann. »Nicht allein, weil er mächtig ist. Macht ist wichtig, aber auch vergänglich. Don Licata steht für etwas. Er weiß, dass er eine schlechte Welt nicht ändern kann. Aber er nutzt seine Macht, um zu verhindern, dass sie noch schlechter wird.«

*Genauso muss Adolfo gedacht haben, als er ihm zu seinem Aufstieg verholfen hat.* Und dennoch: Was für ein Gedanke war das? Von vornherein davon auszugehen, dass man die Welt nicht mehr zum Guten ändern konnte, sondern nur die Balance des Schreckens so gut wie möglich aufrechterhalten? Wie traurig musste das Leben Scaliddas gewesen sein, wenn er diese Philosophie als bewundernswert empfand?

Wieder konnte die Kommissarin dem Mafioso neben ihr nur die direkteste Frage stellen.

»Und wenn du in seinem Namen tötest, glaubst du dann, dass du etwas Gutes tust?«

»Natürlich nicht.« Wieder eine furchtlos ehrliche Aussage. »Ich weiß, was ich bin. Aber ich weiß auch, dass ich nicht der Schlimmste meiner Art bin. Keiner der Praetoriani tötet wahllos. Keiner von uns tötet, wenn es nicht unbedingt nötig ist.«

Diana wurde immer klarer, dass sie Scalidda nicht unterschätzen durfte. Der Mafioso war wesentlich reflektierter, als sie es von einem Mann wie ihm erwartet hätte. Seine Philosophie war düster und nihilistisch, aber auch geprägt von einer strikten inneren Logik.

»Denkst du nicht manchmal darüber nach, wie es wäre, wenn du gar niemanden töten müsstest?«, fragte sie zunehmend fasziniert nach. Scalidda warf ihr einen kurzen Seitenblick zu.

»Auch in deinem Job tötest du, wenn es keinen anderen Ausweg gibt. Auch bei dir ist es nichts Persönliches.«

Diana zögerte kurz. Tatsächlich hatte sie bisher das große Glück gehabt, noch nie einen Täter erschießen zu müssen. Nur ein einziges Mal hatte ein Verdächtiger ein Messer gezogen und sie ihn daraufhin mit einem Schuss in die Schulter außer Gefecht gesetzt. Aber die Kommissarin war nicht sicher, ob das eine Information war, die sie mit Scalidda teilen wollte, und hielt sich deshalb bedeckt.

»Als Polizistin töte ich nur in Ausnahmefällen. Und wenn, dann ausschließlich Schuldige«, kommentierte sie eher generell.

»Niemand ist komplett schuldig oder unschuldig«, demontierte Scalidda ihre Aussage. »Und das weißt du genau.«

»Trotzdem tue ich all das für etwas, an das ich glaube.«

»Ich tue es für den Mann, an den ich glaube.«

»Ohne Alternative? Bis an dein Lebensende?«

»Mein Leben liegt nicht mehr in meiner Hand.«

»Das ist eine Ausrede«, widersprach Diana.

»Nein.« Die Antwort des Mafioso war frei von jedem Zweifel. »Wir alle treffen Entscheidungen«, fuhr er fort.

»Sie formen unseren Weg. Und irgendwann kommen wir an den Punkt, ab dem es kein Zurück mehr gibt.«

»Es gibt immer die Möglichkeit, sich noch einmal zu ändern.«

Scalidda schüttelte den Kopf.

»Wir alle haben nur ein wahres Selbst. Wir können es akzeptieren, oder wir können davor weglaufen. So wie du.«

Diana wusste, dass sie die Frage besser nicht stellen sollte. Aber sie konnte nicht anders.

»Und was bin ich deiner Ansicht nach?«

Scalidda schaute zu ihr, nur ganz kurz, aber die Überzeugung in seinen Augen ließ Diana für den Rest ihrer gemeinsamen Fahrt verstummen.

»Die Tochter deines Vaters.«

Es war rund eine halbe Stunde später, als Scalidda den Rover mit ausgeschalteten Scheinwerfern nördlich des Hafens von Gioia Tauro auf einen Parkplatz steuerte. Die Anlage war nur zum Teil beleuchtet, die meisten der Straßenlampen funktionierten nicht mehr. Und da Wolken den Mond verdeckten, lag ein Großteil der Umgebung in tiefer Dunkelheit. Diana sah einige wenige Autos, die in größeren Abständen voneinander parkten; zwischen ihnen lag an vielen Stellen Müll verstreut.

Scalidda bugsierte den Wagen in eine dunkle Ecke nahe dem hohen Zaun, der das angrenzende Hafengelände umgab, wendete und parkte mit Blick auf den Parkplatz. Der Mafioso schaltete den Motor aus.

»Wie gehen wir vor?«, erkundigte sich die Kommissarin.

Ihr Begleiter hob lediglich die flache Hand, bedeutete ihr so, schweigend abzuwarten. Er griff auf den Rücksitz und holte unter der Plane, die diesen bedeckte, eine metallene Schachtel hervor, aus der er ein Fernglas mit Nachtsichtfunktion entnahm. Der Praetorianus schaltete es ein und führte es vor seine Augen, betrachtete dann aufmerksam und systematisch die anderen parkenden Autos, hin und wieder eine Feinkorrektur an der Brennweite vornehmend. Schließlich nickte er und setzte das Fernglas wieder ab.

»Niemand hier«, stellte er fest, reichte gleichzeitig Diana das Fernglas und bedeutete ihr, es sich um den Hals zu hängen. »Für später.«

»Wie kommen wir in den Hafen?«

Scalidda deutete auf ein nahe gelegenes, beige gestrichenes Tor, das sich offensichtlich nicht mehr in Benutzung befand; es war leicht rostig und die Zufahrt mit Gras überwuchert. Dahinter erstreckte sich eine größere Wildfläche, die teils mit Büschen und Bäumen bewachsen und nicht beleuchtet war. Weiter in der Ferne ragten die hell angestrahlten Lastenkräne des Industriehafens in den Nachthimmel.

»Wir Praetoriani benutzen diesen Zugang, um manchmal die Verladeaktionen zu beobachten«, erläuterte Scalidda.

»Ich sehe, Don Licata bleibt über seine Feinde gern gut informiert«, kommentierte Diana.

»Über seine Freunde genauso«, erwiderte der Mafioso etwas doppeldeutig, kehrte dann aber schnell zu den relevanten Fakten zurück. »Jedenfalls gibt es in dieser Ecke des Hafens kaum Videoüberwachung.«

»So kann die ’Ndrangheta hier unbeobachtet zu Werke gehen.«

»Richtig. Aber ungefährlich ist es für uns trotzdem nicht. Und Spadafora hat zusätzliche Sicherheitsmaßnahmen erwähnt.«

Scalidda musterte Diana einen Moment lang, nickte dann in Richtung des Kofferraums.

»Komm mit«, wies er sie an, stieg sofort danach aus. Die Kommissarin folgte. Der Praetorianus öffnete die Heckklappe des Rovers, schob auch hier eine Plastikplane beiseite. Darunter befanden sich mehrere unterschiedlich große Holz- und Metallkisten.

Scalidda öffnete eine kleinere Schachtel, in der sich eine klassische Beretta 92 befand. Er lud die Pistole mit einem Fünfzehn-Schuss-Magazin, reichte die Waffe dann zusammen mit einem Ersatzmagazin an Diana weiter.

»Ich habe kein zweites Holster dabei«, sagte er. »Steck sie hinten in deine Hose.«

Die Kommissarin platzierte die Beretta in der ihr ungewohnten Weise und schob das Magazin in ihre Jackentasche. Scalidda überprüfte kurz die Funktionalität seiner eigenen Pistole, beugte sich dann abermals in den Kofferraum und öffnete eine größere Kiste, in der sich drei schwarze schusssichere Westen befanden. Alle gehörten zur höchsten Schutzklasse und konnten auch den Einschlag eines Langwaffenprojektils abwehren. Er wählte eine davon aus und hielt sie Diana hin.

»Das müsste deine Größe sein.«

»Du bist gut vorbereitet.«

Der Praetorianus warf ihr kurz einen irritierten Blick zu, so, als hätte sie etwas völlig Selbstverständliches zu etwas

Besonderem erhoben. Was aus seiner Sicht auch der Fall sein musste. Diana brachte sich in Erinnerung, dass Scalidda weder ein Mann für überflüssige Worte noch für Zweifel an seiner Professionalität war.

Der Mafioso zog eine der anderen Westen über. Diana legte kurz das Fernglas zur Seite, tat es ihm dann gleich und band ihre Weste mit Hilfe der Klettverschlüsse fest. Scalidda förderte derweil eine weitere Waffe zutage, eine Maschinenpistole vom Typ Heckler & Koch MP7, die Diana von einer Vorführung der GSG9 kannte. Es war eine hocheffektive Schnellfeuerwaffe für kurze Distanzen mit hoher Durchschlagskraft. Der Killer fixierte sie mit einem Schulterband an seinem Rücken. Schließlich nahm er noch ein letztes Ausrüstungsstück aus dem Kofferraum, diesmal ein Nachtsichtgerät, das er mittels eines Riemens an seiner Stirn befestigte.

Die Kommissarin hatte das Gefühl, als würden sie in einen Krieg ziehen. Aber genau genommen taten sie das. Es war eine völlig neue Realität für Diana, und auf gewisse Weise war es beruhigend, mit welcher Ruhe und sichtbarer Erfahrenheit Scalidda seine Vorbereitungen traf.

Der Mafioso schaute zu ihr.

»Zwei Regeln, während wir im Hafen sind«, sagte er. »Du tust exakt, was ich sage. Ohne zu zögern. Ohne zu argumentieren. Ist das klar?«

Diana wusste, dass sie keine Wahl hatte, und nickte.

»Gut. Regel Nummer zwei: Wenn jemand auf uns schießt, schießt du zurück. Ich werde deinen Rücken decken und muss mich darauf verlassen können, dass du meinen deckst. *Va bene?*«

»*Va bene*«, erwiderte Diana. Scalidda musterte sie kurz prüfend, nickte dann seinerseits.

»*Andiamo*«, sagte er.

Gemeinsam liefen sie am Zaun entlang, bis sie das Tor erreichten. Es war mit einem Metallschloss gesichert und wurde zusätzlich durch eine Betonbarriere blockiert. Scalidda holte einen Schlüsselbund aus seiner Hosentasche, suchte kurz den richtigen Schlüssel, öffnete damit das Schloss ohne Probleme. Dann stemmte er sich gegen das Tor und schob es seitwärts; nur ein winziges Stück, denn nahezu augenblicklich stieß es gegen den Betonblock, aber zumindest war ein Spalt entstanden, durch den sich ein erwachsener Mensch geradeso hindurchquetschen konnte. Scalidda nahm seine Maschinenpistole kurz in die Hand, um sich auf das Hafengelände bugsieren zu können; Diana folgte ihm. Der Mafioso schob hinter ihr das Tor zurück in seine Ausgangsposition und ließ auch das Schloss wieder einrasten.

»Zur vollen Stunde patrouillieren sie manchmal den Außenbereich«, erläuterte er kurz. Diana schaute auf ihre Uhr. Zwanzig Uhr fünfzehn. Hoffentlich würde ihre Beobachtung hier nicht zu lange in Anspruch nehmen. Der Zug kam ihnen Minute um Minute näher.

Scalidda kniete sich hin, klappte sein Nachtsichtgerät vor die Augen und sah sich um. Auch die Kommissarin ging in die Hocke. Der Mafioso deutete über die vor ihnen liegende alte Transportstraße hin zur Grenze der Bäume.

»Bis dort drüben bleiben wir auf dem Boden«, instruierte er sie, legte sich dann auf die Erde und robbte los, ohne auf Dianas Reaktion zu warten. Die Kommissarin folgte ihm, so gut sie konnte, auch wenn sie sich die ungewöhnliche Fortbewegungsart, die sie zuletzt vor vielen Jahren im Polizeitraining angewandt hatte, erst wieder ins

Gedächtnis rufen musste. Das leicht feuchte Gras erleichterte ihr Vorankommen.

Als sie den kleinen Wald endlich erreicht hatten, schraubte sich Scalidda an einem der Bäume nach oben, bedeutete Diana gleichzeitig, stumm am Boden zu bleiben. Der Praetorianus blieb einen Moment lang unbewegt stehen, beobachtete, lauschte. Als er sich zu seiner Zufriedenheit vergewissert hatte, dass keine Wachen in der Nähe waren, gab er der Kommissarin das Signal zum Aufstehen.

Gemeinsam durchquerten sie geradeaus ein Stück des Wäldchens, wobei sich Diana immer hinter ihrem Mitstreiter hielt. Bald kamen sie in Sichtweite einer knapp mannshohen Mauer, hinter der zahlreiche Neuwagen ohne Kennzeichen parkten. Es musste sich um das Kraftfahrzeugterminal des Hafens handeln.

Scalidda stoppte und bedeutete Diana, ihm linker Hand nach Osten zu folgen, im Sichtschutz der Bäume, ohne sich der Mauer weiter zu nähern. So arbeiteten sie sich voran, aufrecht innerhalb des Waldes und robbend, wenn sie dazwischen liegende Flecken offenen Geländes überquerten. Am Ende eines letzten dünnen Gehölzstreifens gelangten sie schließlich an eine Straße, der gegenüber sich zwei kleinere Lagerhäuser befanden.

Von weiter weg waren Stimmen zu hören. Scalidda signalisierte Diana, sich mit ihrem Fernglas umzusehen. Die Kommissarin folgte der Anweisung, schaute zunächst nach Norden. Im grünlichen Licht des Nachtsichtglases konnte sie entlang eines weiteren großen Lagerhauses bis hin zu einem Kreisverkehr sehen, dahinter lag der Zaun nach außen; Personen konnte sie in dieser Richtung nicht ausmachen. Sie schob sich an Scalidda vorbei, presste sich gegen die Mauer und lugte vorsichtig um die Ecke nach Süden, in Richtung des Hafens. Rechts lag der äußere Rand des Autoterminals, in einiger Entfernung blockierte ein Verwaltungsgebäude den Blick zum Hafenbecken. Ein Stück neben dem Gebäude standen zwei Männer, die rauchten und sich leise unterhielten. Diana konnte nicht erkennen, ob sie bewaffnet waren oder ob es sich um reguläre Hafenarbeiter handelte.

Die Kommissarin ging zurück in Deckung, gab Scalidda mit den entsprechenden Gesten die Anzahl und Richtung der ausgemachten Personen weiter. Der Mafioso überlegte kurz, wies Diana dann an, die beiden im Blick zu behalten. Sie schaute wieder um die Ecke und wartete. Mehrere Minuten vergingen, aber dann traten die Männer endlich ihre Zigaretten aus und verschwanden hinter dem Verwaltungsbau. Die Kommissarin informierte Scalidda, der ihr daraufhin mit einem Winken zu verstehen gab, ihm zu folgen. Er lief auf dasjenige Lagerhaus zu, das am nächsten zum Hafen lag, und an dessen Rückwand eine Treppe hinauf aufs Dach führte. Diana verstand und folgte ihm.

Als sie an der Treppe ankamen, bremste sie der Mafioso ab, deutete auf die metallenen Stufen und bewegte zweimal die waagerechte flache Hand langsam auf und ab. Die Geste war klar. *Keine Geräusche machen.*

Beide stiegen die Treppe hinauf, mit entsprechend vorsichtigen Schritten, und erreichten so das Flachdach des Gebäudes. Scalidda legte sich augenblicklich auf den Teer. Diana tat es ihm gleich, nahm das Fernglas dabei in die rechte Hand, damit es nicht versehentlich auf dem Untergrund schaben würde. Seite an Seite robbten sie langsam nach vorn, hin zur Kante des Dachs. Und von hier aus eröffnete sich ihnen ein unbeeinträchtigter Blick auf den gesamten Hafen.

Diana sah eine riesige, geisterhafte Stadt aus Metall und Lichtern, deren Türme die riesigen Verladekräne waren. Diese lagen von Norden nach Süden verteilt auf der östlichen Seite des langgestreckten Hafenbeckens, das kurz unterhalb des Verwaltungsgebäudes endete, aber von dort bis weit in die Ferne reichte. Links der Kräne befand sich eine unüberschaubare Berglandschaft aus zahllosen aufeinandergestapelten Containern. Einige von ihnen wurden auch in diesem Moment auf Schiffe verladen, allerdings ausnahmslos weiter unten im Hafen. Hier oben, am äußersten Ende, lag nur ein einzelner Frachter. Ihm war kein Kran zugeteilt. Aber um ihn herum waren mehr Menschen unterwegs als irgendwo sonst im Blickfeld der Kommissarin. Diana schaute zu Scalidda, deutete auf das betreffende Schiff. Der Mafioso, der sein Nachtsichtgerät zurück nach oben geklappt hatte, nickte. *Das ist es also.*

Diana nahm den Feldstecher, schaltete dabei ebenfalls die Restlichtverstärkung aus, denn die Umgebung des Hafenbeckens war hell erleuchtet. Zunächst inspizierte sie den Frachter. Er war älter, nicht allzu groß; am Bug prangte der Name *Arpía Mayor*, am Heck konnte man aus dem gegebenen schrägen Winkel gerade noch die Registrierung in Panama erkennen. Sowohl an Bord des Schiffes als auch am Dock und zwischen den angrenzenden Containern waren Wachen zu sehen, wobei Diana glaubte, zwei verschiedene Gruppierungen unterscheiden zu können. Einmal waren da Männer in verschiedenster Freizeitkleidung, die offen schwere Waffen wie Maschinenpistolen und Sturmgewehre trugen. Und dann gab es noch eine kleinere

Gruppe, vor allem auf dem Schiff selbst, die uniform unauffällige schwarze Kleidung trug. Es war selbst mit dem leistungsstarken Feldstecher nicht ganz genau zu sehen, aber die Kommissarin glaubte zu erkennen, dass alle Männer der letzteren Partei schwarze Haare und eine eher dunklere Hautfarbe hatten.

Scalidda bedeutete ihr, das Fernglas an ihn weiterzureichen, und inspizierte dann seinerseits die Lage. Gleichzeitig begann einer der Kräne ein kleines Stück weiter unten im Hafen einen großen Container auf eines der dort ankernden Schiffe zu verladen; das lautstarke Quietschen der Seilwinden wurde vom leichten Wind über das Wasser noch bis an Dianas Ohren getragen. Scalidda setzte den Feldstecher ab und schaute wieder zu ihr, deutete gleichzeitig auf ein größeres Gebäude kurz hinter der *Arpía Mayor* und den angrenzenden Containern.

»Dort drüben ist das Bahnhofsterminal«, flüsterte der Mafioso. »Sie haben zwei Sicherheitsringe errichtet. Einen direkt um das Schiff und einen zweiten um die Entladestation.«

»Bestimmt gibt es bei den normalen Transporten auch Schutzmaßnahmen?«, erkundigte sich Diana mit ebenfalls gedämpfter Stimme.

»Nicht mit so vielen Leuten. Und nicht mit so schweren Waffen.«

Ein weiterer Beweis, wie wichtig und wertvoll die Fracht dieses Zuges für die ’Ndrangheta war. Scalidda dachte einen Moment lang nach.

»Die Männer auf dem Schiff«, fragte er Diana. »Wo würdest du ihre Herkunft verorten? Naher oder Mittlerer Osten?«

Die Kommissarin nickte. Sie hatte denselben Eindruck gehabt.

»Definitiv keine Terroristen«, kommentierte der Praetorianus weiter. »Die Einheit dort ist diskret. Und sie stehen klug verteilt. Ich würde auf Geheimdienst tippen.«

Diana schluckte. Also Agenten des unbekannten Landes, die das Uran in Empfang nehmen sollten. Noch vor wenigen Tagen wäre sie davon ausgegangen, dass ein Nachrichtendienst automatisch auf derselben Seite stehen würde wie sie selbst. Und musste jetzt erleben, dass eine fremde Regierung nicht nur gemeinsame Sache mit Schwerverbrechern machte, sondern selbst scheinbar ein noch viel schlimmeres Verbrechen plante.

»Was machen wir jetzt?«, erkundigte sich die Kommissarin bei Scalidda.

»Hier haben wir keine Chance«, stellte dieser fest. »Wir ziehen uns zurück.«

»Dann können wir nur noch den Zug aufhalten.«

»Darüber reden wir –«

Der Praetorianus hielt abrupt inne und schaute nach oben. Diana konnte seine Reaktion im ersten Moment nicht zuordnen – doch dann hörte auch sie es. Das Kreischen des Lastenkrans war Sekunden vorher verstummt. Aber noch immer war ein Geräusch zu hören: ein leises Summen nahezu direkt über ihnen. Auch sie wollte aufschauen, aber im selben Augenblick sah Scalidda bereits wieder zu ihr und packte ihren Arm.

»Drohne!«, zischte er mit scharfer Stimme. »Renn!«

Er zerrte sie hoch, sprintete dann los in Richtung der Treppe, zog zeitgleich seine Waffe. Diana folgte ihm, brauchte dabei noch einige Sekunden, um sich endgültig bewusst zu werden, was passiert war. *Sie haben uns gesehen. Wir laufen um unser Leben.*

Auch die Kommissarin zog ihre Beretta, während sie hinter Scalidda die Stufen hinabeilte. Sie erreichten den Boden – und hörten von links hinter dem Lagerhaus hastige Schritte, die sich ihnen aus Richtung des Verwaltungsgebäudes näherten. Scalidda reagierte in Sekundenschnelle. Er zog sein Nachtsichtgerät nach unten, legte dann an, allerdings auf die nächstgelegene Laterne. Er feuerte einmal und tauchte damit die Straße an der Seite des Lagerhauses in Dunkelheit. Damit hatte er einen strategischen Vorteil – und nutzte ihn umgehend. Der Mafioso brachte seine Waffe auf Brusthöhe, bog um die Ecke und zielte. Diana sah zwei Schüsse, hörte dann außerhalb ihres Blickfelds die Aufschläge von zwei Körpern.

Scalidda signalisierte ihr mit einem Handzeichen, über die Straße in Richtung der Bäume zu laufen. Die Kommissarin rannte los, behielt dabei das Autoterminal im Blick, doch dort war keine Bewegung zu sehen, ebenso wenig wie weiter unten auf der Straße in Richtung des Kreisverkehrs. Aus den Augenwinkeln nahm sie zudem wahr, wie sich Scalidda neben ihr hielt und ihren Rückzug zum Hafen hin deckte. Schlagartig wurde Diana bewusst, dass sie dem Mafioso in diesem Moment blind vertraute. Einmal, weil sie es musste. Aber zum anderen auch, weil sie erst in dieser Notlage völlig verstand, dass er sie aufgrund seines Auftrags im Zweifelsfall mit seinem eigenen Leben schützen würde. *Wann hat das zuletzt jemand getan?*

Gemeinsam erreichten sie die Deckung der Bäume, ohne unter Beschuss zu geraten. Das Geräusch der Drohne am Himmel war weiterhin zu hören, aber zumindest waren sie jetzt vor ihrem Auge unter den Blätterkronen verborgen. Scalidda nahm Diana an der Hand, zog sie hinter sich her, sodass sie sicheren Schrittes geradeaus laufen konnte.

»Sag mir, sobald du selber sehen kannst«, forderte er sie auf.

Die Kommissarin brauchte noch einen Moment, bis sich ihre Augen wieder an die Schwärze der mondlosen Nacht gewöhnt hatten. So hastete sie unsicher durchs Unterholz, gelegentlich stolpernd, aber der eiserne Griff Scaliddas fing sie ab und gab ihr Halt. Schließlich erschienen die Stämme der Bäume als hellere Schatten vor ihren Augen.

»Jetzt komme ich klar«, ließ sie den Praetorianus wissen.

Dieser löste augenblicklich seine Hand von ihrem Arm, drehte sich und bedeutete ihr, ebenfalls stehenzubleiben. Diana folgte seiner Anweisung, musste kurz ihren Atem beruhigen, unterdrückte diesen dann, als ihr bewusst wurde, dass der Mafioso angestrengt lauschte. Für einen Moment war nur der Wind in den Baumkronen zu hören, der Motor der Drohne nicht länger zu vernehmen. Doch dann ein weiteres Geräusch – das Knacken eines brechenden Astes im Unterholz, in der Richtung, aus der sie gekommen waren. Sie wurden verfolgt.

Scalidda handelte, ohne zu zögern. Er fischte kurz in seiner Hosentasche, drückte Diana dann den Schlüsselbund von zuvor in die Hand.

»Lauf zum Tor und schließ auf«, wies er sie an. »Ich komme nach. Bleib in Deckung, soweit du kannst.«

Er steckte seine Beretta ins Holster, nahm stattdessen die Maschinenpistole von der Schulter und entsicherte sie. Die Kommissarin war unschlüssig, stand einige Sekunden mit dem Schlüssel in der Hand wie angewurzelt da.

*»Dai!«*

Scaliddas scharfer Befehl ließ sie zusammenzucken und loslaufen. Sie preschte geradeaus, weiter durch das Wäldchen und über die Brachen dazwischen, ab und zu stolpernd, aber nie die Balance verlierend. Selbst als abrupt das Rattern der Maschinenpistole in ihrem Rücken aufbrandete, blieb sie nicht stehen. Die Schüsse einer Pistole waren zu hören, erneut gefolgt vom harten Stakkato der automatischen Waffe, dann einem Schrei. *Scalidda wird es schaffen. Er muss es schaffen.*

Diana erreichte den äußersten Ausläufer des Wäldchens. Sie presste sich gegen einen Baumstamm, rang kurz nach Luft, lauschte. Der Schusswechsel war verstummt. Stimmen waren ebenso wenig zu hören wie Schritte.

Die Kommissarin hastete gebückt über das offene Gelände in Richtung Tor. Sie überquerte die alte Straße, ging neben dem leicht rostigen Gitter in die Knie und griff nach dem Schloss. Ihre Hände zitterten, und sie brauchte mehrere Anläufe, bis sie den richtigen Schlüssel gefunden und erfolgreich in die Öffnung bugsiert hatte. Sie warf das Schloss auf den Boden, hängte sich mit ihrem ganzen Gewicht gegen das Metall und zerrte das Tor so weit auf, dass sie wie zuvor würden hindurchschlüpfen können.

Diana blieb auf der Innenseite des Zauns in der Hocke, schaute zurück über die Grasfläche. Sie konnte nur Dunkelheit sehen. Nur den leichten Wind im Gras hören. Plötzlich fühlte sie sich unendlich einsam und verloren. Der unerträgliche Gedanke traf sie wie ein Peitschenschlag: *Was, wenn Scalidda nicht kommt?*

Dann wäre sie ganz allein. Und sie würde sterben, hier und heute noch. Dianas Hand umklammerte fest den Griff ihrer Pistole. Sollte sie eine der Kugeln in ihrem Magazin für sich selbst aufheben? Don Arcuri würde nicht die Genugtuung erhalten, sie zu töten. Auf keinen Fall.

In diesem Moment erkannte sie den Schatten, der auf sie zulief. Die Kommissarin stand auf und legte an, konnte aber ohne die Hilfe des Fernglases für lange, bange Sekunden nicht ausmachen, wer der Ankömmling war. Dann geriet er endlich in die Aura der wenigen fernen Parkplatzlampen. Und sie sah zu ihrer immensen Erleichterung die blonden Haare.

Diana senkte die Pistole, konnte Scalidda jetzt komplett erkennen. Er lief schnell und gerade, schien unverletzt. Im selben Augenblick sah sie die Bewegung eines weiteren Schattens, weiter hinten auf der Wiese.

»Runter!«, schrie Diana.

Scalidda reagierte nahezu ohne Zeitverzögerung, ließ sich zu Boden fallen. Und das im letzten Moment, denn bereits eine Sekunde später fielen drei Schüsse, und Diana spürte mindestens eine der Kugeln nahe an sich selbst vorbeipfeifen. Aber dann griffen ihr Training und ihre Erfahrung und sie agierte mit voller Konzentration. Der unbekannte Schatten bewegte sich aufrecht weiter nach vorn, wurde minimal heller als seine Umgebung, als er sich dem Parkplatz näherte. Die Kommissarin hielt die Beretta mit beiden Händen und feuerte.

Der erste Schuss verfehlte sein Ziel, aber die zweite Patrone traf. Diana vernahm einen Schmerzensschrei, der Schatten knickte seitwärts weg und fiel zu Boden. Sie hoffte, wie beabsichtigt den Unterkörper des Mannes getroffen zu haben, im Idealfall seine Beine. *Ich muss trotz allem weiter als Polizistin handeln.*

Scalidda schaute über seine Schulter, robbte dann auf Diana zu, bedeutete ihr, sich durch den Spalt zu zwängen. Die Kommissarin tat, wie ihr geheißen, half dann dem Mafioso, sich ebenfalls nach draußen zu ziehen. In dem Moment, in dem er zur Gänze bei ihr auf der Straße war, fiel aus Richtung der Wiese ein weiterer Schuss. Ein Querschläger wurde vom Metall des Tores irgendwo in Richtung des Parkplatzes katapultiert. Scalidda stieß Diana augenblicklich ganz zu Boden, warf sich auf sie und rollte mit ihr seitwärts weg aus der Schusslinie. Für einen Moment waren sich ihre Gesichter im Staub der Straße extrem nahe, und die kalten blauen Augen fixierten Diana mit durchdringendem Blick.

»Ziel das nächste Mal auf den Kopf«, kam die harsche Zurechtweisung. *Ich bin nicht wie du*, schoss es durch Dianas Gehirn, aber sie fasste den Gedanken nicht in überflüssige Worte. Zudem war der Mafioso bereits wieder auf den Beinen und zog die Kommissarin hoch. Gemeinsam rannten sie in Richtung des Rovers. Noch auf dem Weg warf ihr Scalidda den Wagenschlüssel zu.

»Du fährst!«

Diana stellte die Anweisung nicht infrage, schloss den Wagen auf, schnallte sich an. Scalidda setzte sich auf den Beifahrersitz, lud das Magazin der Maschinenpistole nach. Die Kommissarin startete den Motor, ließ die Scheinwerfer aber zunächst ausgeschaltet. Dann steuerte sie den Wagen auf die Straße, die entlang des Zauns neben dem Hafengelände verlief.

»Fahr schneller.«

Scalidda brauchte seine Stimme nicht zu heben. Die Anspannung in seiner sonst so neutralen Tonlage war Anlass genug, seinen Worten Folge zu leisten. Diana trat aufs Gaspedal, versuchte dabei, ein Gefühl für die Lenkung des massiven Geländewagens zu entwickeln.

Dann sah sie die Scheinwerfer, die sich auf der anderen Seite des Zauns in ihre Richtung bewegten. Es waren zwei Autos, die vom Hafenbecken kommend exakt diejenige Straße hinunterfuhren, die sie passiert hatten, bevor sie auf das Lagerhaus geklettert waren. Und ein kurzes Stück weiter erblickte sie innerhalb des Zauns ein Tor, das sich bereits automatisch öffnete.

Die Kommissarin schaute zu Scalidda. Der Praetorianus war gänzlich auf die drohende Gefahr fokussiert. Sie hatten das Tor kaum passiert, als die beiden Wagen es mit hohem Tempo durchquerten und sich hinter ihnen auf die Fahrbahn einreihten. Das erste Auto war ein Alfa Romeo, das zweite ein Jeep. Diana schaltete die Scheinwerfer ein, trat das Gaspedal bis unten durch.

In diesem Augenblick fielen die ersten Schüsse. Zwei Kugeln trafen das Glas der Heckscheibe, was zu Dianas Überraschung aber nur in zwei kleinen weißen Einschlagstellen resultierte. Sie warf Scalidda einen Seitenblick zu.

»Der Wagen ist gepanzert«, erklärte der Mafioso kurz. »Fahr so weit links wie möglich. Ich kümmere mich um den Rest.«

Diana steuerte den Defender so nahe sie konnte an den schmalen Mittelstreifen der Straße, der mit Gras und einigen jungen Bäumen bepflanzt war. Rechts von ihnen erhob sich der hier meterhohe Zaun der Hafenanlage. Drei weitere Pistolenschüsse wurden aus dem Alfa auf sie abgegeben, blieben aber in der Panzerung stecken.

Scalidda hielt sich mit einer Hand am Deckengriff fest,

drehte sich um die eigene Achse, presste seinen Rücken gegen das Armaturenbrett. Dann öffnete er das Beifahrerfenster, lehnte sich mit dem Oberkörper nach draußen und brachte die Maschinenpistole vor seine Brust. Aus dieser Position feuerte er drei Garben von je drei Schüssen. Diana glaubte, ein oder zwei Einschüsse in der Fronthaube des Alfas zu erkennen, die jedoch scheinbar keinen nachhaltigen Schaden anrichteten. Scalidda lehnte sich eilig zurück in die Fahrerkabine, gerade rechtzeitig, denn aus dem Jeep heraus wurde jetzt ebenfalls das Feuer auf sie eröffnet.

Diana versuchte ihr Bestes, den Wagen so weit links wie möglich zu halten, um Scalidda Spielraum für seine riskante Aktion zu geben. Der Fahrer des Alfa Romeos versuchte seinerseits, sein Gefährt so nahe wie möglich hinter ihrem Rover in Deckung zu bringen. Die Kommissarin schaute zu Scalidda.

»Auf drei leicht nach rechts?«, fragte sie. Der Mafioso verstand und nickte.

*»Va bene!«*

Diana konzentrierte sich, griff das Lenkrad, so fest sie konnte.

*»Uno«*, sagte sie an. *»Due. Tre.«*

Sie zog den Wagen ein wenig zur rechten Seite, was Scalidda für einen kurzen Moment ein minimal größeres Schussfeld gab. Der Praetorianus lehnte sich erneut nach draußen und feuerte zwei weitere Garben. Diesmal durchschlug eine der Kugeln den rechten Vorderreifen des Alfas, der mit einem lauten Knall platzte. Gleichzeitig entzündete der Funkenflug ein Leck in der Benzinleitung, welches der vorherige Angriff verursacht haben musste. Plötzlich stand die rechte Fronthaube in Flammen. Der Alfa schmierte weg in Richtung des Zauns, schrammte an der Betonmauer darunter entlang, kam dann zum Stillstand, als der Fahrer hart auf die Bremse trat. Der Jeep schaffte es geradeso, an dem verunglückten Fahrzeug vorbeizusteuern. Obwohl sich die Distanz rasch vergrößerte, konnte Diana sehen, wie die Insassen des Alfas panisch aus dem Wagen stürzten.

Scalidda drehte sich zurück in den Beifahrersitz. Hinter ihnen beschleunigte der Jeep, blendete auf. Diana versuchte, ihre Konzentration beim Fahren zu belassen. In etwa einhundert Metern Entfernung gabelte sich die Straße, führte rechts weiter am Hafen entlang und links hinein in ein Wohngebiet.

»Fahr nach links ab«, kam die Anweisung von Scalidda. »Zwischen den Häusern können wir sie ausmanövrieren.«

Diana malte sich das Szenario kurz aus und schüttelte dann den Kopf.

»Ich werde nicht unnötig Zivilisten gefährden«, sagte sie hart und klar.

Scalidda warf ihr einen scharfen Blick zu, unterließ jedoch einen kritischen Kommentar. Im nächsten Moment hatten sie die Abzweigung bereits passiert und der Beifahrer des Jeeps feuerte erneut. Diesmal waren es Garben aus einer automatischen Waffe – und sie waren extrem gut gezielt, denn einer der Schüsse traf den rechten Hinterreifen des Rovers.

Diana spürte eine kurze Unterbrechung im Vorwärtsdrang des Wagens, musste gegensteuern, aber zu ihrer Verwunderung gelang es ihr relativ schnell, die Kontrolle wiederzuerlangen und beizubehalten. Der Defender verlor leicht an Geschwindigkeit, war aber weiterhin steuerbar.

»Haben sie den Reifen getroffen?«, fragte Diana noch einmal bei Scalidda nach.

»Es klang so«, erwiderte dieser. »Aber mach dir keine Sorgen.«

Anstatt einer weiteren Erklärung setzte der Mafioso an, sich erneut einzudrehen und aus dem Fenster zu lehnen. Doch ihre Verfolger hatten seine Vorbereitungen entweder im Scheinwerferlicht gesehen oder erahnt, denn im selben Moment steuerten sie den Jeep nach links, über den schmalen Mittelstreifen, dabei einen der kleinen Bäume umreißend, auf die andere Straßenseite. Jetzt waren sie links des Rovers und damit vom Beifahrersitz nicht mehr unter Beschuss zu nehmen.

*»Merda!«*, fluchte Scalidda.

Er klappte seinen Sitz so weit nach hinten wie möglich, zwängte sich dann mit etwas Mühe durch den schmalen Spalt auf die Rückbank. Unterdessen wurden aus dem Jeep erneute Pistolenschüsse auf sie abgegeben. Die Kugeln schlugen in die linke Seite des Rovers ein, doch diesmal war das Splittern von Metall zu hören. Diana schaute nach unten auf die Fahrertür und erkannte kurz unterhalb der Scheibe einen Riss in der Verkleidung. Die Kugel hatte die Tür nicht durchdrungen, aber definitiv Schaden angerichtet.

»Panzerbrechende Munition?«, erkundigte sich die Kommissarin besorgt bei Scalidda.

»Ja«, kam die Antwort in ihrem Rücken. »Aber es scheint, sie haben nur Pistolen.«

Das war Glück. Ein Gewehr oder eine automatische Waffe mit derselben Ladung hätte die Panzerung durchdringen können. Doch auch ein dauerhafter Beschuss mit einem kleineren Kaliber konnte früher oder später genug Schaden anrichten. Wie als Antwort auf Dianas Gedankengang wurde ein weiteres Pistolenmagazin in ihre Richtung entleert. Wieder splitterte Metall und plötzlich zog sich ein großer Riss über die Scheibe der linken Hecktür. Scalidda ging auf dem Boden des Wagens in Deckung.

Die Kommissarin warf einen Blick zur anderen Straßenseite, wo der Jeep jetzt fast auf gleicher Höhe mit ihnen war. Auf der nächtlichen Straße gab es für ihre Verfolger bislang keine Probleme mit Gegenverkehr. Diana glaubte, erkennen zu können, dass die drei Männer in dem Wagen ebenfalls von nahöstlich anmutender Erscheinung waren. Also sehr wahrscheinlich Agenten des unbekannten Geheimdienstes. Kein Wunder, dass sie ähnlich gut trainiert und vorbereitet waren wie Scalidda.

Der Mafioso zog sich nach oben und über die Rückbank hinweg, hantierte kurz im Kofferraum, ließ sich dann zurück in die vorübergehend noch sichere Deckung vor den Rücksitzen fallen. Diana sah eine Granate in seiner Hand.

»Fahr rüber!«, befahl ihr der Praetorianus. »Wir müssen vor sie kommen!«

Diana konzentrierte sich, versuchte, den letzten Rest Beschleunigung aus dem Rover herauszukitzeln, und setzte dann über den Mittelstreifen. Der Wagen machte einen kleinen Sprung, nahm ebenfalls zwei der jungen Bäume mit, setzte dann auf der Gegenspur auf. Für eine Sekunde drohte Diana die Kontrolle über die Steuerung zu entgleiten, doch dann gelang es ihr, den Wagen vom Ausbrechen abzuhalten. Der Jeep war jetzt unmittelbar hinter ihnen. Jemand nahm sie mit einer automatischen Waffe unter Beschuss, doch diesmal prallte die Munition ab. Scheinbar sollte Scalidda mit regulärem Streufeuer davon abgehalten werden, seinerseits wieder anzugreifen. Doch der Mafioso hatte eine völlig andere Taktik im Sinn.

Die Kommissarin schaute in den Rückspiegel und sah zu ihrem Erstaunen, dass der Praetorianus eine Verriegelung am Boden des Rovers öffnete. Dann klappte er ein schmales rechteckiges Stück der Verkleidung zur Seite und hatte nun einen offenen Spalt vor sich, der ihm direkten Zugang zum Straßenpflaster bot. Diana wurde klar, dass die Vorrichtung genau für diese Art Notfall gedacht war – aber auch, wie riskant das Vorhaben des Killers war.

Scalidda schaute zu ihr herüber.

»Halt den Wagen gerade«, wies er sie an.

Die Kommissarin nickte, konzentrierte sich auf die Straße – und sah die Lichthupe eines entgegenkommenden Wagens vor sich aufflammen. In Sekundenbruchteilen liefen alle denkbaren Szenarien vor ihrem geistigen Auge ab. Bremsen war keine Option. Der Jeep würde auffahren, alle Beteiligten die Kontrolle verlieren. Stillstand bedeutete Tod. Also blieb nur eines.

Diana betätigte ihrerseits die Lichthupe des Defenders, zog den Wagen dann so nahe sie konnte an den Mittelstreifen heran. Das entgegenkommende Auto verlangsamte abrupt, wurde ebenfalls zur Seite weg gesteuert, und eine Sekunde später schrammte sein Heck mit einem durchdringenden Quietschen von Metall gegen Metall an der rechten Seite des Rovers entlang. Der Kommissarin gelang es mit großer Mühe, den Geländewagen unter Kontrolle zu halten, was vor allem dessen Größe und Gewicht zu verdanken war. Im Rückspiegel sah sie, wie der kleinere

Pkw nach rechts driftete, sich einmal drehte und dann im Straßengraben stoppte. Zumindest hatte er sich nicht überschlagen. Diana hoffte inständig, dass niemand verletzt worden war.

Aber ihr blieb keine Zeit, weiter darüber nachzudenken, denn ihre Verfolger setzten die Jagd unbeeindruckt fort. Eine dritte Salve panzerbrechender Munition wurde auf sie abgefeuert. Und diesmal zersplitterte die Heckscheibe. Ab jetzt waren sie schutzlos.

Diana schaute über ihre Schulter kurz zu Scalidda. Der Mafioso war mit der Granate weiterhin in Position.

»Jetzt«, sagte er nur.

Die Straße vor ihnen schien wieder frei zu sein. Die Kommissarin hielt den Wagen so ruhig und gerade wie möglich. Im Rückspiegel nahm sie wahr, wie Scalidda die Granate entsicherte, mit sich bewegenden Lippen stumm zählte. Aus dem Beifahrerfenster des Jeeps wurde eine Maschinenpistole in ihre Richtung gehalten. Diana duckte sich so weit es ging nach unten. Scalidda ließ die Granate durch die Bodenklappe auf das Pflaster fallen. Ihre Verfolger feuerten. Zwei Kugeln der Salve durchschlugen von hinten den Beifahrersitz, eine traf das Armaturenbrett. Und im nächsten Moment explodierte die Granate.

Der Jeep wurde von der Druckwelle in voller Fahrt ein Stück nach oben gehoben, kippte dann auf seine linke Seite, rutschte unter Funkenflug mit kreischendem Lärm auf dem Teer und kam schließlich ein ganzes Stück weiter zum Stillstand. Seine Reifen drehten sich in der Luft. Und bereits eine Sekunde später verschwand das Fahrzeug aus dem Blickfeld des Rückspiegels, als Diana den Rover um eine leichte Kurve steuerte. Gleich links danach schloss sich die nächste Abfahrt an, und diesmal war sie dankbar für den Weg zwischen die Häuser, der sie endlich von der falschen Straßenseite wegbrachte.

Sie verlangsamte die Fahrt und blickte zur Seite, wo Scalidda sich bereits wieder nach vorn auf den Beifahrersitz manövrierte. Der Praetorianus streifte sie mit einem aufmerksamen Blick.

»Bist du unverletzt?«, fragte er.

Die Kommissarin brauchte einen Moment, bis sie sich dieses Umstands tatsächlich sicher sein konnte. Dann nickte sie.

»Und du?«

»Ebenfalls.«

»Fürs Erste haben wir sie abgehängt«, hielt Diana fest. Sie brauchte einfach eine hoffnungsvolle Aussage, um der Anspannung in ihr irgendein Ventil zu verschaffen. Aber ihr Mitfahrer holte sie schnell zurück auf den Boden der Tatsachen.

»Nur vorübergehend. Innerhalb der nächsten Minuten werden sämtliche 'Ndranghetisti in Gioia Tauro eine Beschreibung unseres Autos haben.«

»Und die Polizei müssen wir auch noch vermeiden.«

»Zweifellos.«

»Der Wagen hat Notlaufreifen, richtig?«, äußerte die Kommissarin ihre Vermutung, wieso sie trotz des zerschossenen Hinterrads überhaupt noch fahrfähig waren. Scalidda nickte. Diana versuchte, sich an ihre Ausbildung zu erinnern. Solche Reifen konnten auch ohne Luft funktionieren, allerdings nicht unbegrenzt.

»Wie weit können wir damit noch kommen?«, fragte sie nach.

»Maximal hundert Kilometer bei reduzierter Geschwindigkeit«, entgegnete Scalidda. »Aber sie werden uns vorher finden. Wir müssen schnellstens den Wagen wechseln.«

Diana dachte nach. Was sie jetzt trotz der widrigen Umstände auf keinen Fall tun durften, war, die Initiative zu verlieren.

»Wo ist der nächste Bahnhof?«, fragte die Kommissarin. Scalidda musterte sie kritisch.

»Was sollen wir auf einem Bahnhof?«, fragte er. »Halt an. Wir stehlen ein Auto.«

*Wenn ich anhalte, verliere ich die Kontrolle.*

»Erst sagst du mir, wo der nächste Bahnhof ist.«

Der Blick des Mafiosos war schneidend, aber schließlich gab er widerwillig Antwort.

»In Rosarno.«

Diana kannte den Namen. Sie hatten gerade erst ein Richtungsschild zu genau diesem Ort passiert.

»Das ist zehn Kilometer nördlich«, hielt die Kommissarin fest.

»Ja«, bestätigte Scalidda unwirsch. »Aber dort können wir nichts tun. Jetzt halt an.«

»Nein.« Dianas Stimme war fest und kalt. »Wir stoppen den Zug.«

»Womit?«, fragte der Mafioso. Diana schaute auf ihre Armbanduhr. Es war kurz nach einundzwanzig Uhr. Ihnen blieben nur noch etwa zweieinhalb Stunden. Die einzige verbleibende Antwort wurde ihr erst in diesem Augenblick bewusst, und sie kleidete sie ohne Verzögerung in Worte.

»Mit einem anderen Zug.«

Scalidda betrachtete sie, immer noch irritiert, aber nun nicht mehr ganz ohne einen Anflug von beeindruckter Neugier.

»Damit willst du die Gleise blockieren?«, hakte er mit einem forschenden, herausfordernden Unterton nach. Diana musste frei improvisieren, ohne sich die eigene Unsicherheit anmerken zu lassen. *Was genau schlage ich hier eigentlich gerade vor?*

»Der Zug kommt kurz vor Mitternacht in Lamezia Terme an, richtig?«, antwortete sie mit einer Gegenfrage.

»Ja«, erwiderte Scalidda. »Er fährt die Ostküste herunter und biegt dann kurz vor Catanzaro ab.«

»Catanzaro ist die Hauptstadt Kalabriens, richtig?«, fragte Diana nach, während sie sich die Lage der genannten Orte vor ihr inneres Auge brachte.

»Das stimmt«, bestätigte Scalidda.

Die Kommissarin erinnerte sich. Catanzaro im Osten und Lamezia Terme im Westen lagen quasi auf einer Höhe; die Verbindung zwischen beiden Städten durchschnitt einmal die hier bereits sehr schmale Spitze des italienischen Stiefels.

»Wie lange braucht der Transport von dort bis Lamezia?«

Der Mafioso überlegte kurz.

»Bei Höchstgeschwindigkeit vielleicht dreißig Minuten.«

»Dann müssen wir einen Zug finden, der in derselben Zeit auf dieser Strecke fährt. Wir bringen ihn mit der Notbremse zum Halten.«

»Und dann?«, wandte Scalidda ein. »Sobald klar wird, dass es falscher Alarm ist, fährt der Passagierzug weiter. Und der Transport ebenfalls.«

*Auf keinen Fall zögern. Antworten. Irgendwie.*

»Nicht, wenn wir die Zugführer des Transports in der Zwischenzeit außer Gefecht setzen. Dann muss die Polizei kommen.«

»Du willst sie entführen?«

*Großer Gott. Davon rede ich wirklich, oder?*

»Es sind Verbrecher.«

Scalidda schnalzte mit der Zunge, musterte Diana weiterhin von der Seite. Sie wagte nicht, den Blick zu erwidern, und konzentrierte sich auf die Straße. *Nur nach vorne schauen. Nur nach vorne denken.*

»Also: Ist es möglich?«, fragte sie. Und vernahm eine unerwartete Entgegnung.

»Du könntest unglaubliches Glück haben, weißt du das?«

»Was meinst du?«, fragte sie Scalidda, riskierte diesmal einen Seitenblick. Der Mafioso wirkte jetzt nachdenklich. Es schien, als würde er vor seinem geistigen Auge mit höchster Konzentration verschiedene Szenarien projizieren.

»Die Weiße Route Eins ist ein perfekter Mechanismus«, stellte er fest. »Wiegand, Spadafora und der dritte Mann in Österreich –«

»Dessen Namen du mir nicht verraten wirst«, warf Diana ein, um die Aufrechterhaltung von Augenhöhe bemüht.

»Richtig«, kam die kühle Entgegnung, bevor der Mafioso seinen Gedankengang fortsetzte. »Alle drei haben jedes Mal exakt geplant, dass der Zug von Hamburg bis Gioia Tauro durchfahren kann, ohne auch nur einmal anhalten zu müssen. Er nimmt teilweise Nebenstrecken, aber fast alle davon sind zweigleisig.«

Die Kommissarin verstand, worauf ihr Mitfahrer hinauswollte.

»Damit unplanmäßiger Gegenverkehr ausgeschlossen werden kann.«

»Richtig. Und damit würde dein Plan nicht funktionieren.«

*Aber das tut er. Demnach …*

»Was ist mit der Strecke zwischen Catanzaro und Lamezia Terme?«

Ein düsteres Lächeln stahl sich auf Scaliddas Lippen.

»Sie ist eingleisig.«

*Also haben wir eine Chance. Die allerletzte Chance.*

»Dann versuchen wir es«, sagte die Kommissarin so selbstbewusst wie möglich an, trat instinktiv noch etwas fester auf das Gaspedal und folgte dem nächsten Straßenschild in Richtung Rosarno. In einiger Entfernung waren Polizeisirenen zu hören, die sich in Richtung des Hafens bewegten. Zum Glück passierte sie keiner der Einsatzwagen.

»Wir können es versuchen«, kommentierte Scalidda. »Aber willst du das wirklich?«

Dianas Erleichterung über die Zustimmung des Praetorianus machte schnell wieder einem Gefühl von Unsicherheit Platz.

»Warum nicht?«, fragte sie. Scalidda beugte sich leicht nach vorn, um ihr näher zu sein, was sie, wenn auch indirekt, als sehr bedrohlich wahrnahm.

»Du willst einen Passagierzug als Waffe benutzen? Du, als Kommissarin?«

Die Worte schnitten tief in Dianas Seele. Sie hatte sich gänzlich auf die praktische Seite ihres Plans konzentriert, hatte den moralischen Zwiespalt erahnt, aber zunächst erfolgreich verdrängt. Scaliddas messerscharfer Verstand ließ ihr diesen Ausweg nicht.

»Wir werden sicher genug Zeit haben«, hielt sie gegen, auch wenn sie sich der Schwäche ihres Arguments bewusst war. »Der Güterzug wird rechtzeitig bremsen können.«

»Was, wenn nicht?«

»Wir evakuieren die Passagiere.«

»Unter welchem Vorwand?«

Das waren zu viele Fragen. Zu viele Variablen. Scalidda war ein Mann, für den nur das praktische Ergebnis zählte. Die Unmoral seines Handelns mochte ihm klar sein, aber er nahm sie in Kauf. Also warum versuchte er, die Moral ihres Plans zu hinterfragen?

Diana warf dem Mafioso einen Blick zu, von dem sie hoffte, dass er ebenso kühl war wie sein eigener.

»Es ist meine Wahl«, sagte sie. »Und im Zweifelsfall meine Bürde. Was hat es mit dir zu tun?«

Für einige Sekunden schaute Scalidda sie stumm an. In seinen blauen Augen lag unverhohlene Skepsis ob ihrer Bereitschaft, die bevorstehende Herausforderung zu meistern. Aber schließlich nickte er und deutete mit der Hand geradeaus.

»Bieg an der nächsten Kreuzung links ab«, sagte er. »Dort geht es zum Bahnhof.«

Diana war froh, dass es zu keinem weiteren Streitgespräch kam. Denn sie hatte selbst keine Antworten auf die Fragen, die vor ihnen standen. Ihr Plan war den Versuch wert, denn er würde viele Leben retten. Aber gleichzeitig konnte sie nur inständig hoffen, dass er keine anderen unschuldigen Opfer kosten würde. Denn diese Bürde wäre mehr, als sie ertragen könnte.

Der Bahnhof von Rosarno bestand aus einem unansehnlichen modernen Flachbau. Diana und Scalidda warteten auf dem mittleren Bahnsteig in der Deckung eines Fahrkartenautomaten. Der Praetorianus behielt aufmerksam den Ausgang des Bahnhofsgebäudes im Auge, warf zwischendurch regelmäßig Blicke in Richtung der Unterführung. Es gab keine anderen Wartenden, die Kommissarin und der Mafioso waren die einzigen Menschen im kalten Licht der Bahnsteiglampen. Trotzdem blieb Scalidda angespannt.

Sie hatten den demolierten Rover ein Stück entfernt in einer Seitenstraße geparkt. Der Praetorianus hatte sich und Diana mit je drei Reservemagazinen ausgestattet, dann alle anderen Waffen in den Kofferraum gelegt und sie mit einer Flasche Säure übergossen, genauso wie Lenkrad und Armaturenbrett. Auf dem Weg zum Bahnhof waren sie im Anschluss so vorsichtig wie möglich gewesen und hatten außer einer alten Frau auf einem Balkon keine weiteren Personen gesehen. Aber jetzt mussten sie warten, konnten nicht mehr in Bewegung bleiben, und das machte Scalidda sichtbar unruhig.

Der Regionalzug nach Catanzaro sollte um zweiundzwanzig Uhr zehn abfahren und Lamezia Terme eine Stunde später erreichen – also genau dreißig Minuten, bevor der Atomtransport am selben Bahnhof die Westküste erreichte. Vom Zentralbahnhof Lamezia Terme Centrale würde der Passagierzug ein kleines Stück nach Norden fahren und dann über mehrere kleine Bahnhöfe ostwärts in Richtung Catanzaro. Hier mussten sich die Fahrtstrecken der beiden Züge treffen. Diana und Scalidda hatten übereinstimmend festgestellt, dass gemäß Spadaforas Planung der Güterzug den Personenzug nur passieren konnte, während Letzterer an einem der abgelegenen Bahnhöfe hielt – denn nur an diesen wurde die Strecke kurz zweigleisig. Wenn sie also knapp vor einer der Stationen die Notbremse betätigten, sollte sowohl die Strecke blockiert sein als auch die Möglichkeit bestehen, die Passagiere schnell aus dem Zug hinaus in Sicherheit zu schaffen. Die Aktion bedurfte exakten Timings und war klar hochriskant – aber nur so würden sie Arcuris tödlichen Transport noch stoppen können.

Diana wischte sich Schweiß von der Stirn. Es war trotz des anhaltenden Windes immer noch recht warm und die langärmelige Jacke, die sie über der schusssicheren Weste trug, war viel zu dick für die Temperaturen. Sie zog gedankenverloren ihre Ärmel straff und zuckte leicht zusammen, als sie einen der darunterliegenden Verbände streifte und damit auch die aufgeschürfte Haut. Die Kommissarin hatte ihre Blessuren seit der Ankunft in Gioia Tauro vollkommen vergessen – Scalidda hatte sie gut verarztet und das ausgeschüttete Adrenalin in der Folge sein Übriges getan.

Diana schaute auf ihre Uhr. Noch eine Viertelstunde bis zur Ankunft des Zuges. Wieder konnten sie nur warten, obwohl doch jede Sekunde so kostbar war.

Sie beschloss, die verbleibende Zeit damit zu überbrücken, eine Frage anzusprechen, die ihr bereits seit den Beobachtungen im Hafen durch den Kopf ging.

»Es gibt eine Sache, die ich nicht ganz verstehe.«

Scalidda verlagerte seine Aufmerksamkeit auf die Kommissarin.

»Welche?«, fragte er.

»Warum betreibt die 'Ndrangheta den Aufwand, die Durchfahrt eines Zuges quer durch Europa zu organisieren, wenn sie den Müll genauso gut per Schiff transportieren könnten? Sicher, es würde länger dauern, aber wäre die Gefahr von Kontrollen nicht viel geringer?«

»Bei Giftmüll benutzen sie teilweise Schiffe«, erwiderte der Praetorianus. »Aber alles radioaktive Material geht allein über die Weißen Routen.«

»Warum?«, hakte Diana nach.

Scalidda grinste trocken.

»Glaubhafte Abstreitbarkeit«, entgegnete er. Die Information war als Antwort unzureichend, aber der Mafioso ließ mit einer genaueren Erklärung auch nur einen kurzen Moment auf sich warten.

»Der Hafen von Gioia Tauro hat an seiner Einfahrt einen Detektor für radioaktive Strahlung«, erklärte er. »Diese Sicherheitsmaßnahme gibt es inzwischen in den meisten Häfen.«

»Kann Don Arcuri diesen Detektor nicht kontrollieren?«

»Oh doch. Und er achtet darauf, dass das Gerät die ganze Zeit perfekt funktioniert.«

Die Kommissarin konnte nicht folgen. Scalidda musste die Verwirrung in ihrem Ausdruck registriert haben, denn er ließ eine weitere Erläuterung folgen.

»Die Fracht kommt per Zug an. Noch im Hafen wird sie mit einem strahlungssicheren Mantel bedeckt. Auf das ausfahrende Schiff schlägt der Detektor also nicht mehr an. Und alle Messergebnisse in Gioia Tauro zeigen glaubhaft, dass Atommüll dort weder ankommt noch abgeht. Verstehst du?«

Jetzt erschloss sich Diana das geschilderte Szenario.

»Eine Sicherheit, auf die Arcuris Geschäftspartner Wert legen«, stellte die Kommissarin fest.

»Exakt«, bestätigte der Mafioso. »Und die Geheimdienste können glaubhafter nichts bemerken.«

Es war eine perfide Charade. Gleichzeitig drängte sich Diana noch eine weitere Frage auf.

»Wenn Gioia Tauro solche Detektoren hat, dann doch sicher auch Hamburg.«

Scalidda warf ihr einen sarkastisch gefärbten Blick zu.

»Szintillationszähler sind hochkomplexe Technik. Natürlich muss man sie regelmäßig warten.«

Wieder machte es Klick.

»Und Hafensicherheit gehörte zum Arbeitsbereich von Armin Wiegand.«

Scalidda nickte knapp.

»Es widert mich an«, rutschte es über Dianas Lippen.

»Was meinst du?«

Diana war klar, dass sie riskierte, sich auf eine intimere Ebene zu begeben, aber die brodelnde Frustration musste irgendwie aus ihr heraus.

»Das ganze Ausmaß dieser Korruption«, entgegnete sie. »Wie soll man dem je beikommen?«

»Das kann man nicht.« Scaliddas Kommentar war so nüchtern wie gewohnt. »Das sollten dich die letzten Stunden gelehrt haben.«

»Dann kann nie etwas besser werden. Dann wäre alles sinnlos, wofür ich …«

Diana brach den Satz ab, als ihr klar wurde, dass die

ausgesprochenen Worte eine zu verheerende Wunde in ihre Seele reißen würden. Scaliddas Blick ruhte auf ihr, mit noch größerem Fokus als zuvor.

»Warum bist du Polizistin geworden?«, erkundigte er sich unvermittelt.

Die Frage war sehr persönlich und die Kommissarin empfand sie als entsprechend unangenehm. Trotzdem hatte sie das Gefühl, Scalidda eine ehrliche Antwort schuldig zu sein. Er hatte ihr in den letzten Stunden nicht nur eine letzte Chance eröffnet, ihre Aufgabe hier in Kalabrien doch noch zu erfüllen, sondern wahrscheinlich auch ihr Leben gerettet. Und eine Lüge oder Ausrede würde der clevere Mafioso eh durchschauen.

»Um es besser zu machen als Adolfo Ferretti«, erwiderte Diana entsprechend. Scalidda reflektierte die Antwort kurz.

»Was hat er dir bedeutet?«

»Er war mein Vater.«

»Und wofür verurteilst du ihn?«

Die Kommissarin wollte die Antwort geben, die jahrelang eine feste Größe in ihrem Empfinden gewesen war. Dass Adolfo durch den Pakt mit Licata das Gesetz und seine Ideale verraten hatte. Versucht hatte, eine pervertierte Art von Gerechtigkeit mit der Hilfe des Verbrechens zu schaffen. Und wie die späte Erkenntnis darüber auf so verheerende Art den festen Glauben an ihn zerstört hatte, der während ihrer ganzen Kindheit in ihr gewachsen war.

Aber sie konnte die Worte nicht mehr formen. Sie konnte nicht heucheln. Ihr war bereits in Rom klar geworden, unter welchem Druck Adolfo gestanden hatte. Und jetzt handelte sie unter demselben Zwang und hatte dieselbe Entscheidung getroffen.

*Ich bin wie er. Ich bin eben doch auch seine Tochter.*

Sie kämpfte dagegen an, aber Diana konnte nicht verhindern, dass sie leicht zu zittern begann. Scalidda machte unerwartet einen Schritt auf sie zu und legte seine rechte Hand auf ihre Schulter. Eine starke Hand mit einem festen Griff, so fest wie seine folgenden Worte.

»Du willst nicht hilflos sein. Das ist verständlich. Niemand will hilflos sein. Aber du verdrängst eine Tatsache: Wenn du die Leute bekämpfen willst, die echte Macht haben, ist das Gesetz nicht das Mittel dafür.«

»Und was ist für dich das richtige Mittel?«

»Dieselbe Macht. Die Art von Macht, wie sie Don Licata hat.«

Der Mafioso zog seine Hand zurück, doch sein Blick verweilte weiterhin auf Diana.

»Das kann nicht die einzige Option sein«, versuchte die Kommissarin gegenzuhalten, so unendlich schwach, nahezu bar jeder Hoffnung.

»Aber das ist sie«, kam die unerschütterlich überzeugte Erwiderung. »Tief in dir drin weißt du das auch. Und soll ich dir noch etwas sagen? Du willst diese Macht. Darum hast du damals in Rom unsere Hilfe gesucht, und darum verleugnest du Don Licata. Nicht wegen dem, was er tut. Das behauptest du nur, auch dir selbst gegenüber. In Wahrheit hast du Angst vor der Frage, was du tun würdest, wenn du an seiner Stelle wärst.«

*Er hat recht. Die Tatsache, die ich mir selbst nie eingestehen konnte. All die Jahre. Und ihm wird es nach wenigen Stunden klar.*

Plötzlich spürte Diana in Bezug auf Scalidda die widersprüchlichsten Gefühle: Angst, Abscheu, aber gleichzeitig auch Respekt. Er war auf seine Art ehrlich, in seinem Urteil unbeirrbar. Ihn konnte sie tatsächlich nicht täuschen. Er konnte ihr ein wahreres Spiegelbild sein als ihre eigene Reflektion.

Aber die Kommissarin kam nicht dazu, die fundamentalen Erkenntnisse der letzten Minuten zu verarbeiten, denn in diesem Moment hörten sie das Rattern des sich nähernden Zuges. Scalidda schaute die Gleise entlang, seine Haltung änderte sich, wurde augenblicklich wieder straff gespannt und rein professionell. Der Mensch, der gerade noch in ihre Seele geblickt hatte, verwandelte sich zurück in ein perfekt geöltes Werkzeug.

Der Regionalzug fuhr in den Bahnhof ein. Diana zählte die Wagen. Sieben. Und sie zählte die Anzahl der Passagiere hinter den erleuchteten Fenstern. Der Zug war um diese Zeit nur spärlich besetzt, was sie bereits erleichterte. Aber trotzdem brannten sich viele der vorbeihuschenden Gesichter kurz in ihr Gedächtnis ein: Männer und Frauen, Jugendliche, eine Familie mit zwei Kindern. Sie durfte das Leben dieser Menschen nicht riskieren. Irgendwie musste sie den Transport aufhalten, ohne sie in Gefahr zu bringen.

Der Zug kam mit einem lauten Quietschen zum Halt. Es war ein älterer Triebwagen, gefolgt von fünf moderneren Waggons mit durchgehend offenen Sitzreihen. Die letzten beiden Wagen hingegen glichen beinahe Museumsstücken und verfügten noch über abgegrenzte Einzelabteile an einem schmalen Seitengang. Die Kommissarin wusste nicht, wann sie in Deutschland zuletzt in einem solchen Waggon gefahren war.

Einige wenige Passagiere stiegen aus.

»Gehen wir?«, fragte Diana Scalidda.

Der Praetorianus ließ seinen Blick noch einmal aufmerksam über den gesamten Bahnhof gleiten, nickte dann und lief los in Richtung des letzten Waggons. Die Kommissarin hätte denselben Weg gewählt. Die alten Abteilwagen würden ihnen mehr Privatsphäre geben, wenn es daran ging, die Notbremse zu ziehen.

Scalidda stoppte an der hinteren Tür, ließ Diana zuerst einsteigen, verweilte dann noch einen Moment und beobachtete den Bahnsteig. Plötzlich war aus der Unterführung das Echo rennender Schritte zu hören. Der Mafioso schob Diana umgehend zur Seite und drückte sich in den Gang des Waggons, wo er seinen Kopf im spitzen Winkel hinter das nächste Fenster presste. Die Kommissarin schaute über seine Schulter – und sah die beiden schwarz gekleideten Männer, die am anderen Ende des Bahnsteigs aus der Unterführung preschten und es gerade noch in den ersten Waggon schafften, bevor der Zug sich mit einem Ruck in Bewegung setzte. Diana erschauderte. Es gab keinen Zweifel, wer die Männer mit dem fernöstlichen Aussehen waren. Dieselben Agenten wie am Hafen von Gioia Tauro. *Sie haben uns gefunden.*

Scalidda drehte sich zu ihr um, fixierte sie mit festem Blick.

»Sie werden den Zug durchkämmen. Das wird nicht lange dauern. Wir müssen einen Weg finden, sie zu überraschen.«

»Und dann?«, fragte Diana, obwohl sie die Antwort erahnte und fürchtete.

»Sie sind hier, um uns zu töten«, kam die sachliche Erwiderung. »Wir töten sie zuerst.«

Im Kopf der Kommissarin überschlugen sich Gedanken, formte sie die verschiedensten Fragen und Einwände. Aber Scalidda schüttelte nur den Kopf.

»Dafür ist keine Zeit«, sagte er eindringlich. »Wenn du Skrupel zeigst, stirbst du. Komm.«

Er drehte sich ohne weitere Worte um, ging nach vorn, schaute dabei in die angrenzenden Kabinen. Diana folgte ihm, nahm dabei in einigen der Abteile Passagiere wahr, suchte gleichzeitig nach irgendeiner Möglichkeit, die drohende Eskalation der Gewalt zu verhindern. Das Rattern der Räder bohrte sich in ihren Kopf und machte es ihr noch schwerer, sich zu konzentrieren.

»Wenn auch nur ein Schuss fällt, stoppt der Zug«, wandte sie ein. »Dann haben wir keine Chance mehr.«

»Ich weiß.« Scalidda antwortete, während er unbeirrt weiter den Waggon durchquerte und die Kabinen überprüfte. »Die anderen werden auch kein Aufsehen wollen. Das könnte ein Vorteil sein.«

Die Kommissarin verstand, was er meinte. Selbst mit einem Schalldämpfer war ein Pistolenschuss noch sehr laut. Somit war ausgeschlossen, dass sie selbst von der Waffe Gebrauch machen konnten. Ob die Gegenseite ebenso vorsichtig vorgehen würde, war unter den Umständen anzunehmen, aber nicht garantiert.

Auch im vorderen Teil des Waggons passierten sie noch ein mit zwei Fahrgästen besetztes Abteil, was Scalidda mit offensichtlicher Frustration zur Kenntnis nahm. Er öffnete die Zwischentür zum nächsten Wagen, stoppte dann, als er einen Feuerlöscher für Notfälle neben dem Durchgang bemerkte. Der Mafioso riss ihn aus seiner Halterung und drückte ihn Diana in die Hand, ging dann sofort weiter, ohne der Kommissarin eine Erklärung zu geben.

Die vorletzte Kabine dieses Waggons war ebenfalls besetzt, mit einem einzelnen schlafenden Mann, aber alle anderen Abteile fanden sie leer vor. Scalidda nickte zufrieden, stoppte am anderen Ende des Wagens neben der ersten Kabine, dachte kurz nach. Dann betrat er das Abteil, zog die inneren Gardinen zu, sodass man nicht mehr vom Gang aus hineinsehen konnte, kam dann zurück nach draußen und ließ die Schiebetür wieder einrasten.

Als Nächstes ging er ein paar Schritte zurück zur zweiten Kabine, betrat auch diese und zog sich zur Überraschung der Kommissarin unmittelbar dahinter am rechten Gepäckträger nach oben, zog die Beine nach auf den linken Träger und arretierte sich in kerzengerader Haltung zwischen den beiden Metallgittern.

»Kannst du mich von draußen sehen?«, rief er.

Diana trat weiter zurück in den Gang, schaute nach oben. Der Mafioso hatte sich eng genug an die Innenwand gepresst, um von hier nicht mehr wahrnehmbar zu sein. Als Nächstes machte die Kommissarin einen knappen Schritt in das Abteil, überprüfte noch einmal Scaliddas Tarnung.

»Nein«, beantwortete sie dann seine Frage. »Erst, wenn man in die Tür tritt.«

Der Praetorianus schwang sich wieder zu Boden, kam zurück in den Gang und deutete auf die angrenzende dritte Kabine.

»Hör mir genau zu«, sagte er. »Du gehst in dieses Abteil und ziehst auch dort die Vorhänge zu. Wenn unsere Verfolger den Wagen durchsuchen, werden sie zunächst in die erste Kabine eindringen. Sobald du hörst, dass sie die Tür wieder schließen, kommst du nach draußen. Stell sicher, dass sie dich sehen, dann tu so, als wärst du überrascht und zieh dich augenblicklich zurück. Sag laut etwas, so, als wäre ich bei dir. Dann hocke dich auf den rechten Sitz neben der Tür. Sobald der erste Agent hereinkommt, blende ihn mit dem Feuerlöscher und entwaffne ihn. Ich kümmere mich um den zweiten Mann.«

»Was soll ich tun, nachdem ich ihn entwaffnet habe?«

»Dann schaltest du ihn aus.«

Scalidda griff in seinen Gürtel und holte ein Kampfmesser hervor, das er kurz aus der Lederscheide zog. Das Metall blitzte kalt und grausam im fahlen Licht der Gangbeleuchtung, genau wie jene Klinge, die erst wenige Stunden zuvor die Kehle Paolo Minnitis durchtrennt hatte. Der Praetorianus schob das Messer zurück in die Scheide, presste es dann in Dianas freie Hand. Die Kommissarin hatte keine andere Wahl, als die Waffe zu nehmen, egal, wie sehr sie sich in diesem Moment auch davor ekelte.

»Ich verlasse mich auf dich«, sagte Scalidda, während seine blauen Augen fest in Dianas sahen. Sie schaffte es nicht, zuversichtlich zu nicken, aber der Praetorianus suchte auch nicht nach einer oberflächlichen Geste. Ab jetzt galten nur Taten. Er ging zurück in die zweite Kabine und stemmte sich erneut am Gepäckträger nach oben.

Die Kommissarin sah noch einmal in Richtung des fünften Wagens, aus dem ihre Verfolger jeden Moment heraustreten konnten, eine tödliche Konfrontation mit sich bringend. Für einige Sekunden suchte sie noch einmal verzweifelt nach einer Alternative. Aber es gab keine.

Diana drückte sich in das dritte Abteil, zog die Gardinen zu, sodass der Blick von draußen blockiert war. Was jetzt? Sie stellte den Feuerlöscher ab, streifte eilig ihre Jacke ab, zog die Beretta aus ihrem Gürtel. Dann wickelte sie die Jacke mehrfach um die Waffe und stopfte beide zusammen in die Lücke neben dem rechten Fenstersitz. *Kein Schuss. Egal, was passiert.*

Danach schob die Kommissarin anstelle der Pistole das Messer in ihren Hosenbund. Als Nächstes überprüfte sie den Sicherungsstift des Feuerlöschers. Er war nicht verklemmt und würde sich schnell herausziehen lassen. Damit war alles Nötige vorbereitet. Sie trat an die Scheibe der Tür und presste ihr linkes Ohr durch die Gardine gegen das Glas.

Zum ersten Mal in der Hektik der letzten Minuten war Diana allein mit ihren Gedanken. Und die Gedanken waren schrecklich.

*Es kann sein, dass ich gleich einen Menschen töten muss.*

Sie versuchte, sich gänzlich auf die Geräusche im Gang zu konzentrieren, aber noch herrschte dort Stille. Nur das Rattern der Räder auf den Gleisen war zu hören.

*Pa-dam, pa-dam.*

*Ich bin Polizistin. Keine Mörderin. Ich kann das nicht tun.*

Das Rattern der Räder synchronisierte sich zunehmend mit ihrem Herzschlag und steigerte sich genau wie dieser.

*Pa-dam, pa-dam, pa-dam.*

*Aber welche Wahl habe ich? Ihn verhaften? Wie? Ich habe nicht einmal Handschellen.*

Immer lauter hallte das Echo in ihrem Kopf.

*Pa-dam, PA-DAM.*

*Und wenn ich ihm seine Waffe entwende und ihn damit in Schach halte?*

*PA-DAM, PA-DAM.*

*Er ist Profi. Auf so engem Raum kann er mir eine Pistole mit einem Griff wieder abnehmen.*

Und dann war die Zeit des ergebnislosen Nachdenkens abgelaufen.

Diana hörte das Geräusch, als die Übergangstür zum nächsten Wagen zuerst geöffnet wurde und dann wieder zufiel. Jetzt galt es zunächst einmal, nicht vorschnell zu handeln. Es konnte genausogut der Schaffner sein oder ein anderer Passagier.

Einige kurze Schritte waren zu hören, scheinbar von mehr als einer Person. Die Schritte stoppten schnell und abrupt – auf Höhe der ersten Kabine. Einen Moment später wurde deren Tür geöffnet, es folgten zwei schnelle Schritte. *Sie sind es. Sie sichern das Abteil.*

Diana spannte sich an. Der Moment, in dem sie handeln musste, war nur noch Sekunden entfernt. Und sie war so wenig bereit dafür wie nie zuvor in ihrer Karriere.

Die Tür des ersten Abteils wurde geschlossen. Diana zog ihre Tür auf, machte einen Schritt durch die Gardine hindurch nach draußen, schaute nach rechts. Die beiden Agenten drehten sich augenblicklich zu ihr. Sie hielten Pistolen mit Schalldämpfern unter ihren Jacken verborgen, aber hoben sie jetzt im Bruchteil einer Sekunde. Diana fingierte ein abruptes Innehalten, presste sich zurück in ihr Abteil und zerrte die Tür zu.

»Scalidda! Sie sind hier!«, rief sie laut, wie geplant vortäuschend, dass sich der Mafioso mit ihr in der Kabine befand, ihn aber gleichzeitig in seiner tatsächlichen Position vorwarnend. *Hoffentlich prüfen sie sein Abteil wirklich nur von außen.*

Diana bemerkte, dass die Gardine in der Mitte ein Stück offenstand, zog sie hastig wieder zur Gänze zu. Dann kletterte sie auf den innersten rückwärtigen Sitz neben dem Eingang, griff den Feuerlöscher und bugsierte ihn auf ihren Schoss, zog den Sicherungsstift heraus, nahm dann den Schlauch in die linke Hand und ließ ihre Rechte auf dem Druckhebel ruhen.

Ihr Blick war fest auf die Tür fixiert. Fragen und Zweifel gab es nicht mehr. Nur noch Instinkt und Training.

Sekunden vergingen. Kein Geräusch war von draußen zu hören. Ein dünner Schweißfilm bildete sich zwischen Dianas Haut und dem Griff des Feuerlöschers.

Dann wurde die Tür abrupt aufgezogen. Der erste Agent drehte sich mit dem Körper herein, die Waffe im kurzen Anschlag. Diana gab ihm keine Zeit, das Innere der Kabine wahrzunehmen. In dem Moment, in dem sich sein Kopf durch den Gardinenspalt presste, löste sie den Feuerlöscher aus und sprühte Schaum ins Gesicht des Mannes. Dieser blieb starr stehen – nur für vielleicht zwei Sekunden, aber diese reichten der Kommissarin, um den Feuerlöscher hart nach unten zu bringen, auf die Handgelenke des Agenten. Und ihr Vorhaben gelang – der Mann ließ die Waffe zu Boden fallen.

Gleichzeitig waren im Gang ein Aufschlag und ein kurzes Stöhnen zu hören. Scalidda musste den zweiten Agenten von hinten überrascht haben. Doch Diana konnte nicht weiter darauf achten, was draußen vor sich ging, denn der erste Agent ließ sich ebenfalls nicht ablenken und reagierte blitzschnell.

Der Mann war in der offenen Tür stehengeblieben, wischte sich den Schaum aus dem Gesicht und fokussierte sich augenblicklich auf Diana. Er schlug hart auf ihren Handrücken, der noch auf dem Druckhebel lag, und gleichzeitig mit seiner anderen Hand seitlich gegen den Feuerlöscher, sodass dieser Dianas Griff entglitt und auf den mittleren Sitz fiel. Dann wollte ihr Kontrahent in die Hocke gehen und nach seiner Pistole greifen, aber die Kommissarin reagierte gedankenschnell und trat die Waffe mit dem Fuß weg in Richtung Fenster. Sie verpasste dem Mann einen Faustschlag ins Gesicht, um sich etwas Luft zu verschaffen, doch obwohl der Agent eher drahtig gebaut war, steckte er die Attacke problemlos weg und ging unmittelbar zum Gegenangriff über.

Er zog in einer fließenden Bewegung ein Messer aus seinem Gürtel, stieß es dann nach vorn. Zum Glück brauchte er den Bruchteil einer Sekunde für den Richtungswechsel, sodass es Diana in einer Instinktreaktion gelang, sich über die Armlehne auf den mittleren Sitz zu rollen. Direkt neben ihr rammte die Klinge tief in das Leder, genau dort, wo sich einen Augenblick vorher noch ihr Brustkorb befunden hatte.

Die Kommissarin rang kurz um Halt, stemmte sich dann auf in den Stand und griff nach dem Feuerlöscher, um diesen noch einmal gegen den Angreifer einzusetzen. Doch der Agent trat mit dem rechten Bein mit voller Wucht gegen das Gerät, sodass es erneut aus Dianas Hand geschleudert wurde. Bereits im nächsten Moment stach ihr Gegner wieder auf sie ein. Die Kommissarin drehte sich seitwärts, verringerte so die Angriffsfläche, die sie bot. Wieder ging die Attacke nur um wenige Zentimeter an ihr vorbei.

Diana packte den ausgestreckten Arm des Mannes, stemmte ihn nach oben und versuchte, mit Druck das

Messer aus seiner Hand zu forcieren. Der Agent rammte seine Linke im Gegenzug in die ohnehin malträtierte Bauchdecke der Kommissarin. Die schusssichere Weste bremste den Schlag ab, aber trotzdem flutete eine Welle aus Schmerz durch Dianas Körper und machte es ihr unmöglich, ihre Kraft weiterhin auf ihren Griff zu konzentrieren. Ihr Gegner befreite sich daraufhin mit Leichtigkeit – und da Diana nicht schnell genug reagierte, streifte das Messer bei seinem Rückzieher noch ihre linke Handfläche und hinterließ einen Schnitt, aus dem Blut zu fließen begann.

Die Kommissarin war nur einen winzigen Moment lang abgelenkt, kam aber trotzdem minimal verzögert wieder in die Gerade und sah zu spät, wie der Geheimagent mit dem Fuß ausholte. Sein Schnürstiefel trat hart gegen Dianas rechtes Schienbein. Ein Schrei presste sich über ihre Lippen und sie knickte zur Seite weg, versuchte sich am nächstgelegenen Sitz festzukrallen, doch fand keinen Halt und rutschte in eine verklemmte, nahezu wehrlose Haltung auf dem Boden des Abteils.

Der Agent grinste bösartig und führte den Arm rückwärts, um zu einer erneuten Messerattacke mit maximalem Schwung anzusetzen. Diana tastete in Panik über den Boden neben ihr, suchte die Pistole, die dort irgendwo liegen musste, doch fand sie nicht. Im selben Moment, als ihr Gegner zustechen wollte, wurde von hinten ein anderer Mann in die Kabine katapultiert. Es war der zweite Agent, der sich ebenfalls noch im Kampf mit Scalidda befand, welcher unmittelbar nach ihm durch die Tür tauchte.

Der erste Mann verlor durch die Kollision seinen Halt und fiel nach vorn in Richtung Dianas. Die Kommissarin brachte reflexartig ihren rechten Arm nach oben – und rettete damit vorerst ihr Leben, denn ihr Gegner hatte mit blitzschnellen Reflexen die Haltung des Messers so geändert, dass er es mit dem Druck seines vollen Körpergewichts in Dianas Hals getrieben hätte. Nun wurde die Attacke im letzten Moment abgebremst – und die Klinge stoppte nur wenige Zentimeter über Dianas Kehle.

Der Agent stieß ein frustriertes Grunzen aus, presste dann mit aller Kraft gegen Dianas Arm. Schmerz flutete durch ihren Ellenbogen. Ihr Arm zitterte, gab leicht nach. Die scharfe Klinge näherte sich weiter ihrem Hals. Panik durchdrang die Kommissarin. Nur noch wenige Sekunden, dann würde ihr Widerstand brechen. Sie musste etwas tun. Irgendetwas.

Diana führte ihre linke Hand hinter ihren Rücken, suchte ihr eigenes Messer, fand dessen Griff. Ihr Gegner drückte weiter auf sie, sein heißer Atem blies in ihr Gesicht. Die Spitze der Klinge presste gegen die dünne Haut ihrer Kehle. Diana versuchte, ihr eigenes Messer aus seiner Scheide zu bugsieren, musste dazu ihr Gewicht leicht verlagern. Ihr rechter Arm hatte derweil kaum noch Kraft. Der Druck an ihrem Hals verwandelte sich in einen scharfen Schmerz. Erste Tropfen von Blut flossen über Dianas Haut, Schweiß strömte über ihr Gesicht, Tränen aus ihren Augen. *Keine Wahl mehr. Er oder ich.*

Sie packte den Griff ihres Messers, so fest, wie sie es vermochte und egal, wie sehr es aufgrund der Schnittwunde in ihrer Hand auch schmerzte, brachte die Waffe nach oben und stach dann seitwärts zu. Die Augen des Agenten weiteten sich, der Druck auf Dianas Körper ließ leicht nach. Die Kommissarin drehte ihr Messer, angeekelt, als sie den

Widerstand des Fleisches spürte, das die Schneide durchtrennte. Dann zog sie die Klinge zurück und heraus aus dem Hals ihres Gegners.

Der Agent fuhr hoch, ließ sein Messer fallen. Blut schoss aus seiner Halsschlagader, spritzte auch über Dianas Gesicht. Der Mann griff an seine Kehle, versuchte, die Blutung zu stoppen, aber die Wunde war zu breit. Er starrte die Kommissarin an, mit einem geschockten Ausdruck, wie sie ihn nie zuvor bei einem Menschen gesehen hatte. Sein Gesicht wurde mit jeder Sekunde sichtbar bleicher, sein Körper schlaffer. Dann kippte er nach rechts weg und sein Blut tränkte das Leder des Fenstersitzes.

*Wie Minniti. Aber diesmal –*

Etwas in Dianas Innerstem zerbrach. Sie begann, unkontrollierbar am ganzen Körper zu zittern, so stark, dass sie ihre Zähne aufeinanderschlagen hörte. Das Messer fiel aus ihrer Hand. Durch einen rötlichen Schleier aus Blut und Tränen sah sie zwei dunkle, ineinander verkeilte Schatten. Es mussten Scalidda und der zweite Agent sein. Aber die Kommissarin konnte sie nicht mehr bewusst wahrnehmen. Sie hörte ein Röcheln, vermochte nicht zu sagen, wer es ausgestoßen hatte. Dann kam einer der Schatten auf sie zu.

»Diana?«

Sie erkannte die Stimme nicht.

»Diana!«

Eine kräftige Hand schlug hart gegen ihre Wange. Der Kommissarin entfuhr ein Schrei. Im selben Augenblick wurde ihr bewusst, dass ihr ganzes Gesicht mit Blut besudelt war. *Das Blut meines Opfers.*

Diana begann in Panik, die Flüssigkeit von sich abzuwischen. Ihr Atem überschlug sich. Scalidda kniete sich vor sie hin, griff ihre Arme mit seiner Rechten und drückte sie nach unten, drehte mit seiner anderen Hand dann ihren Kopf so ein, dass sie direkt in seine Augen schauen musste.

»Diana«, sagte er schneidend. »Beruhige dich!«

Diana starrte ihn an. Ihre Lippen bebten.

»Kommissarin!«, fauchte Scalidda. »Mach deinen Job!«

Und diese Worte hörte sie. Ein Lichtfunken schien vor Dianas Augen aufzublitzen, gleich einem Leuchtfeuer, dem sie folgen konnte. Das Zittern ließ etwas nach. Ihr Atmen wurde ruhiger. Und die verwaschenen Konturen ihrer Umgebung gewannen Stück für Stück wieder an Schärfe.

Der Agent, mit dem sie gekämpft hatte, lag halb auf dem Fenstersitz. Sein Kopf rollte im Rhythmus der Räder in einer Lache seines Blutes. Aber zumindest lag er jetzt still. Zumindest war es vorbei.

Dianas Blick wanderte weiter, zu dem zweiten Geheimagenten, den Scalidda auf den Sitz neben der Tür gedrückt hatte. Und zu ihrer Überraschung realisierte sie, dass der Mann noch lebte. Ein Messer steckte bis fast zum Griff links in seiner Brust. Er starrte darauf, war ansonsten unbewegt, schien sich in einem Schockzustand zu befinden. Zudem blutete er stark aus einer Wunde im Oberschenkel. Die Arterie schien verletzt zu sein.

Die Kommissarin erschrak kurz, als Scalidda sie unter den Achseln griff, realisierte dann aber, dass er sie nur auf einen der freien Sitze gegen die Fahrtrichtung bugsieren wollte, und ließ es bereitwillig geschehen. Sie bemerkte, dass der Praetorianus selbst aus einer Schnittwunde am Arm blutete, wo der Stoff seiner Jacke durchtrennt worden war.

»Bleib sitzen«, sagte der Mafioso, bevor sie ihre Observation kommentieren konnte. Dann ging er zur Tür und schaute kurz in beide Richtungen in den Gang hinaus. Scheinbar zufrieden, dass ihr Kampf in dem fast leeren Waggon unbemerkt geblieben war, zog er sich zurück in die Kabine und schloss die Gardinen wieder vollständig.

Als Nächstes beugte er sich zu dem schwer verwundeten Agenten hinunter, durchsuchte zielstrebig die Innentaschen von dessen offener Jacke. Der Mafioso zog einen Ausweis hervor, schaute sich diesen an, nickte dann ohne erkennbare Überraschung. Er ließ den Ausweis in seiner Gesäßtasche verschwinden, schlug dann dem Agenten hart ins Gesicht. Der unstete Blick des Mannes wanderte hinauf zu ihm.

»Hör zu«, sagte Scalidda mit kalter Stimme auf Englisch. »Wir sind beide Profis, also muss ich dir nichts vormachen. Du weißt, dass du diese Wunden nicht überlebst. Du kannst nur noch entscheiden, wie du stirbst. Ich kann es kurz und schmerzlos machen. Oder ich ziehe das Messer heraus, und dann krepierst du langsam, während deine Lunge kollabiert.«

In den Augen des Agenten stand Hass, aber auch Angst. Diana wurde erst jetzt bewusst, dass es ein relativ junger Mann war, vielleicht um die dreißig. Konnte sie ihm helfen? Sie wusste nicht, wie.

»Beantworte mir zwei Fragen«, fuhr Scalidda fort. »Das ist alles. Also: Ihr werdet die Bombe in den Kurdengebieten detonieren lassen, richtig?«

Die Kommissarin war von der Frage vollkommen überrascht. Der Agent war es ebenfalls, aber nicht, weil er die Worte nicht verstand; im Gegenteil stahl sich Erstaunen auf sein Gesicht, das quasi einem Eingeständnis gleichkam. So wertete es auch Scalidda.

»Gut«, sagte er trocken. »Damit hätten wir das schon geklärt. Frage Nummer Zwei: Welche zusätzlichen Sicherheitsmaßnahmen gibt es für den Urantransport?«

Hier nun wandelten sich die Züge des Agenten zu Trotz. Und gleichzeitig blitzte ein Funken von Triumph in seinen Augen auf. Diana verstand. Der Mann glaubte, auf diese Weise noch Rache an seinen Peinigern nehmen zu können. Indem er sie unwissend in ein unbekanntes Verderben rennen ließ. Und sie wusste, was Scalidda als Nächstes tun würde.

Die Kommissarin hätte argumentieren können, wollen, müssen – aber was hätte es gebracht? Der Mann war nicht zu retten. Beide Wunden zusammengenommen machten es unmöglich, dass er die nächsten zehn Minuten überleben würde. Und sie brauchten die Information, um sich selbst zu schützen und viele andere Leben zu retten. Es war nötig. Also schaute sie weg, nach draußen, in die Dunkelheit.

Diana hörte nicht, wie der Praetorianus das Messer aus der Brust des Agenten zog, aber sehr wohl das Röcheln, das augenblicklich über die Lippen des Mannes kam, als durch die offene Wunde Luft in seine Lungen drang.

»Was für Maßnahmen?«, fragte Scalidda erneut.

Nur Röcheln. Diana presste die Hände gegen ihre Ohren.

»Der Schmerz hört nicht auf«, vernahm sie dumpf das Echo von Scaliddas Stimme. »Lass es uns kurz machen.«

Und tatsächlich erhielt er eine Antwort. Die Kommissarin senkte ihre Hände, um die leisen, heiseren Worte hören zu können.

»Ein zweiter Wagen … Ein Kommando … der ’Ndrangheta.«

»Ein Waggon mit einer Schutzmannschaft? Wie viele?«, fragte Scalidda nach. Diana drehte sich um. Diese Nachricht konnte ihre letzten Hoffnungen zerstören.

»Etwa … zehn«, röchelte der Agent.

»Schwer bewaffnet?«

Der Sterbende nickte mühevoll.

Scalidda betrachtete ihn einen Moment lang abwägend, schlug dann blitzschnell mit der Handkante gegen den Kehlkopf des Mannes. Diana zuckte zusammen. Der Agent lief rot an, rang nach Luft, kippte dabei zur Seite.

Diana schaffte es nicht, sich seinen Todeskampf noch länger anzusehen, und starrte stattdessen wieder aus dem Fenster. Draußen wechselten sich Flecken von Licht mit Dunkelheit ab, doch die Schwärze überwog. Die Kommissarin versuchte verzweifelt, ihre zerrissenen Emotionen auszublenden und eine Lösung für das neuerliche Problem zu finden.

»Wir können den Zug nicht stoppen«, hörte sie Scalidda sagen. »Gegen ein Killerkommando haben wir allein keine Chance.«

Sie nahm aus den Augenwinkeln wahr, wie der Mafioso auch den anderen Agenten durchsuchte und dessen Ausweispapiere an sich nahm.

»Sie werden gemeldet haben, dass wir in diesem Zug sind«, fuhr der Praetorianus fort. »Wahrscheinlich werden schon an der nächsten Station mehr von ihnen zusteigen. Also ziehen wir jetzt die Notbremse.«

*Nein. All das war nicht umsonst.*

Diana schaute auf zu Scalidda und sprach das Wort, das

wie ein Aufschrei durch ihre Seele hallte, im Folgenden auch laut aus.

»Nein!«

»Nein was?«

»Wir sorgen dafür, dass der Zug an der nächsten Station nicht mehr hält.«

»Und wie?«

Scalidda sah sie fragend an. Und Diana erinnerte sich an die möglichen Antworten, die sie noch am Mittag mit Richter Minniti diskutiert hatte. Ihre Gedanken wurden kalt wie Eis, und die nächsten Worte sprach sie in einem Ton, der keinen Widerspruch zuließ.

»Diesmal hörst du mir zu«, sagte sie. »Und tust exakt, was ich sage. Geh zur Notsprechanlage und kontaktiere die Zugbesatzung. Sag ihnen, an Bord ist eine Bombe. Wenn der Zug anhält, sprengen wir sie. Wenn die Passagiere gewarnt oder evakuiert werden, sprengen wir sie. Sag ihnen, wir werden die Notbremse ziehen an einem Ort unserer Wahl. Und dort wollen wir vor Ort mit den Carabinieri verhandeln.«

Scalidda musterte die Kommissarin skeptisch, aber auch nachdenklich.

»Du willst die Polizei gegen das ’Ndrangheta-Kommando einsetzen?«

»Genau.«

Der Praetorianus wog kurz ab.

»Die ’Ndranghetisti werden sich auf keinen unnützen Kampf einlassen«, hielt er fest. »Das könnte hilfreich sein. Aber man wird uns die Geschichte mit der Bombe nicht glauben. Wer entführt denn einen Regionalzug?«

Diana musste die Antwort nicht suchen.

»Ich bin sicher, du kennst ein paar Fachbegriffe, die die Drohung glaubhafter machen«, hielt sie gegen. »Und dann lass sie den Schaffner hier in dieses Abteil schicken. Sag ihnen, dass die Toten Leute waren, die uns aufhalten wollten. Und dass sie den Teil des Zuges hinter dieser Kabine nicht zu betreten haben.«

In den Blick Scaliddas stahl sich ein Funken Bewunderung, der in diesem Moment für Diana die schlimmste nur denkbare Verurteilung war.

*»Vai!«*, fauchte sie ihn an, um den unerträglichen Moment zu beenden.

Der Mafioso nickte.

»Wir treffen uns zwei Abteile weiter«, sagte er. »Bring die Waffen mit.«

Dann ging er nach draußen in den Gang und weiter nach vorn im Zug. Diana brauchte einen Moment, um sich zu fangen. Ihre Gedanken waren klar, aber sie schienen sich nicht länger in ihrem eigenen Kopf abzuspielen. Sie hatte ihren Geist irgendwo nach außen projiziert, nach vorne, in die einzige Richtung, die ihr noch blieb. Ohne Reflektion. Ohne Blick zurück. Diesen würde sie erst wagen können, wenn das Ziel erreicht war.

Die Kommissarin hob die Pistole des Agenten vom Boden auf, ebenso ihr Messer, stemmte sich dann hoch und zog ihre Jacke mit der darin befindlichen Beretta aus der Arretierung neben dem Fenster. Sie vermied es, einen weiteren Blick auf die beiden Toten zu werfen, quetschte sich nach draußen in den Gang. Auch dort gab es einige Blutspuren, zudem lag die Waffe des zweiten Agenten auf dem Boden. Diana kniete sich hin, wischte mit ihrer Jacke so gut es ging das Blut weg, damit eventuell vorbeilaufende

Passagiere nicht alarmiert werden würden. Danach griff sie auch die dritte Pistole und ging zurück zur fünften Kabine, warf die Waffen dort auf einen der Sitze. Sie zog die Gardinen zu, sank dann endlich nach unten auf das Leder.

Die körperliche und seelische Erschöpfung, die sie in diesem Moment spürte, war immens. Die Kommissarin wollte nichts mehr sehen, nichts mehr hören, nichts mehr fühlen. Aber diese Option gab es nicht.

Stattdessen nahm sie wie automatisch das Messer, schnitt mit zittrigem Griff einen Streifen von ihrem Ärmel ab und verband mit diesem provisorisch die Schnittwunde in ihrer linken Handfläche. Sie schaute auf, als Scalidda das Abteil betrat. Er schloss die Tür hinter sich und schaute zu ihr herunter.

»Haben sie es geglaubt?«, fragte Diana.

»Ich denke, ja«, kam die Antwort. »Spätestens wenn sie die Leichen sehen, werden sie kein Risiko eingehen wollen.«

Die Kommissarin nickte. Sie reichte das Messer an den Mafioso weiter.

»Du solltest deine Wunde auch abbinden«, sagte sie, deutete dabei auf die Schnittverletzung an seinem Arm. Scalidda musterte sie einen Moment lang, nahm dann die Waffe entgegen und setzte sich Diana gegenüber. Er zog seine Jacke aus, entfernte ebenfalls einen Streifen Stoff aus seinem Pullover. Dann zog er ein Zellstofftaschentuch aus seiner Jacke, das er mit dem Stoff über der Wunde fixierte. Diana nahm war, wie ruhig seine Hände waren, ganz im Gegensatz zu ihren eigenen.

»Hast du zufällig eine Zigarette?«, fragte sie.

»Nein. *Mi spiace*«, kam die negative Erwiderung.

*Scheiße.*

Die Kommissarin versuchte, sich durch Konzentration auf dringliche Fragen von ihrem labilen Zustand abzulenken.

»Woher stammen die Agenten?«, fragte sie Scalidda, noch während der Mafioso mit dem Verarzten seiner Wunde beschäftigt war. Doch dieser schüttelte nur den Kopf, ohne aufzuschauen.

»Mein Auftrag ist immer noch, dich zu schützen«, sagte er. »Und mit dieser Information würdest du Fragen stellen, die dich den Kopf kosten.«

Diana merkte sofort, dass es gegen die Logik des Killers hier kein Ankommen geben würde. Aber trotzdem musste sie mehr erfahren.

»Aber wie kommst du darauf, dass sie die Bombe gegen Kurden einsetzen wollen?«, hakte sie nach. »Hilf mir, zumindest das zu verstehen.«

Scalidda zog den Stoff fest, steckte das Messer weg und sah dann in Dianas Augen.

»Nicht unbedingt gegen die Kurden«, berichtigte er sie. »Aber gegen ihre Interessen. Hast du die Nachrichten aus dem Nahen Osten verfolgt?«

»Nicht im Detail«, gestand die Kommissarin.

»In zwei Monaten findet in der Autonomen Kurdischen Region im Irak eine Konferenz mit Vertretern aller wichtigen kurdischen Organisationen statt«, erläuterte Scalidda. »Das schließt auch diejenigen aus Syrien, dem Iran und der Türkei ein. Das erklärte Ziel der Konferenz ist ein breites Kooperationsabkommen mit gegenseitiger Wirtschaftshilfe. Inoffiziell soll auch ein Sicherheitsabkommen geknüpft werden.«

»Damit würden die einzelnen Gruppen enger verknüpft als je zuvor«, hielt Diana fest.

»Korrekt«, bestätigte Scalidda. »Und keiner der Anrainerstaaten will einen derart starken kurdischen Verbund entstehen sehen. Aber sie können nicht ohne triftigen Grund intervenieren.«

Langsam nahm die grauenvolle Logik des Szenarios vor Dianas Augen Gestalt an.

»Wenn ein atomarer Sprengsatz auf kurdischem Territorium explodiert …«

Scalidda nickte lediglich.

»Es wird egal sein, wer ihn gebaut oder wer ihn gegen wen eingesetzt hat. Es wird klar zeigen, dass das kurdische Gebiet ein Sicherheitsrisiko darstellt.«

»Und als Grund dienen für eine militärische Intervention von außen.«

»Zur Bewahrung des Friedens, natürlich.«

Das knappe Grinsen des Mafiosos war zynisch, aber in diesem Fall hätte es nicht angebrachter sein können. So skrupellos und folgenschwer Don Arcuris Müllgeschäfte auch waren – das menschenverachtende Kalkül der unbekannten nahöstlichen Regierung erschütterte Diana noch mehr. Sich mit Hilfe der Mafia waffenfähiges Uran zu beschaffen, um dann einen radioaktiven Sprengsatz zu detonieren und den Vorwand für eine Militäraktion zu schaffen – unschuldige Leben zu opfern, um einer ganzen Volksgruppe dauerhaft die Hoffnung auf mehr Selbstbestimmung zu nehmen … Diana fühlte nicht länger Mitleid mit den beiden toten Agenten zwei Kabinen weiter. Nur noch kalte Wut.

»Wann sind wir in Lamezia Terme?«, fragte sie. Scalidda schaute auf seine Uhr.

»Ohne Zwischenstopps in etwa fünfundzwanzig Minuten«, schätzte er.

»Und danach müssen wir noch warten, bis wir auf die eingleisige Verbindungsstrecke kommen.«

Der Praetorianus nickte.

»Der Zeitrahmen ist ungenau«, kommentierte er. »Ich werde kein Risiko eingehen. Wir stoppen den Zug so schnell wie möglich danach.«

»Was ist die nächstgelegene Station?«

»Das müßte Lamezia Terme Nicastro sein. Ein kleiner Regionalbahnhof etwa zehn Minuten entfernt.«

Diana warf ebenfalls einen Blick auf ihre Uhr.

»Also werden wir gegen dreiundzwanzig Uhr zehn dort sein.«

»In etwa«, bestätigte Scalidda, spielte dann das Szenario weiter durch. »Der Transportzug müsste ungefähr zwanzig Minuten später eintreffen«, hielt er fest. »Es wird denkbar knapp. Aber das kann von Vorteil sein.«

»Inwiefern?«

»Sobald wir unseren Zug stoppen, wird eine Warnung an alle anderen Züge auf dieser Strecke herausgehen.«

Diana fror kurz innerlich ein. Diesen Aspekt hatte sie völlig vergessen.

»Und damit auch an Arcuris Transport?«, fragte sie angespannt.

»Natürlich«, erwiderte Scalidda. »Aber die Zugführer auf der Weißen Route sind angewiesen, selbst bei einem Notfall erst eine Bestätigung von oben abzuwarten.«

»Weil man sonst den Zug mit einer Falschmeldung zum Halten zwingen könnte.«

»Genau. Sie rechnen mit keinem Hindernis. Es gab noch nie eins.«

»Bei wem werden die Zugführer nachfragen?«

Der Mafioso überlegte kurz.

»Wir wissen nicht, wer die Vertrauensperson für Notfälle ist – aber sehr wahrscheinlich ein Kontakt im Ministerium. Von diesem eine Bestätigung in unter fünfzehn Minuten zu erhalten, wird schwierig. Vor allem um diese Tageszeit.«

»Gut.« Diana atmete einmal tief durch. »Wir schaffen es.« *Wir müssen es schaffen.*

»Dann musst du nur noch irgendwie die Polizei davon überzeugen, dass sie einen anderen Zug untersuchen sollen als den, wegen dem sie gerufen wurden«, fügte Scalidda hinzu.

»Ich habe einen Ansatz«, erwiderte Diana vage. Sie hatte selbst nur eine ungefähre Idee, wie sie vorgehen würde, und wollte diese Unsicherheit überspielen.

Der Praetorianus legte derweil ganz leicht den Kopf schief, betrachtete sie mit offener Neugierde. Die Kommissarin kannte ihn mittlerweile gut genug, um zu wissen, dass eine persönliche Frage folgen würde.

»Warum tust du das alles? Warum ist es so wichtig, diesen Zug zu stoppen? Dir persönlich, meine ich.«

Zumindest konnte sie darauf eine Antwort geben, die ihr in diesem Moment selbst guttat.

»Weil es das Richtige ist.«

»Woher weißt du das?«

»Wie kann es falsch sein, Leben zu retten?«

»Wir haben heute schon mehrere geopfert.«

*Ich weiß. Und noch vor wenigen Stunden wäre das unvorstellbar gewesen.*

Die Konfrontation mit den Konsequenzen ihres Handelns ließ Diana kurz aus ihrem klinischen Fokus auf das

Kommende zurück in den Schock über die Ereignisse der letzten Stunden gleiten. Die Kälte des Bodens der Lagerhalle spüren, die Hitze der Schläge und die Wärme der furchtbaren Berührung … Die Kommissarin fuhr geistesabwesend mit ihrer rechten Hand über ihre Wange. Verkrustetes Blut bröckelte von ihrer Haut.

*Pa-dam, pa-dam …*

Sie drehte sich zum Fenster und nahm zum ersten Mal ihr Spiegelbild in der Scheibe wahr. Blut bedeckte nach wie vor Teile ihres Gesichts. Ihr Haar war wirr verfilzt. Sie versuchte, es gerade zu streichen. Und konnte nicht verhindern, dass eine Träne über ihre Wange rann.

*Pa-dam, pa-dam, PA-DAM …*

Scalidda reagierte auf unerwartete Weise. Er zog ein weiteres Papiertaschentuch aus seiner abgelegten Jacke, beugte sich dann nach vorn und ergriff Dianas Schulter. Die Kommissarin zuckte instinktiv zusammen.

»*Calma*«, beruhigte sie der Mafioso mit ungewöhnlich sanfter Stimme. Dann hielt er das Taschentuch vor ihren Mund.

»Spuck«, sagte er nur. Diana verstand nicht ganz, aber leistete der Aufforderung Folge.

Scalidda nahm das befeuchtete Tuch und begann vorsichtig, die Blutspuren aus Dianas Gesicht zu tupfen. Die Kommissarin war in diesem Moment emotional überfordert und schaute zu Boden, ließ den Praetorianus gewähren.

Nach etwa einer halben Minute lehnte sich dieser zurück, betrachtete kurz sein Werk.

»Besser«, stellte er fest, beförderte das rot gefärbte Taschentuch dann in den kleinen Abfalleimer unter dem

Fenster. Danach lehnte er sich wieder in seinen Sitz zurück und musterte Diana aufmerksam.

»Du hast heute zum ersten Mal einen Menschen getötet.«

Er las nach wie vor in ihr wie in einem offenen Buch. Auch wenn es ihr widerstrebte, blieb der Kommissarin nichts anderes übrig, als verhalten zu nicken. Sie scheute sich, Blickkontakt aufzubauen, und starrte stattdessen stumm auf den Boden. Für eine Weile hörte sie nur das Rattern des Zuges.

»Das Dorf, in dem ich aufwuchs …«

Scalidda brach den Satz ab, suchte nach anderen Worten. Diana schaute auf, überrascht von dem plötzlichen Themenwechsel.

»Es war ein kleines Fischerdorf nördlich von Trapani«, begann der Mafioso erneut. »Alte Steinhäuser, an einer Bucht in den Hang gebaut, die ein natürlicher Hafen war.«

Sein sonst so auf die Gegenwart und seine Umgebung bedachter Blick verlor sich in der Vergangenheit.

»Das Haus meiner Familie lag an einer der Straßen, die hinunter zum Meer gingen. Es war eine steile Straße. Im Kellergeschoss, halb im Boden, gab es noch ein altes Geschäft für Lederwaren, das aber schon lange leer stand. Das Erdgeschoss lag etwas oberhalb der Straße. Und hinauf zur Haustür führte eine Treppe. Eine seitliche Treppe, die man von abwärts am Hang betreten musste. Eine Treppe mit fünf schmalen Stufen.«

*Er erzählt mir die Geschichte seines Namens*, realisierte Diana. *Aber warum jetzt? Will er mich ablenken?*

Scalidda befeuchtete sich die Lippen mit der Zungenspitze. Er formulierte seine Sätze langsam und mit Bedacht, ganz und gar nicht wie die knappen, präzisen Aussagen, die die Kommissarin von ihm gewohnt war.

»Mein Vater war ein Fischer«, fuhr der Mafioso fort. »Aber davon konnte man zu diesem Zeitpunkt keine Familie mehr ernähren. Also arbeitete er nebenbei als Geldeintreiber für den Velardi-Clan. Er machte Leuten Angst, die gewarnt werden sollten. Die Schutzgeld oder Schulden nicht bezahlt hatten. Mein Vater brachte niemanden um. Das gezielt zu tun – dazu wäre er nicht Manns genug gewesen. Er tat Menschen weh. Er war sehr gut darin, Menschen wehzutun.«

Die Velardi waren die berüchtigte Familie gewesen, die vor Dianas Geburt Trapani und Umgebung kontrolliert hatten. Bevor Adolfo Ferretti sie zu Fall gebracht hatte und Orsino Licata an ihre Stelle getreten war.

»Meine Mutter …« Scalidda hielt kurz inne, aber diesmal nicht, weil ihm die richtigen Worte fehlten. Ihn mussten immense Gefühle überkommen, denn plötzlich spiegelte sich in seinen sonst so kalten Augen eine profunde Traurigkeit. Einmal mehr fühlte sich Diana von dem Praetorianus überrascht.

»Meine Mutter war ein guter Mensch«, sagte er schließlich. »Wir hatten wenig, aber sie gab alles für mich. Um mir eine schöne Kindheit zu schenken. Auch wenn sie wusste, dass es vergebens war.«

Die Züge des Mafiosos verfinsterten sich wieder, seine Augen verengten sich.

»Es gab zwei Arten, wie mein Vater nach Hause kam. Manchmal von der Arbeit, vom Meer, von unten die Straße hinauf. Dann war er erschöpft und ruhig. An anderen Tagen kam er von oben, aus der Taverne. Dann war er betrunken. Manchmal hatte er auch einen Auftrag für die Velardi ausgeführt und den Lohn sofort versoffen. An solchen Abenden war besonders viel Gewalt in ihm. Dann schlug er meine Mutter und mich nicht nur mit den Fäusten, sondern mit allem, was ihm in die Finger kam.«

Scalidda blickte zur Seite, sammelte sich.

»So ging es jahrelang«, fuhr er fort. »Wir haben es ertragen. Haben versucht, uns gegenseitig Stärke zu geben. Bis zu einem Herbstabend, als ich sieben Jahre alt war. Es war kurz, nachdem Don Licata die Macht übernommen hatte, und diesmal war mein Vater für ihn unterwegs gewesen. Aber etwas war schiefgegangen. Der Mann, den er einschüchtern sollte, hatte auf ihn geschossen, und mein Vater musste fliehen. Den Auftrag unerledigt lassen.«

Der Praetorianus schaute wieder auf in Dianas Augen. Unter ihnen ratterten weiter die Räder des Zuges, aber ihr Geräusch schien plötzlich unendlich fern.

»Weißt du, wie wütend Vater war?«, fragte Scalidda. »Wir hörten ihn schon schreien, als er die Straße herunterkam. Mutter geriet in Panik und schloss die Tür zu. Aber mein Vater trat sie ein. Jetzt war er rasend. Er prügelte meine Mutter durch das Wohnzimmer. Schlug sie nieder, trat ihr in den Bauch. Ich wollte helfen, irgendwie, bin ihn angesprungen, habe in seinen Arm gebissen. Er hat mich gegen die Wand geschleudert wie eine lästige Fliege. Ich war so klein, so schwach. Und er war stark, mein Vater. Mutter war in die Küche geflohen und wollte nach einem Messer greifen. Aber Vater packte sie an den Haaren und zog sie zurück, und dann schlug er ihren Kopf gegen die Kante der Herdplatte.«

Scalidda hob seine rechte Hand und deutete auf sein Ohr.

»Ich höre es heute noch, weißt du?«, sagte er. »Das Geräusch, als ihre Schläfe gegen das Metall prallte. Das Knacken ihres Schädels. Dann hing sie leblos im Griff meines Vaters. Er hat sie noch fast eine ganze Minute geohrfeigt, bis er gemerkt hat, dass sie tot ist.«

Diana erschauderte. Die entsetzliche Geschichte berührte sie zutiefst – genau wie die Tatsache, dass Scalidda sich entschlossen hatte, sie mit ihr zu teilen. Auch wenn sie den Grund dafür bislang nicht verstand.

Der Praetorianus schaute sie an. Ein kaltes Feuer brannte in seinen Pupillen.

»Vorher hatte ich oft Angst gehabt«, sagte er. »Um Mutter. Auch um mich. Aber als ich dann an ihrem Grab stand, spürte ich keine Angst mehr. Nur noch Wut.«

»Hat die Polizei den Tod nicht untersucht?«, fragte Diana leise. Scalidda lächelte zynisch.

»Ein lokaler Mafioso hat sich darum gekümmert, dass es zu keiner Untersuchung kam. Immerhin war mein Vater einer von ihnen.«

*Aber jetzt bist du das selbst*, dachte die Kommissarin. Es war klar, dass ein wichtiger Teil der Geschichte noch fehlte.

»Und dann?«, erkundigte sie sich.

»Ich wartete«, entgegnete Scalidda, jetzt wieder völlig emotionslos. »Ich wartete auf den nächsten Tag, an dem mein Vater von oben auf der Straße nach Hause kommen würde. Dieser Tag kam ein paar Wochen später. Es war ein windiger Tag, aus dem eine stürmische Nacht wurde. Ich stand die ganze Zeit oben, auf dem Absatz der Treppe. Und ich konnte schon hören, dass Vater an diesem Abend besonders betrunken war. Seine Schritte waren taumelnd, und er redete mit sich selbst.«

Der Praetorianus hob leicht seine Hände, schaute darauf.

»Ich hatte eine Bratpfanne aus der Küche geholt«, fuhr er fort. »Die große, metallene Pfanne, mit der Mutter so gern gekocht hat. Sie war schwer, und ich hielt sie jetzt schon so lange. Meine Arme taten weh. Aber ich biss die Zähne zusammen. Versuchte, ruhig zu atmen. Ich trat zurück in die Tür, damit Vater mich nicht sehen konnte. Er kam die Straße herunter, Schritt für Schritt, und dann stand er neben dem Treppenabsatz und hielt sich daran fest. Jetzt war ich größer als er. Und ich rannte hinaus und schlug ihm die Pfanne über den Kopf mit aller Kraft und aller Wut, die ich in mir hatte.«

Scalidda fletschte die Zähne, in seinen Augen flackerte jetzt blanker Hass.

»Aber es warf ihn nicht um. Er schrie auf und er blutete, aber er ging nicht einmal zu Boden. Ich stand da wie eingefroren. Mein Vater sah mich an und verfluchte mich und ich wusste, dass er mich töten würde. Er torkelte um die Treppe herum und wollte zu mir herauf. Ich konnte nicht wegrennen. Wohin auch? Aber dann stolperte er. Über die unterste der fünf kleinen Stufen. Und fiel mit dem Kopf direkt auf die oberste. So lag er direkt vor mir.«

Der Mafioso atmete einmal kurz aus.

»Ich habe nicht gezögert«, sagte er. »Ich habe zugeschlagen, wieder mit aller Kraft, so oft ich nur konnte. So lange, bis sein Schädel zerplatzte.«

Diana beschlich kaltes Grauen. Und gleichzeitig fühlte sie unendliches Mitleid.

»Es war Blut für Blut«, stellte Scalidda fest. »Es war gerecht. Und es war der einzige Weg.«

Er lehnte sich nach vorn, fixierte Diana.

»Das ist es, was du verstehen musst. Manchmal muss man töten. Um sich selbst zu verteidigen oder das, was einem wichtig ist. Das hast du heute getan. Mach es dir nicht zum Vorwurf.«

Die Kommissarin verstand nun, warum ihr der Mafioso seine Geschichte erzählt hatte. Aber sie konnte seine Aussage nicht stehenlassen, ohne etwas dagegenzusetzen. Und genauso wie er gerade absolut ehrlich mit ihr gewesen war, musste auch sie es sein.

»Du hast mich vorhin gefragt, warum ich das tue«, erwiderte sie. »Warum ich diesen Zug unbedingt aufhalten will. Und ich habe gesagt, weil es das Richtige sei. Aber ich weiß nicht länger, was richtig oder falsch ist. Wo Gut anfängt und Böse aufhört. Ich kann nicht länger etwas Gutes erreichen, ohne dafür etwas Falsches zu tun. Ich …«

Diana hielt inne, formulierte dann eine Wahrheit, die sie selbst erst in diesem Moment vollends realisierte.

»Ich will nur noch mein Bestes versuchen. Irgendwie all das zumindest ein klein wenig besser machen. Vielleicht geht das nicht ohne Kompromisse. Ohne Opfer. Ich kann nur hoffen … dass ich am Ende irgendwie meine Aufgabe erfüllen kann.«

»Was siehst du als deine Aufgabe?«

»Leben zu retten.«

Scalidda nickte.

»Das zumindest ist möglich«, stellte er fest.

*Der kleinste gemeinsame Nenner.*

»Würdest du Leben retten, wenn du es kannst?«

»Wenn es mir befohlen wird.«

Da war sie wieder, Scaliddas Negation eines eigenen freien Willens. Hier nun konnte Diana ohne Einschränkungen gegenhalten. Ihr fehlte nur noch das letzte Puzzlestück.

»Was ist passiert, nachdem du deinen Vater getötet hattest?«, fragte sie. Scalidda antwortete ohne Umschweife.

»Don Licata erfuhr, was passiert war«, schloss der Praetorianus seine Erzählung. »Und er fühlte sich schuldig. Schuldig, Männer wie meinen Vater in seinen Diensten belassen zu haben. Also sorgte er dafür, dass ich zu einer guten Pflegefamilie kam. Trug zu meinem Unterhalt bei. Ermöglichte mir die Aufnahme in eine Eliteschule und danach die Ausbildung beim Militär. Dank ihm hat mein Leben an diesem Abend nicht geendet. Und dafür gehört es ihm.«

*Daher also diese Loyalität. Aber denkst du nicht gerade in denselben Schwarzweißkategorien, für die du mich naiv nennst?*

»Genauso gut könnte man sagen, dass sich Licata so einen unbedingt treuen Soldaten herangezüchtet hat«, konterte Diana.

Scalidda zuckte nur mit den Schultern. »Vielleicht hat er es nicht aus reiner Güte getan. Sicher hatte er auch praktische Gründe. Aber das ist egal. Es ist dennoch eine Schuld, die ich zu begleichen habe.«

»Allein aus Dankbarkeit?«

»Dankbarkeit würde reichen. Aber nein. Wie ich schon sagte: Don Licata hat etwas verändert. Er brachte etwas von der alten Mafia zurück. Von einer Zeit, in der es noch Regeln gab. Keine Frauen, keine Kinder. Es mag nicht perfekt sein, aber es ist besser als nichts.«

Diana verstand, wie viel diese Regeln Scalidda in Anbetracht seiner Vergangenheit bedeuten mussten. Und dass er so in seinem Weltbild zwar nicht für eine gute Sache stand, aber eben auch nicht für die schlechteste.

*Er ist so viel komplexer, als ich geglaubt habe. Und wenn ich ihn zu vorschnell verurteilt habe, dann vielleicht auch …*

Die Kommissarin wehrte den Gedanken ab, konzentrierte sich stattdessen auf die Schwachstelle in Scaliddas Argumentation. Denn auch seine Sicht war zu einfach, genau wie es die ihre gewesen war.

»Du glaubst, dass an dem Abend, an dem du deinen Vater getötet hast, der Rest deines Lebens in Stein gemeißelt wurde.«

»So war es.«

»Eine Entscheidung prägt nicht ein ganzes Leben.«

»Doch. Und die Entscheidungen, die du heute getroffen hast, werden dein Leben prägen. Aber du darfst keine Angst davor haben.«

Die Kommissarin schüttelte den Kopf, diesmal mit aller Entschiedenheit. Denn plötzlich wurde ihr klar, dass der so stark, so entschlossen scheinende Mann vor ihr in gewissem Grad immer noch der verängstigte kleine Junge geblieben war, der in einer stürmischen Nacht auf dem Absatz der kleinen Treppe gestanden hatte.

»Ich glaube, du hast Angst«, sagte sie.

»Wie kommst du darauf?« Scaliddas skeptischer Ausdruck war nicht gänzlich überzeugend.

»Weil du mich so unbedingt von deiner Sicht der Dinge überzeugen willst«, entgegnete die Kommissarin. »Und auch wenn du mit manchem recht haben magst – es gibt eine Wahrheit, vor der du davonläufst.«

Diesmal beugte sich Diana nach vorn, um Scalidda bei ihren nächsten Worten näher zu sein.

»Du hast deine Schuld bei Don Licata schon längst beglichen. Wenn du es wolltest, würde er dich gehen lassen. Aber dann müsstest du ganz allein entscheiden, wer du sein willst, und vor dieser Freiheit hast du Angst.«

Der Mafioso brach den Blickkontakt zunächst nicht, aber er konnte das kurze Aufflackern von Unsicherheit in seinen Augen nicht verhindern. Diana wusste, dass sie recht hatte. Aber es ging hier nicht darum, etwas zu beweisen. Nur darum, ehrlich miteinander zu sein. Das war in diesem Moment das Einzige, was ihr noch verblieb. Und vielleicht auch das Wertvollste.

Sie ließ Scalidda mit seinen Gedanken allein und schaute aus dem Fenster. Draußen überwog jetzt das Licht, als sie sich langsam Lamezia Terme näherten. Und damit von der unausweichlichen Konfrontation mit Don Arcuris Zug des Verderbens nur noch weniger als eine halbe Stunde entfernt waren.

Der Regionalzug rauschte auch durch den Bahnhof Lamezia Terme Centrale, ohne anzuhalten. Die Durchfahrt dauerte nur wenige Sekunden, aber hier konnte Diana zum ersten Mal Polizeikräfte erkennen, die den Zug im Blick behielten oder wartende Passagiere informierten. Die Kommissarin fühlte große Beklommenheit. Auch wenn es ihr gelungen war, die Ereignisse während der Fahrt zumindest im Ansatz aus ihrem Bewusstsein zu drängen, verblieb die Anspannung ob dessen, was noch bevorstand. Es gab so viele Variablen: Wie die Polizei reagieren würde, sobald sie zum Stillstand kamen, und wie das Zugpersonal. Mit welchen Mitteln sie die Carabinieri überzeugen könnte, Arcuris Transport zu untersuchen und dessen bewaffnete Wächter zu verhaften. Vor allem aber auch, wo genau der Zug, in dem sie sich befanden, stoppen würde.

Diana schaute zu Scalidda, der auf seinem Smartphone mittels GPS ihren Standort verfolgte. Gleichzeitig legte sich der Zug in eine Kurve, als er nach Nordosten abbog.

»Wie weit noch?«, erkundigte sich Diana.

»Bei dem Tempo etwa acht Minuten«, schätzte der Mafioso.

»Wann genau müssen wir die Notbremse ziehen, damit der Zug an dem Bahnhof zum Stehen kommt?«

Scalidda schaute auf zu ihr.

»Ich weiß es nicht«, sagte er. »Ich kenne mich mit den Bremswegen von Zügen nicht aus. Aber wir müssen stoppen, bevor die Strecke in Nicastro zweigleisig wird. Denn sonst könnte der Güterzug uns theoretisch umfahren.«

Diana überlegte. Im selben Moment wurde sie abgelenkt, als Schritte vom hinteren Teil des Zuges ihre Kabine passierten. Eine erregte Diskussion zwischen einem Mann und einer Frau war zu vernehmen. Die Kommissarin wartete einige Sekunden, öffnete dann leise die Tür und schaute nach draußen. Sie erkannte zwei Passagiere mit Koffern aus dem letzten Wagen, die nach weiter vorn im Zug liefen. An dem Abteil mit den Leichen gingen sie ohne Innehalten vorbei; es war davon auszugehen, dass der Schaffner es verschlossen und die Gardinen zugezogen belassen hatte.

Diana schloss die Tür wieder und schaute zu Scalidda.

»Zwei Passagiere«, gab sie ihre Beobachtung weiter. »Wahrscheinlich werden sie sich erkundigen, warum der Zug nicht in Lamezia gehalten hat.«

Der Praetorianus nickte.

»Hoffen wir, dass die Zugbesatzung die Nerven behält«, sagte er, musterte Diana dann kurz. »Wieso ist es dir überhaupt wichtig, dass unser Zug an dem Bahnhof hält?«, fragte er. »Auf offener Strecke ist es viel einfacher, den Transport zu blockieren.«

»Und das Risiko ist höher, dass wir auf einem schlecht beleuchteten Streckenstück mit ihm kollidieren.« Diana schüttelte den Kopf. »Nein. Auf Höhe der Station sehen sie uns aus größerer Distanz. Und die Passagiere können leichter von Bord geschafft werden.«

»Wie stellst du dir das vor?«, hakte der Mafioso nach. »Es geht nicht, bevor die Polizei eintrifft. Denn dann verlieren wir unser Druckmittel.«

Das stimmte. Es war in der Tat der Aspekt ihres Plans, der Diana die größten Sorgen bereitete.

»Ich weiß«, gestand sie ein. »Hoffen wir, dass sie schnell kommt. Ich bin sicher, dass ich sie überzeugen kann, den Transport zu untersuchen. Sobald das geschehen ist, können alle aussteigen.«

Scalidda wirkte nach wie vor skeptisch.

»Und wie willst du die Evakuierung veranlassen, ohne dass wir uns als die Entführer zu erkennen geben?«

Der Begriff bohrte sich wie ein heißes Eisen in den Kopf der Kommissarin. Wieder eine erschreckende Wahrheit, der sie sich in dieser Klarheit bisher nicht gestellt hatte. *Ich habe einen Zug entführt. Ich bin eine Kidnapperin.*

»Ich werde lügen«, gestand Diana ihre einzige Option

ein. »Behaupten, wir hätten die Entführer ausgeschaltet. In der Hitze des Moments wird es reichen. Und wenn alles vorbei ist, übernehme ich die Verantwortung.«

Scalidda betrachtete sie, nicht gänzlich ohne Anteilnahme.

»Das wird dich alles kosten«, sagte er.

Diana schüttelte den Kopf, zwang sich ein bitteres Lächeln ab.

»Das hat es bereits«, erwiderte sie wahrheitsgetreu.

Wie hatte Scalidda sie genannt? ›Die Tochter deines Vaters.‹ *Er hatte recht, oder? Wie lange will ich noch vor der Wahrheit davonlaufen?*

Der Praetorianus nickte, versuchte sich dann an einer positiveren Analyse.

»Zumindest ist die Gefahr gering, dass es zu einem Feuergefecht kommt«, hielt er fest. »Sobald der Zug hält und von Carabinieri umzingelt wird, ist das Spiel gelaufen. Arcuris Leute werden sich ergeben. Die Ermordung von gleich mehreren Polizisten würde sein Geschäft ruinieren.«

Die Aussage war sachlich logisch. Dennoch verwunderte es Diana, dass ein so auf Tatsachen orientierter Mensch wie Scalidda sich an Spekulationen versuchte. Oder zumindest, dass er nur einen möglichen Ausgang formulierte. *Tut er es, um mich aufzubauen?*

»Wir sollten trotzdem auf alles vorbereitet sein«, entgegnete Diana, unterstrich ihre Vorsicht, indem sie ihre Pistole überprüfte und auch den Verbleib der Ersatzmagazine in ihrer Tasche.

Scalidda nickte.

»Natürlich«, sagte er, inspizierte seine eigene Beretta. Dann entfernte er die Schalldämpfer von den Waffen der Agenten und reichte Diana eine der Waffen, während er die zweite als Reserve einsteckte. Die Kommissarin tat es ihm gleich.

Für einen kurzen Moment saßen sie sich schweigend gegenüber. Für einige wenige, unendlich wertvolle Sekunden herrschte noch einmal Ruhe. Die Ruhe vor dem Sturm.

*Pa-dam, pa-dam.*

Scalidda schaute auf sein Smartphone. »Noch drei Minuten bis zum Bahnhof«, sagte er. »Mach dich bereit.«

Diana stieß einmal kurz gezielt den Atem aus, stand dann auf und legte ihre Hand auf den Griff der Notbremse.

*Wir schaffen es. Wir stoppen den Zug. Wir stoppen Arcuri.*

»Jetzt?«, fragte sie angespannt.

»Warte noch«, hielt sie Scalidda zurück. Er stand auf, ging hinaus in den Gang, um durch das äußere Fenster zu schauen. Der Bahnhof von Nicastro würde sich ihnen auf der linken Seite nähern.

Der Mafioso blickte zurück auf sein Display, noch einmal einige Sekunden nach draußen in die Nacht, drehte sich dann zu Diana.

»Jetzt!«

Die Kommissarin zog die Notbremse. Der Zugführer reagierte ihren Vorgaben entsprechend und verlangsamte umgehend die Fahrt des Zuges. Die Räder quietschten lautstark auf den Gleisen. Diana lief hinaus in den Gang zu Scalidda, um besser sehen zu können. In etwa fünfhundert Metern Entfernung konnte sie das orange gestrichene Bahnhofsgebäude ausmachen. Der Zug rollte immer langsamer, passierte eine Straßenbrücke – und kam dann mit einem letzten Ruck zum Stehen.

Diana schaute nach unten. Ihr Wagen stand genau dort, wo der kurze zweigleisige Abschnitt sich wieder zu nur einem Schienenbett vereinte. Die erste Hürde war genommen: Der Regionalzug hatte so gestoppt, dass er die Weiterfahrt des Urantransports auf jeden Fall blockieren würde.

»Lass uns den Zugführern neue Anweisungen geben«, forderte die Kommissarin Scalidda auf. Dieser sah sie überrascht an.

»Jetzt schon?«, fragte er. »Wozu?«

»Weil es nicht lange dauern wird, bis die Polizei hier ist. Und dann könnte es Panik geben. Wenn wir jetzt durchsagen, dass sie die Passagiere im drittletzten Wagen sammeln sollen, lässt sich die Situation besser kontrollieren. Und die Leute sind im hinteren Teil des Zuges sicherer, sobald der Transport eintrifft.«

Scalidda wog Dianas Ausführungen kurz ab, nickte dann. Er drehte sich um und ging in den Wagen vor ihnen, wo sich die nächste Gegensprechanlage befand. Diana schaute inzwischen wieder nach draußen – und erkannte, dass sie recht gehabt hatte. Von links hinter dem Zug waren bereits die sich nähernden Blaulichter von Streifenwagen zu erkennen und das Geheul von Sirenen echote durch die Nacht. Die Polizei war ihnen wahrscheinlich schon während der ganzen Fahrt durch Lamezia Terme gefolgt.

Die Kommissarin schaute auf ihre Uhr. Dreiundzwanzig Uhr neunzehn. Ein klein wenig Spielraum sollte ihnen noch bleiben.

Scalidda kehrte zurück, nahm die ankommenden Einsatzkräfte ebenfalls wahr.

»Zeit, auszusteigen«, sagte er. Diana war verwundert.

»Sollten wir nicht noch warten, bis der Transport da ist?«

Der Mafioso schüttelte den Kopf.

»Die Polizei wird unseren Zug umstellen. Danach kommen wir nicht mehr raus, ohne uns lange erklären zu müssen.«

Das stimmte natürlich.

»Dann suchen wir uns einen Ort, wo wir uns fürs Erste verborgen halten können«, schlug die Kommissarin vor.

»*Va bene*«, entgegnete Scalidda.

Der Praetorianus ging voraus zur Tür im hinteren Teil des Wagens. Als sie die Kabine des schlafenden Mannes passierten, fand Diana diesen noch immer mit geschlossenen Augen. Er hatte von den schrecklichen Ereignissen innerhalb des Waggons nichts mitbekommen. *Beneidenswert.*

Auf der nördlichen Seite waren die Lichter und Sirenen jetzt bereits auf Höhe des Zuges, fuhren eine Straße ein Stück entfernt vom Bahndamm entlang. Scalidda stemmte sich gegen die entgegengesetzte Tür, um diese manuell zu öffnen. Mit etwas Anstrengung gelang es ihm.

Sie sprangen nach draußen auf den Schotter, sahen sich um. An das Gleisbett schloss sich an dieser Seite ein schmaler, niedriger Graben an, hinter dem sich eine Betonmauer erhob, auf der ein bläulicher Zaun den Übergang zu einer überwucherten Brachfläche abgrenzte. Sowohl Mauer als auch Zaun waren überwindbar, die Büsche dahinter konnten Deckung bieten. Gleichzeitig aber würde es von dort aus unmöglich werden, unauffällig zurück auf das Bahnhofsgelände zu gelangen.

Der Mafioso schien denselben Gedanken gehabt zu haben, denn er bedeutete der Kommissarin mit einem Winken, mit ihm weiter nach vorn zu kommen. Sie liefen gebückt unterhalb der Fenster des Zuges nach vorn. Diana hoffte, dass in den Wagen neben ihnen im selben Moment ihre Anweisungen zum Schutz der Passagiere umgesetzt wurden.

Als sie den Triebwagen erreichten, lugte Scalidda kurz vorsichtig in die Fahrerkabine. Er duckte sich schnell wieder, drehte sich zu Diana und hob einen Finger. Also war der Zugführer nach wie vor an seinem Posten und würde sie sehen, wenn sie weiter nach vorn vordrangen. Die Kommissarin manövrierte sich vorsichtig an dem Mafioso vorbei, schaute sich um. Der von dem blauen Zaun begrenzte Graben erstreckte sich zu ihrer Rechten noch ein Stück weiter, während links vom Gleis hier bereits das äußerste Ende des Bahndamms lag. Diana warf einen Blick um die Front des Wagens herum. Weiter links über die Gleise sah sie eine relativ große Ruine, die scheinbar einmal eine Scheune gewesen war. Doch sämtliche Türen und Fenster waren zubetoniert. Hier würden sie kein Versteck finden. Und in exakt diesem Moment fuhren die ersten Streifenwagen auf eine Zufahrt neben dem verfallenen Gebäude und bremsten dort.

Diana schaute zurück zu Scalidda, um eilig den nächsten Schritt zu klären – doch der Mafioso sah gar nicht in Richtung der ankommenden Einsatzkräfte, sondern geradeaus nach vorn. Die Kommissarin folgte seinem Blick. Und erkannte die Scheinwerfer, die sich aus der Gegenrichtung dem Bahnhof näherten. Der Zug war da. *Eher als gedacht.*

Ab diesem Moment überschlugen sich die Ereignisse.

Der Urantransport fuhr mit hoher Geschwindigkeit. Dementsprechend trat der Führer des Zuges hart auf die

Bremsen, sobald er den Regionalexpress auf den Gleisen stehen sah. Selbst aus der Distanz sah Diana das Sprühen der Funken und hörte das Kreischen, das ihr bis ins Mark drang. Dabei kam der Transport noch immer rapide schnell näher, die massive silbergraue Lokomotive wurde größer und größer in ihrem Blickfeld. Die beiden Scheinwerfer flammten vor ihren Augen wie zwei kalte Sonnen. Hinter sich hörte sie, wie die Tür der Fahrerkabine geöffnet wurde und der Fahrer des Personenzugs in Panik auf das Gleisbett sprang. Sie spürte auch Scaliddas Hand an ihrem rechten Arm, der Mafioso wollte sie zur Seite in Sicherheit ziehen, doch Diana schüttelte ihn ab und blieb unbeirrt stehen.

Aus den Augenwinkeln nahm sie wahr, wie links von ihr die auf das Bahngelände vorstoßenden Polizeikräfte ebenfalls innehielten und die Notbremsung des Transports verfolgten. Lauter und lauter wurde das Quietschen. Näher und näher kam der Zug der 'Ndrangheta. Und dann, endlich, kam er zum Stillstand – mit seiner Lokomotive auf Höhe des Bahnhofsgebäudes, vielleicht dreißig Meter entfernt vom Standort der Kommissarin.

*So unendlich knapp.*

Und trotz der immensen Anspannung keimte tief in Diana ein Gefühl großer Genugtuung auf.

*Er steht. Ich habe es tatsächlich geschafft. Wir haben es geschafft.*

Für einen kurzen Moment geschah gar nichts – alle beteiligten Parteien mussten sich zunächst ein Bild von der unerwarteten Lage machen. Diana bemerkte, dass Scalidda sich von ihrer Seite wegbewegte, einen Schritt in den Graben hinein trat und die Längsseite des Güterzugs aufmerksam beobachtete. Dabei musste er seine Augen abschirmen, um nicht von den hellen Scheinwerfern geblendet zu werden. Die Kommissarin machte selbst einen Schritt zur Seite, um einen Überblick über die Anzahl der Wagen zu bekommen. Sie zählte zwölf – der Transport war nicht übertrieben lang. Die vorderen Waggons waren normale Containerwagen, doch der vorletzte war ein Transportwaggon mit Schiebetüren und ganz hinten befand sich ein massiver, metallener Wagen. In ihm musste die atomare Fracht verborgen sein. Doch wo befanden sich die Killer, die den Transport sicherten?

Bevor Diana weitere Details erkennen konnte, wurde ihre Aufmerksamkeit von den Carabinieri und Polizisten zu ihrer Linken abgelenkt. Deren Einsatzleiter gab seinen Leuten im selben Moment die Anweisung, sich um den Personenzug herum in Stellung zu bringen. Dann schaute er zu der Kommissarin, die er sicher bereits vorher wahrgenommen hatte, und schickte vier seiner Männer in ihre Richtung los.

Diana spannte sich an. Die vier Männer kamen mit gezogenen aber gesenkten Waffen auf sie zu. Gleichzeitig hoben sie leicht die linke Hand, um von den nach wie vor voll aufgedrehten Scheinwerfern des Transports nicht geblendet zu werden.

»Wer sind Sie?«, fragte einer der Carabinieri, ein etwas älterer rothaariger Mann. »Was machen Sie hier? Kommen Sie aus dem Zug?«

»Commissaria Diana Brandt von der deutschen Polizei«, identifizierte sich die Kommissarin. »Bitte erlauben Sie mir, mich auszuweisen.«

Die Männer tauschten einen überraschten Blick aus, nickten dann. Diana zog vorsichtig ihren Dienstausweis aus der Jackentasche und reichte ihn dem italienischen Kollegen. Dabei beobachtete sie, wie die anderen Polizisten den Regionalzug umstellten. Niemand schenkte dem Güterzug in diesem Moment Beachtung. Im Hintergrund kamen derweil weitere Einsatzkräfte an. *Hoffentlich bald auch eine Spezialeinheit.*

Der Carabiniere inspizierte Dianas Ausweis, musterte sie dann.

»Sie sind die Kommissarin, die seit heute Mittag vermisst wird«, stellte er fest. Diana nickte, froh, dass so zumindest ein persönlicher Bezug zustande kam.

»Ja«, bestätigte sie. »Hören Sie, es bleibt nicht viel Zeit für Erklärungen. Dieser Zug …«

»Einen Moment bitte«, unterbrach sie der rothaarige Polizist. Er wandte sich an einen seiner Kollegen, deutete in Richtung des Güterzugs.

»Matteo«, wies er ihn an. »Geh zu den Idioten und sag ihnen, sie sollen ihre Scheinwerfer ausmachen. Sie gefährden die ganze Operation.«

Der jüngere Carabiniere nickte und setzte sich in Bewegung. Diana nahm den Vorgang mit großer Besorgnis wahr.

»Das könnte gefährlich sein«, wandte sie ein.

»Es gab eine Bombendrohung in diesem Zug«, entgegnete der Polizist, auf den Personenzug zeigend. »Wissen Sie davon?«

»Ja. Sie müssen sich keine Sorgen mehr machen. Wir konnten die Täter außer Gefecht setzen.«

Der Mann betrachtete die Kommissarin mit einer Mischung aus Überraschung und Skepsis, hakte dann an der ungünstigsten denkbaren Stelle nach.

»Wer ist wir? Reden Sie von sich und ihm?«

Er deutete auf Scalidda, der in diesem Moment aus dem Graben zurück auf das Gleisbett trat.

»Ja. Ein Kollege«, log Diana weiter.

»Von welcher Questura?«

Bevor Diana weiter antworten konnte, wurde sie von Scalidda unterbrochen, der die Polizisten komplett ignorierte, seine Hand auf ihre Schulter legte und sie ernst ansah.

»Sie steigen aus«, sagte er nur. Die Worte reichten, um Diana eine Gänsehaut über den Rücken zu jagen. Wie würden Arcuris Killer jetzt reagieren?

Der Carabiniere verstand natürlich nicht, wovon die Rede war, und reagierte entsprechend irritiert.

»Wer steigt aus?«, fragte er. »Was geht hier eigentlich vor sich?«

»Einen Moment«, erwiderte Scalidda lediglich, machte einige Schritte nach vorn und beobachtete dann die zum Bahndamm zeigende Seite des Güterzugs. Diana folgte ihm – und sah augenblicklich die schattenhaften Gestalten, die sich nach vorne schlängelten, an die Waggons gepresst und dann zwischen ihnen in Deckung gehend. Einige andere Mafiosi sprinteten unbemerkt von den Polizeikräften hinüber zum Bahnhofsgebäude. Letztere waren klar erkennbar mit Sturmgewehren bewaffnet. Das Schutzkommando bereitete einen Angriff vor. Aber warum nur? Welchem Zweck sollte das jetzt noch dienen?

»Das sind mehr als zehn«, hielt Scalidda zwischen zusammengepressten Zähnen fest.

Im selben Moment erreichte der Carabiniere namens Matteo die Lokomotive, rief Anweisungen in Richtung der Zugführer.

Scalidda drehte sich um und wandte sich an den älteren Polizisten.

»Holen Sie Ihren Mann zurück und gehen Sie gegen den Güterzug in Stellung«, forderte er ihn auf. »Sie haben über ein Dutzend schwer bewaffnete Feindeinheiten, die den Zug verteidigen werden.«

»Wovon reden Sie?« Der Mann war nun völlig überfordert. »Wir sind hier wegen einer Bombendrohung in dem Regionalexpress. Wer oder was soll sich denn bitte in dem Güterzug befinden?«

»Es ist ein Atommülltransport der 'Ndrangheta«, warf Diana eindringlich ein. »Ein Transport der Weißen Route Eins. Davon haben Sie schon einmal gehört, oder?«

Der Mann zögerte, wirkte immer noch verwirrt, aber geriet zumindest ins Nachdenken. Er sah zu seinen Kollegen, dann in Richtung des Einsatzleiters auf dem Bahnsteig gegenüber.

»Colonnello?«, rief er.

Aber der Vorstoß kam zu spät, denn bereits im nächsten Augenblick geriet die Situation völlig außer Kontrolle.

Diana hatte nicht damit gerechnet, dass auch die Zugführer Mafiosi sein könnten – aber so war es. Plötzlich fiel ein Schuss aus Richtung der Lokomotive. Die Kommissarin fuhr ebenso herum wie die Carabinieri – und sie alle sahen den jungen Polizisten tot auf die Gleise fallen.

»In Deckung!«, hörte Diana Scalidda schreien, bevor der Praetorianus eine Sekunde später von der Seite auf ihr landete und sie zu Boden riss, wo sie hart auf den groben Schotter knallte. Aber seine Blitzreaktion rettete wahrscheinlich ihr Leben, denn bereits eine Sekunde später wurden sie von rechts neben dem Güterzug unter Beschuss genommen. Das harte Wummern einer Maschinengewehrsalve war zu hören und großkalibrige Kugeln durchbohrten die drei Carabinieri, die in Schockstarre vor der Kommissarin stehen geblieben waren. Die Männer fielen direkt um sie herum zu Boden, einer verwundet und schreiend, zwei bereits leblos, wobei der tote Körper des rothaarigen Polizisten halb auf Scalidda und Diana zum Liegen kam.

Der Mafioso drückte den Leichnam zur Seite, zog seine Pistole und feuerte auf die Scheinwerfer des Transports. Er brauchte nur jeweils zwei Schüsse, um die blendenden Strahler endlich zum Erlöschen zu bringen. Dann drehte er sich um und zerstörte mit zwei gezielten Kugeln auch die Lichter der Regionalzugs direkt hinter ihnen. Damit wurde es zwar nicht dunkel, denn noch immer kam genügend Licht von den Bahnsteiglampen, aber zumindest befanden sie sich nicht mehr auf dem Präsentierteller zwischen zwei Lichtkegeln und konnten gleichzeitig ihre Feinde neben dem Güterzug besser erkennen.

»In den Graben!«, hisste Scalidda.

Diana folgte dem Befehl instinktiv, rollte seitwärts über das rechte Gleis und den Schotter, bis sie in der niedrigen, mit Unkraut bewachsenen Ausbuchtung zum Liegen kam. Zum Glück geriet sie zunächst nicht noch einmal unter Beschuss, denn auch diese Position bot nur wenig Deckung.

Die Kommissarin presste ihren Kopf gegen die Erde, zog gleichzeitig eine der Pistolen und lugte dann vorsichtig über den Rand des Grabens. Durch die Lücke zwischen den Zügen konnte sie in Bruchstücken das Pandämonium erkennen, das auf den Bahnsteigen ausgebrochen war. Die 'Ndranghetisti hatten die Polizeikräfte von der gegenüberliegenden Seite des Güterzugs unter Beschuss genommen, zudem vom Bahnhof her, und auch oben auf einem der Containerwaggons konnte sie Mündungsfeuer ausmachen. Die Carabinieri waren völlig überrascht worden, da sie ihre Positionen für mögliche Angriffe aus dem Personenzug heraus ausgerichtet hatten, und waren immer noch im Begriff, sich gegen den neuen Feind umzuformieren. Mehrere Polizisten lagen tot oder verwundet auf dem Boden.

*Das ist doch Wahnsinn! Reiner Wahnsinn!*

Zwei Polizeiwagen preschten über die Wiese neben der Ruine hinaus auf den Bahndamm und hielten dort mit quietschenden Reifen. Die Fahrer hechteten durch die Beifahrertüren hinaus auf den Boden, hatten mit ihrer heldenhaften Spontanaktion zumindest eine Deckung für ihre Kollegen geschaffen. Sämtliche Carabinieri rannten und robbten hinter die Fahrzeuge, die in diesem Moment bereits von weiteren Sturmgewehrsalven getroffen wurden. Die Polizisten erwiderten das Feuer mit ihren Berettas und auch einigen Maschinenpistolen, waren den Mafiosi aber von der Durchschlagskraft der Waffen unterlegen.

Scalidda war vor dem Regionalzug liegen geblieben, zog sich aber in diesem Moment rückwärts unter die Vorderräder des Triebwagens. Diana verstand sein Handeln im ersten Moment nicht, denn strategisch limitierte es seinen Handlungsspielraum enorm. Doch dann wanderte ihr Blick weiter nach rechts und sie sah die drei in Schwarz gekleideten 'Ndranghetisti, die sich entlang der Lokomotive des Transports nach vorne pressten. Die Direktive der Männer war naheliegend: Sie wollten hinter die Deckung des Personenzugs vorstoßen und die Polizeikräfte von der Seite ins Kreuzfeuer nehmen.

Die Mafiosi erreichten das vordere Ende der Lokomotive, feuerten von dort eine Garbe in Richtung der auf den Gleisen liegenden Carabinieri. Das Stöhnen des Verletzten verstummte daraufhin. Diana musste hart schlucken.

Gleichzeitig sah sie einen entstehenden Vorteil, denn unter Umständen hatten Arcuris Männer den verletzten Polizisten für den Mann gehalten, der auf die Scheinwerfer geschossen hatte, und rechneten jetzt auf dieser Seite des Zuges nicht mehr mit Gegenwehr. Andererseits – Scalidda befand sich unter dem Zug in einer extrem gefährlichen Position, aus der heraus er maximal einige Sekunden würde agieren können. Diana musste die Hauptlast eines Abfangmanövers tragen. Aber was konnte sie tun, um allein mit ihren Pistolen drei Männer zu stoppen, die mit Sturmgewehren bewaffnet waren?

Die Kommissarin presste sich so tief wie sie konnte gegen den Boden, verließ sich auf ihr Gehör, dachte im selben Moment fieberhaft nach. Sie vernahm, wie die Mafiosi über den Schotter rannten. Bei ihrem Versuch, die Distanz zwischen den Zügen zu überbrücken, wurden sie scheinbar von den Carabinieri bemerkt, denn plötzlich fielen Schüsse und einige Kugeln pfiffen über Dianas Kopf hinweg durch die Luft. Die 'Ndranghetisti erwiderten das Feuer, rannten weiter. Die Kommissarin hörte einen von ihnen aufschreien und stürzen. Sie zog sich vorsichtig ein Stück nach oben, sah, wie der Mann sich verletzt auf dem Boden wälzte, während seine Kumpane im selben Moment den Triebwagen des Regionalzugs erreichten und dahinter in Deckung gingen.

Einer der beiden Mafiosi machte einige Schritte weiter, deutete auf die Trittbretter an der Seite, über die man auf das Dach des Waggons gelangen konnte. Offensichtlich wollte er die Polizeikräfte von oben unter Beschuss nehmen. Das konnte Diana nicht geschehen lassen. Aber wie sollte sie vorgehen? Egal, wie schnell sie schoss, die Männer würden das Feuer erwidern. Bei Waffen dieses Kalibers konnte sie nicht sicher sein, ob ihre Weste einen Treffer abhalten würde. Und da auch die Killer schusssichere Westen trugen, hätte sie ihnen zur Risikominimierung ohne Vorwarnung in den Kopf schießen müssen. Dazu sah sie sich nicht imstande. Also, was blieb?

Eine Sekunde später eskalierte die Situation noch weiter. Der Mafioso, der vorhatte, aufs Dach zu klettern, signalisierte seinem Mitstreiter, dass dieser vorn um den Triebwagen herum angreifen solle. Doch der Mann schüttelte den Kopf und zeigte stattdessen unter die Räder, andeutend, dass er unter den Zug zu kriechen gedachte. *Er wird Scalidda finden.*

Der erste Mafioso hob den Daumen, warf sich sein Gewehr am Riemen über die Schulter, begann, an den Leitersprossen hinaufzuklettern. Der zweite Mann ging in die Knie. In diesem Augenblick feuerte Scalidda und zertrümmerte mit zwei Schüssen das Schienbein des Mafiosos. Der 'Ndranghetista schrie auf, fiel nach hinten, wurde dabei von einem dritten, tödlichen Schuss im Oberkörper getroffen. Sein Spießgeselle reagierte blitzschnell, stieg zurück auf die unterste Stufe der Leiter und legte von dort mit dem Gewehr an, um außerhalb von Scaliddas Schussfeld unter den Zug zu feuern.

Diana schnellte nach oben und trat mit gezogener Waffe aus dem Graben.

»Lass die Waffe fallen!«, befahl sie dem Killer.

Doch dieser dachte nicht daran, der Anweisung Folge zu leisten, zog sich stattdessen wieder in eine gerade Haltung und schwenkte sein Gewehr in Richtung der Kommissarin. Diana hatte keine andere Möglichkeit. Sie riss ihre Pistole leicht nach oben, zielte auf den Kopf des Mannes und drückte ab. Die Kugel durchschlug die Stirn des Mafiosos, Blut spritzte hinter ihm gegen die Wand des Triebwagens. Dann fiel er leblos vornüber zu Boden.

Im gleichen Moment blitzte rechts von Diana Mündungsfeuer auf. Und als ihr klar wurde, dass sie den verletzten 'Ndranghetista außer Acht gelassen hatte, traf sie die Gewehrkugel bereits in die Brust.

Der Aufprall war so heftig, dass er die Kommissarin von den Beinen und nach hinten zurück in den Graben riss. Sie schlug mit dem Kopf zwischen Unkraut und Schotter auf, schnappte nach Luft. Ihr Brustkorb brannte, vor ihren Augen tanzten gleißende Irrlichter. Aber trotz alldem stand ihr ein Gedanke klar vor Augen: Der verwundete Mafioso würde als Nächstes auf Scalidda schießen. Und sie war sich sicher, dass der Praetorianus aus seiner aktuellen Position nicht würde zuerst feuern können. Die rechten Vorderräder würden das Schussfeld seiner Pistole blockieren, während eine Salve aus dem Sturmgewehr eine große Wahrscheinlichkeit hatte, ihn zu treffen.

*Hilf ihm!*

Diana zwang sich nach oben, schrie dabei auf, sowohl ob des Schmerzes, der durch ihren Oberkörper brandete, als auch, um überhaupt bei Sinnen zu bleiben. Sie taumelte aus dem Graben heraus nach vorn, sah, dass der 'Ndranghetista tatsächlich bereits in Richtung des Triebwagens angelegt hatte.

»Nein!«, schrie sie laut, zielte ihrerseits auf den Verwundeten, aber ihr Stand war zu unsicher und ihr Blick zu sehr getrübt. Sie gab drei Schüsse ab, und alle verfehlten ihr Ziel.

Der Mann schwang sein Sturmgewehr erneut herum. Diana sah Hass in seinen Augen blitzen. Und dann den noch helleren Blitz des Mündungsfeuers.

Wieder wurde die Kommissarin getroffen, diesmal von zwei Kugeln. Wieder raubte die Wucht des Aufpralls ihr den Atem, riss sie von den Beinen. Doch erneut hatte sie Glück, dass der ebenfalls durch seine Verletzungen beeinträchtigte Mafioso weder ihre Beine noch ihren Kopf traf, sondern ihren geschützten Oberkörper.

Diesmal hatte Diana das Gefühl, als würde eine der Kugeln tief in ihrer Brust stecken. Aber dann wäre längst Blut in ihren Mund gestiegen. War vielleicht nur ein Stück Rippe zertrümmert?

Tränen liefen aus ihren Augen und vermischten sich mit dem Schweiß auf ihrem Gesicht. Jede Sekunde erwartete sie eine weitere, diesmal tödliche Garbe. Doch stattdessen hörte sie den erlösenden Schuss aus Richtung des Triebwagens. Und sie wusste, dass Scalidda ihren Gegner außer Gefecht gesetzt hatte. Nunmehr endgültig.

Das Echo des andauernden Feuergefechts auf der anderen Seite des Bahnsteigs hallte dumpf in Dianas Ohren wider. Das Nächste, was sie spürte, waren Scaliddas Hände auf ihren Armen. Der Praetorianus beugte sich über sie, betrachtete sie mit einem Blick, in dem große Sorge stand. Sorge und auch Überraschung, die Diana in diesem Moment voller eigener Verwirrung nicht verstand.

»Kannst du atmen?«, fragte der Mafioso. Die Kommissarin nickte.

Scalidda zog ihre Jacke zur Seite, betrachtete die Einschusslöcher in der Weste. Auch Diana legte den Kopf an und sah die drei Löcher, in deren Mitte deformiertes Metall prangte. Die Panzerung hatte gehalten. Gerade so.

»Das war reines Glück«, hielt Scalidda fest. »Was du getan hast, war Wahnsinn. Du hättest sterben können!«

*Er versteht es noch immer nicht.*

Diana gab die einzige Antwort, die ihr sinnvoll erschien.

»Du auch.«

Scalidda sah ihr in die Augen, fragend, unsicher. Aber dann wischte er die Konfusion beiseite und agierte einmal mehr rein als Soldat.

»Komm hoch«, forderte er Diana auf, reichte ihr seine Hand und zog sie nach oben. Die Kommissarin biss die Zähne zusammen, denn der Schmerz in ihrer Brust war nach wie vor stechend.

Scalidda bugsierte sie in die Deckung hinter dem Triebwagen, ging dann in die Hocke und nahm die Sturmgewehre der getöteten 'Ndranghetisti an sich, von denen er eines an Diana weitergab.

»Kannst du damit umgehen?«, fragte er.

Die Kommissarin inspizierte die Waffe kurz. Es handelte sich um eine Beretta AR70, ein auch bei den italienischen Polizeikräften verbreitetes Modell. Diana hatte es nie zuvor in der Hand gehabt, aber es war ähnlich genug den Gewehren, mit denen sie für Sondereinsätze trainiert worden war. Sie entsicherte die Waffe und schaute zu Scalidda.

»Lass uns das zu Ende bringen«, erwiderte sie nur.

Die Kommissarin übernahm die Führung, machte einen Schritt vor den Triebwagen und winkte in Richtung der

Polizeikräfte, die nach wie vor in den Schusswechsel mit den ’Ndranghetisti verwickelt waren. Die beiden als Barriere dienenden Einsatzwagen waren mittlerweile von Kugeln zersiebt und boten nur noch unzureichend Deckung. Zum Glück kam im Hintergrund neben der Ruine weitere Verstärkung an, darunter ein schwarzer Bus, von dem Diana hoffte, dass er Spezialkräfte transportierte.

Eine junge Polizistin, die hinter einem der Autos nahe zu dem Personenzug in Deckung lag, nahm Dianas Winken wahr. Zunächst zielte die Carabiniera mit ihrer Pistole auf die Kommissarin. Diana konnte nur hoffen, dass die Frau an ihrem Verhalten erkennen würde, dass sie kein Feind war, und gab der Polizistin mit weiteren Handgesten zu verstehen, dass sie die Absicht hatten, an der Außenseite des Güterzugs vorzustoßen und die zwischen den Wagen verschanzten Killer von der Seite anzugreifen. Im selben Moment würde auch die Polizei einen Vorstoß wagen müssen.

Glücklicherweise verstand die junge Carabiniera schließlich die Intention der Kommissarin, senkte ihre Waffe und zeigte Diana den Daumen nach oben. Dann robbte sie ein Stück in Richtung der Ruine, um sich mit ihren Kollegen zu besprechen.

Diana drehte sich zurück zu Scalidda.

»Wir nehmen sie in die Zange«, erläuterte sie ihr Vorhaben. »Die Polizei von links, wir von rechts. Ihr Fokus liegt auf den Einsatzkräften, damit haben du und ich den Überraschungseffekt.«

Der Praetorianus überlegte kurz, nickte dann.

»*Va bene*«, erwiderte er. »Aber zuerst müssen wir die Gegner oben auf dem Zug ausschalten.«

Damit hatte er recht. Diana wusste nicht, wie viele Mafiosi sich auf der erhöhten Position befanden, aber nach den Reflektionen des Mündungsfeuers zu schließen hatten sie sich auf dem zweiten Containerwaggon hinter der Lokomotive verschanzt. Doch wie waren sie hinaufgekommen? Die Container hatten keine Stufenleitern. Die Kommissarin konnte sich nur vorstellen, dass Don Arcuris Männer Seile mit Enterhaken benutzt hatten. *Sie waren auf das hier vorbereitet.*

»Wie kommen wir an sie heran?«, fragte Diana Scalidda.

Der Angesprochene betrachtete den Güterzug, kniete sich dann hin, durchsuchte noch einmal die Leichen der beiden 'Ndranghetisti zu ihren Füßen. Und förderte aus der Jacke des einen Toten tatsächlich eine Handgranate zu Tage, die er Diana präsentierte, während er wieder aufstand.

»Nur ein Versuch«, sagte er.

Die Kommissarin nickte, schaute noch einmal um den Triebwagen herum. Dann stieß sie gemeinsam mit Scalidda vor, jetzt beobachtet von den Carabinieri, von denen sie hoffte, dass sie halbwegs synchron mit ihnen agieren würden. Als sie die Lokomotive des Transports erreichten, pressten sie sich augenblicklich eng an deren Außenwand, um nicht versehentlich ins Blickfeld der Mafiosi auf dem Waggondach zu geraten.

Plötzlich war von oben auf dem Zug ein dumpfes Zischen zu hören. Diana konnte das Geräusch im ersten Moment nicht identifizieren – aber bereits eine Sekunde später explodierte eines der schützenden Polizeiautos in einem Feuerball, als es von der abgefeuerten Panzerfaust getroffen wurde. Carabinieri wurden durch die Druckwelle nach hinten geschleudert, von Glas- und Metallsplittern durchsiebt.

Die Grausamkeit der 'Ndranghetisti war ebenso schockierend wie das Ausmaß ihrer Bewaffnung.

Warum nur tun sie das?, dachte die Kommissarin. *Nach dieser Tat wird die ganze Polizei Italiens Jagd auf Don Arcuri machen.*

Im selben Augenblick wurden die nun teils wieder schutzlos und verletzt auf dem Bahnsteig liegenden Polizisten erneut unter Beschuss genommen. Diana vernahm Schmerzens- und Todesschreie.

*Jemand muss ihnen helfen. Ich muss ihnen helfen.*

Sie fuhr herum, sah, dass Scalidda bereits angesetzt hatte, nach ihrer Schulter zu greifen.

»Jetzt oder nie«, forderte der Praetorianus sie auf.

Die Kommissarin nickte, nahm ihr Gewehr in Anschlag. Gemeinsam rannten sie rechts entlang des Güterzugs, verlangsamten ihre Schritte auf Höhe des ersten Containerwaggons, pressten sich dann gegen die Wand des zweiten Wagens. Im selben Moment war von dessen Dach das Klicken eines Gewehrs im Leerlauf zu hören, als zumindest einem der Mafiosi die Munition ausging und er nachladen musste. Ein zweiter Mann feuerte indessen in kurzen Garben weiter.

Scalidda machte einen Schritt weg vom Waggon, nahm die Granate in die Hand und zog den Sicherungsstift. Er zählte lange – *eins, zwei, drei, vier, fünf*. Dann schleuderte er die Granate zielgenau nach oben auf den Container, presste sich umgehend ebenso eng an dessen Wand wie Diana. Nur eine Sekunde später kam es über ihnen zur Explosion.

Es war kein Schrei zu hören, nur der dumpfe Knall der Detonation. Auf den Schotter neben Diana wurden Fragmente von Metall geschleudert, ebenso Körperteile. Etwas Feuchtes benetzte ihr Haar. Für einen kurzen Moment musste sie die Augen schließen, nur ihr Atmen hören, in die Dunkelheit entfliehen. Dann riss sie sich zusammen, sah wieder zu Scalidda, der nach vorn deutete.

Diana umklammerte ihr Sturmgewehr mit schweißnassen Händen, schob sich an der Wand des Containers entlang. Aus der Lücke zwischen diesem Wagen und dem nächsten waren einzelne Schüsse zu hören, die plötzlich aber überlagert wurden von einem Sperrfeuer aus Richtung der Polizeiblockade, wo die Einsatzkräfte in diesem Moment zweifellos ihren Vorstoß begannen.

Die Kommissarin atmete einmal tief aus, drehte sich dann um die Ecke des Containers. Sie sah zwei schwarz gekleidete Mafiosi, die mit ihren Waffen auf den Bahnsteig zielten.

»Keine Bewegung!«, schrie die Kommissarin sie an.

Die Männer fuhren herum – aber hielten tatsächlich inne und senkten ihre Gewehre, zumindest für einen Moment. Sie mussten realisieren, dass es vorbei war. Und das taten sie – jedoch auf eine für Diana völlig unverständliche Art.

Die 'Ndranghetisti schauten sich gegenseitig an, dann zurück zu ihr, und beide schüttelten nur den Kopf. Daraufhin hoben sie ihre Waffen wieder, aber sie taten es langsam, gaben der Kommissarin alle nötige Zeit, um zu reagieren. *Sie wollen sterben?*

Diana war wie erstarrt. Sie konnte nicht feuern. Nicht unter diesen Umständen. *Was geht hier eigentlich vor?*

Plötzlich spürte sie Scaliddas eisenharten Griff, als der Praetorianus ihre Schulter packte und sie zur Seite auf den Schotter schleuderte. Dann feuerte er selbst in den Zwischenraum, mähte beide 'Ndranghetisti damit nieder.

Diana stemmte sich wieder nach oben, war jetzt völlig verwirrt. Sie schaute durch die Lücke, sah auf der anderen Seite die Polizeikräfte über den Bahnsteig vordringen. Von weiter hinten am Zug und auch vom Bahnhofsgebäude her waren noch einige einzelne Pistolenschüsse zu hören. Eine Gänsehaut legte sich über den Körper der Kommissarin, denn sie hegte die düstere Ahnung, dass es keine letzten Abwehrversuche waren – sondern die überlebenden Mafia-Killer, die sich selbst richteten.

Das konnte nicht die normale Loyalität sein, die Don Arcuri einforderte. Es musste mehr bedeuten. Aber was?

Diana schaute fragend zu Scalidda, und der Mafioso verstand instinktiv, was ihr durch den Kopf ging. Doch auch er konnte nur ratlos mit dem Kopf schütteln.

Im selben Moment wurde die Kommissarin von einer Taschenlampe geblendet. Polizeikräfte stießen nun auch auf dieser Seite des Zuges vor.

»Waffen weg und Hände hoch!«, wurden sie aufgefordert.

Sowohl Diana als auch Scalidda kamen dem Befehl nach. Die Polizisten umzingelten sie, nahmen ihre Sturmgewehre und auch die Pistolen an sich, schritten aber nicht direkt zu einer Verhaftung. Die Kommissarin bemerkte, dass sich unter den Männern und Frauen die junge Carabiniera befand, mit der sie sich über die Gleise hinweg ausgetauscht hatte. Ihr Gesicht war ebenso wie ihre Kleidung mit Ruß bedeckt.

»Haben Sie die Männer auf dem Dach ausgeschaltet?«, erkundigte sich die italienische Kollegin. Diana nickte.

»Darf ich mich ausweisen?«, fragte sie. Dies wurde ihr gestattet und so präsentierte sie einmal mehr ihren Ausweis.

»Sie sind die gesuchte deutsche Kommissarin«, hielt die Carabiniera fest. Diana nickte erneut nur, war zu erschöpft für große Worte.

»Und wer ist er?«, hakte die Polizistin mit Blick auf Scalidda nach.

Vor dieser Frage hatte die Kommissarin Angst gehabt, denn sie wusste keine gute Antwort darauf. Doch zu ihrem Erstaunen blieb Scalidda vollkommen ruhig.

»Militärischer Sondereinsatz«, erwiderte der Mafioso. »Überprüfen Sie Ihr Codebuch. Wochencode Eins-Sieben-Sieben-Alpha-Tango-Neun.«

Die Carabiniera war sichtlich überrascht, zog dann aber eine kleine rechteckige Karte in einer Plastikhülle aus ihrer Uniform. Sie las die darauf vermerkten Nummern im Schein der Taschenlampe, schaute dann wieder zu Scalidda.

»Code bestätigt«, sagte sie. »Können Sie uns mehr über die Operation sagen? Wer waren die Männer, die auf uns geschossen haben?«

»Eins nach dem anderen«, erwiderte der Praetorianus mit natürlicher Autorität. »Zunächst einmal müssen wir den letzten Waggon dieses Zuges in Augenschein nehmen. Bitte bezeugen Sie den Vorgang.«

Die Carabiniera schaute zu ihren drei Kollegen, alle nickten. Diana versuchte zu verstehen, was vor sich ging. Welche Art militärischer Verbindungen hatte Scalidda zu diesem Zeitpunkt noch, um ohne jeden Widerspruch die Kooperation der Polizeikräfte einfordern zu können? Doch das war eine Frage für später. Jetzt galt es, den Waggon zu untersuchen. Die tödliche Uranfracht offenzulegen. Endlich das Ziel zu erreichen, für das an diesem furchtbaren Tag so viel Blut vergossen worden war.

»Lassen Sie uns auf die andere Seite gehen«, schlug Scalidda vor. »Dort ist besseres Licht.«

Er kletterte über die Kupplung zwischen den Wagen und auch über die beiden Leichen, stieg dann auf den Bahndamm. Diana und die Carabinieri folgten ihm. Die Kommissarin warf einen Blick zurück in Richtung des Personenzugs, nahm mit Erleichterung wahr, dass die Passagiere in diesem Augenblick endlich evakuiert wurden. Wenigstens ihnen war hoffentlich kein Leid geschehen.

Sie gingen über den Bahnsteig nach hinten. Einige tote Mafiosi lagen hier auf dem Boden, größtenteils von Polizeikugeln niedergestreckt. Aber bei einigen waren auch klar selbst beigebrachte Einschüsse aus nächster Nähe in ihrer Schläfe erkennbar. *Was nur hat sie dazu veranlasst* –

Scalidda stoppte abrupt. Diana verstand erst nicht, warum der Praetorianus körperlich starrer wurde und sein Blick so viel ungläubiger, als sie es je zuvor bei ihm gesehen hatte. Sie schaute daraufhin ebenso nach unten wie er, auf den toten 'Ndrangetista, der zu ihren Füßen auf dem Schotter lag. Zunächst konnte sie nicht erkennen, was an dem Leichnam besonders sein sollte. Doch dann bewegte sie ihren Kopf leicht und sah, wie das Licht der Bahnhofslampen von Metall reflektierte. Von einem Stück Metall am Finger des Toten. Einem Ring in Form einer Schlange, die sich selbst verschlang.

*Das Zeichen der Praetoriani. Aber das hier sind Don Arcuris Männer. Was bedeutet das?*

Auch die Carabinieri hatten mit Scalidda innegehalten, und tatsächlich war es Dianas italienische Kollegin, der dasselbe Detail auffiel.

»Der Ring der Leibgarde Don Licatas«, hielt sie fest, schaute dann zwischen Scalidda und Diana hin und her. »Heißt das, das hier sind Männer der Cosa Nostra?«

Einer ihrer Kollegen lief ein paar Schritte zu einem weiteren toten Mafioso, der wie die meisten anderen Handschuhe getragen hatte. Er zog ihm den rechten Handschuh aus – und auch hier prangte ein silbernes Rund an dessen Ringfinger.

»Der hier gehört auch zu den Praetoriani«, vermeldete der Beamte.

»Kein Wunder, dass sie so schwer bewaffnet waren«, kommentierte die Carabiniera.

Diana musterte Scalidda. Es war leicht erkennbar, wie sich die Gedanken hinter der Stirn des Mafiosos überschlugen. Und wie gleichzeitig heiße Wut in ihm aufstieg, die so gar nicht zu seinem sonst so kontrollierten Wesen passte.

Der Praetorianus ging abrupt weiter, steuerte aber nicht den letzten Wagen an, sondern den Güterwaggon davor, der das Killerkommando beherbergt hatte und dessen Schiebetüren weit offen standen. Er kletterte in den Waggon, verschwand kurz aus Dianas Blickfeld. Die Kommissarin folgte ihm gemeinsam mit ihren italienischen Kollegen, fand ihn stocksteif in der Mitte des Wagens stehend. Die Carabiniera leuchtete mit ihrer Taschenlampe ins Innere – und man sah deutlich die teils geöffneten Kisten, gefüllt mit Beuteln aus weißem Pulver, die sich an einem Ende des Waggons stapelten.

»Ein Rauschgifttransport der Mafia«, hielt einer der Carabinieri beeindruckt fest. »Darum ging es hier also.«

Scalidda drehte sich zu dem Mann um, der den Blick des Mafioso zum Glück nicht so genau wahrnahm wie Diana. In den Augen des Praetorianus stand rasender Zorn.

»Machen Sie Ihre Hausaufgaben«, herrschte er den Beamten an. »Sie wissen genau, dass die 'Ndrangheta in diesen Zügen kein Rauschgift transportiert.«

Der Carabiniere wirkte verunsichert, schaute zu seiner Kollegin, die für ihn gegenargumentierte.

»Aber wenn das hier ein Transport der Cosa Nostra war, ist die Sache doch anders«, warf sie ein. »Vielleicht hat sich Don Licata mit der 'Ndrangheta arrangiert.«

Scalidda presste die Zähne so hart aufeinander, dass sie knirschten. Aber dann entschied er sich gegen weitere sinnlose Argumente, sprang stattdessen zurück aufs Gleisbett und deutete auf den letzten Waggon.

»Darum geht es«, sagte er. »Diesen Wagen dort müssen wir öffnen.«

Erst jetzt kam Diana dazu, das eigentliche Ziel ihrer Untersuchung und ihres Kampfes in Ruhe zu betrachten. Der Wagen war massiv, aus schwarz bestrichenem Metall, hatte eine Außenhaut mit dünnem Rippenmuster. Links hinten befand sich eine Tür.

Die Kommissarin steuerte auf diese zu und realisierte schnell, dass eine Untersuchung dieses Waggons nicht so einfach zu bewerkstelligen sein würde. Denn neben der Tür befand sich ein hochmodernes Sicherheitsschloss mit einem digitalen Nummernfeld.

»Haben Sie jemanden, der so etwas öffnen kann?«, wandte sich Diana an die Carabiniera. Die Kollegin schüttelte etwas hilflos den Kopf.

»Sicher nicht vor Ort«, sagte sie. »Vielleicht gibt es in Catanzaro oder Reggio einen Spezialisten.«

»Dann holen sie ihn sofort her«, forderte Scalidda in barschem Ton.

»Was geht hier vor sich?«

Ein weiterer, älterer Carabiniere trat neben sie. Diana erkannte ihn als den Mann, der zu Beginn des Polizeieinsatzes seine Männer verteilt hatte und somit wahrscheinlich der Einsatzleiter war. Auch Teile seines Gesichts und seiner Uniform waren mit Staub und Asche verschmiert.

»Colonnello Renaldi«, erstattete die Carabiniera Meldung. »Das hier ist Commissaria Brandt, die vermisste deutsche Polizistin.« Sie deutete weiter in Richtung Scaliddas. »Der Kollege ist im militärischen Sonderauftrag unterwegs. Einheit Fünf-Eins-Fünf.«

Der Colonnello, der trotz seiner ramponierten Erscheinung große Autorität ausstrahlte, warf Diana nur einen kurzen Blick zu, musterte dann Scalidda mit klarer Skepsis.

»Das ist verifiziert?«, fragte er nach.

»Mit aktuellem Code«, bestätigte die italienische Polizistin.

Renaldi schwieg kurz, nickte dann aber und schaute sich um.

»Und was beabsichtigen Sie im Moment zu tun?«

»Dieser Waggon hier muss schnellstens geöffnet werden«, erläuterte Diana. »In ihm werden Gefahrengüter transportiert, die der Grund für diese ganze Auseinandersetzung waren.«

Der Colonnello betrachtete einen Moment lang den Wagen, schaute dann aber nicht zu Diana, sondern in Richtung der Carabiniera.

»Tenente Bianchi«, wies er diese an. »Stellen Sie ein Kommando von zehn Leuten zusammen und sichern Sie diesen Waggon. Niemand kommt ihm nahe, bis der militärische Geheimdienst vor Ort ist.«

Diana fror innerlich ein, als sie die Worte hörte. *Das kann nicht passieren.*

»Jawohl!«

Die Carabiniera salutierte, postierte ihre Kollegen zunächst vor der Tür des Wagens und machte sich dann auf die Suche nach Verstärkung.

Colonello Renaldi schaute mit kühlem Blick zurück zu Diana.

»Sie können auf der Questura Bericht erstatten, was Sie über dieses Massaker hier wissen«, sagte er. »Und vor allem darüber, was es mit Ihrem Fall zu tun hat.«

Der Kommissarin versagte nahezu die Stimme.

»Das hier«, entgegnete sie verzweifelt, deutete auf den Waggon neben ihr, der nur wenige Meter entfernt war und doch plötzlich unerreichbar schien. »Das hier ... Darum geht es. Bitte – Sie müssen ihn öffnen lassen.«

»Das liegt nicht in meiner Macht. Wie gesagt, der Befehl kommt vom Militärgeheimdienst.« Renaldi blickte hinüber zu Scalidda. »Also quasi ihren Leuten. Machen Sie das mit denen aus.«

Daraufhin schaute sich der Colonnello kurz auf dem Bahnhof um, wo nun auch Krankenwagen ankamen und verletzte Polizisten versorgten.

»Das hier ...«

Er brach ab, aber schon das kurze Beben in seiner Stimme ließ nun klar erkennen, wie sehr die Ereignisse auch ihn mitgenommen hatten. Renaldi schüttelte nur den Kopf.

»Ich hoffe, dafür gibt es eine verdammt gute Erklärung.«

Der Colonnello drehte sich ohne weitere Worte um und ließ Diana und Scalidda stehen. Die Carabiniera kehrte derweil mit weiteren Kollegen zurück und umstellte den Waggon mit dem Uran vollständig. Diana schaute auf den Ring aus Polizisten, die ihr den Zugriff auf das eigentliche Objekt ihrer Untersuchung verwehrten. Auf ihre einzige Möglichkeit, Don Arcuri und seine Mitverschwörer bloßzustellen und echte Gerechtigkeit zu schaffen.

*Das darf nicht sein. Es darf nicht alles umsonst gewesen sein.*

Scalidda kam auf sie zu, flüsterte in ihr Ohr.

»Wir müssen hier weg, bevor der Abwehrdienst auftaucht«, sagte er. »Ich habe zwar noch Zugriff auf die Codes, aber ich bin nicht mehr Teil der Einheit. Das würden sie sehr schnell herausfinden.«

»Aber …«

Diana rang nach Worten, fühlte sich so unbeschreiblich hilflos.

»Aber der Geheimdienst wird alles unter den Tisch kehren. Wir können doch nicht einfach gehen.«

Scalidda fasste sie an den Schultern, drehte sie, sodass er in ihre Augen schauen konnte.

»Genau das müssen wir«, forderte er sie eindringlich auf. »Du hast den Zug angehalten. Die Fracht wird nicht ans Ziel kommen. Das war eine große Leistung. Aber mehr können wir hier nicht tun.«

»Dann kommen sie davon.« Diana nahm ihre Stimme

eher wie ein Krächzen wahr. »Don Arcuri. Die Käufer des Urans. Sie alle kommen davon.«

»Ja.« Scalidda nickte, tiefernst. »Das werden sie.«

Er ließ seinen Blick über den Bahnsteig schweifen, wo weitere tote 'Ndranghetisti von Polizisten untersucht wurden. Handschuhe wurden abgestreift. Silberne Ringe kamen zum Vorschein.

»Was bedeutet das?«, fragte die Kommissarin.

»Später«, erwiderte Scalidda. »Jetzt müssen wir gehen. Okay?«

Auch Diana schaute noch einmal über das Bahnhofsgelände. Sah die zerschossenen Autos der Carabinieri, eines davon ein rauchendes Fanal, sah die Leichen, den Güterzug. Und den Waggon mit seiner nuklearen Fracht, von der nun vielleicht nie jemand etwas erfahren würde.

Die Kommissarin wusste in der Tat nicht mehr, was sie in diesem Moment noch hätte ausrichten können. Und so wisperte sie: »Gehen wir.«

Scalidda schaute sich um, nahm sie in den Arm und führte sie am Bahnhofsgebäude vorbei nach draußen auf die Straße. Niemand bemerkte sie.

Diana war nach dem Verlassen des Bahnhofs von einem Zustand absoluter Erschöpfung überkommen worden. Der Schlafmangel und der immense Stress der letzten Stunden hatten endgültig ihren Tribut gefordert. Und so war sie auf der Rückbank des Autos, das Scalidda ein paar Straßen weiter gestohlen hatte, umgehend in einen tiefen, traumlosen Schlaf gefallen. Trotz aller Fragen, die noch in ihrem Kopf widerhallten, trotz aller Wut und Frustration und trotz aller Ängste um die Zukunft.

*Zu wem bin ich heute geworden? Für was? Und wer werde ich sein, wenn sie mich suspendieren?*

Der Schlaf hatte die Auseinandersetzung mit all den unheilvollen Gedanken zumindest auf die nahe Zukunft verschoben. Diana war erst mehrere Stunden später von Scalidda geweckt worden und hatte sich auf dem Parkplatz eines kleinen regionalen Flughafens namens Scalea wiedergefunden, ein ganzes Stück nördlich von Lamezia Terme, am obersten Ende der Provinz Kalabrien. Der Praetorianus hatte ihr erklärt, dass dieser Flugplatz sowohl privat als auch vom Militär genutzt wurde und dass er hier Kontakte habe, die sicherstellen konnten, dass niemand die Abreise der Kommissarin kontrollierte. In etwa einer halben Stunde sollte ein Privatjet flugfertig sein, der Diana direkt nach Berlin bringen würde.

Im Anschluss waren die Kommissarin und der Mafioso zu dem Hauptgebäude des Flughafens gelaufen, das gelb gestrichen war und aus mehreren unterschiedlich hohen, ineinander verschachtelten Teilstücken bestand. Sie waren von einem Kontaktmann Scaliddas durch ein Nebentor auf das Gelände gelassen worden, ohne sich irgendwelchen offiziellen Prozeduren unterziehen zu müssen. Und standen jetzt neben dem Gebäude am Rand der einzigen Landebahn, auf deren Vorfeld gerade die kleine Cessna für den Flug nach Deutschland betankt wurde.

Noch immer war es dunkel. Ein kühler Wind peitschte über das Flugfeld und ließ die Haare des Kommissarin einen unruhigen Tanz vollführen. Genauso unstet waren in diesem Moment ihre Gedanken, die sie mit aller Gewalt zu sammeln versuchte.

»Ich verstehe es immer noch nicht«, sagte sie schließlich. »Warum hat Don Arcuri seine Männer als Praetoriani ausgegeben?«

Scalidda schaute zu ihr. Diana fiel erst jetzt auf, dass er sich seinen eigenen Schlangenring wieder an den Finger gesteckt hatte.

»Er hat der Polizei eine bequeme Erklärung geliefert«, erwiderte der Mafioso trocken. »Und die Schuld für alles Geschehene auf Don Licata abgewälzt.«

»Aber man wird feststellen, dass die Toten 'Ndranghetisti sind«, wand die Kommissarin ein.

»Natürlich«, kam die Antwort. »Aber das ist egal. Es ist eine zu perfekte Cover-Story, um sie nicht zu nutzen.«

»Wie meinst du das?«

Diana hatte noch immer Mühe, wirklich klar zu denken.

»Es ist ganz einfach«, half ihr Scalidda weiter. »Niemand will, dass der Urantransport an die Öffentlichkeit kommt. Oder die Weiße Route Eins zum Erliegen. Die Regierung wird das radioaktive Material diskret verschwinden lassen. Durch die entsprechenden Kanäle wird man dem Käuferstaat eine klare Abmahnung aussprechen. Und dann … Offiziell werden die tatsächlichen Untersuchungsergebnisse keine Rolle spielen. Der Wagen mit dem Uran wird keine Erwähnung finden. Nur der Waggon, mit dem Don Licata angeblich Rauschgift transportiert hat.«

Vor dem inneren Auge der Kommissarin tat sich für jede ihr gelieferte Antwort eine weitere Frage auf.

»Aber wie ist Arcuri dazu gekommen, diese Cover-

Story so detailliert im Voraus zu planen?«, hakte sie nach. Scalidda zuckte mit den Schultern.

»Don Arcuri hat einfach nur mit allen Möglichkeiten gerechnet«, entgegnete der Praetorianus. »Ab dem Moment, in dem der Mord an Wiegand untersucht wurde, bestand zumindest eine geringe Möglichkeit, dass jemand den Zug aufhalten würde. Also hat Arcuri einen Weg gefunden, auch aus diesem Szenario noch Profit zu schlagen.«

*Ab dem Moment, in dem …*

Plötzlich gab es eine weitere Frage in Dianas Kopf. Eine Frage, die sie sich zuvor nicht gestellt hatte. Und deren erschreckende Antwort ihr quasi im selben Moment klar wurde.

»Ist alles in Ordnung?«, erkundigte sich Scalidda, der ihre Bestürzung bemerkt haben musste. Die Kommissarin rang um Kontrolle, entschied, dass es sich hier um ein Thema handelte, dass sie zu einem anderen Zeitpunkt mit einer anderen Person diskutieren würde.

»Ja«, sagte sie deshalb nur und stellte stattdessen eine andere Frage, die ihr auf dem Herzen lag. »Aber sag mir eins: Was bedeutet das alles für Don Licata? Wird die Polizei jetzt gegen ihn vorgehen?«

Scalliddas Gesichtszüge verfinsterten sich.

»Einmal das«, sagte er. »Aber das ist nicht das Schlimmste. Don Arcuri hat einen Zug gemacht, mit dem er die Cosa Nostra zum Handeln zwingt. Jeder Mafioso in Sizilien und Kalabrien wird wissen, dass die Männer im Zug keine Praetoriani waren. Aber das bedeutet auch, dass es eine offene Herausforderung an Don Licata darstellt, die wir nicht unbeantwortet lassen können.«

Diana spürte die Kälte des Windes mit einem Mal noch schneidender, und sein Pfeifen klang in ihren Ohren plötzlich wie das ominöse Kreischen der Furien.

»Es wird zum Krieg kommen«, hielt sie die düstere, aber unabwendbare Prognose Scaliddas noch einmal in aller Klarheit fest. Der Praetorianus nickte.

»Die Cosa Nostra gegen die 'Ndrangheta«, sagte er mit rauher Stimme. »Alles, was heute passiert ist, wird harmlos sein gegen das, was jetzt kommt.«

*Und es hat mit mir begonnen*, dachte Diana. *Ich habe den Zug gestoppt, aber damit auch Arcuris Falle zuschnappen lassen.*

Ja, sie hatte Leben gerettet. Doch im Gegenzug würden jetzt viele weitere Menschen sterben. *Kann es denn nie eine wirklich saubere Lösung geben? Keine Gerechtigkeit ohne einen furchtbaren Preis?*

»Aber das ist nicht dein Kampf«, hörte die Kommissarin Scalidda sagen. »Du bist nach wie vor Zivilistin. Kein Teil der Familie. In Berlin wirst du in Sicherheit sein.«

*Nein. Das werde ich nicht.*

Der Mafioso fasste in seine Jacke, holte seine Geldbörse hervor und aus dieser eine kleine Karte aus Pappe, auf der handschriftlich eine Telefonnummer vermerkt war. Er reichte sie Diana.

»Falls du dich dennoch irgendwie bedroht fühlen solltest, ruf mich an«, sagte er, in Dianas Ohren nicht gänzlich ohne Fürsorge. »Und wir werden sehen, was wir für dich tun können.«

Die Kommissarin nickte als Geste der Dankbarkeit, steckte die Karte ein. Scalidda schaute zur Seite, in Richtung der Cessna. Der Flughafenarbeiter signalisierte ihnen, dass das Auftanken beendet und die Maschine jetzt startbereit war.

Für einen Moment standen sich Diana und Scalidda in unsicherem Schweigen gegenüber. Es war klar erkennbar, dass dem Praetorianus noch eine Frage auf dem Herzen lag, er aber damit rang, diese in Worte zu fassen.

»Sag, was du sagen möchtest«, forderte die Kommissarin ihn daher direkt auf.

Scalidda zögerte noch immer, befeuchtete sich kurz die Lippen, wirkte fast ein wenig verängstigt.

»Dort auf dem Bahnhof«, sagte er schließlich. »Während des Schusswechsels, als ich unter dem Zug war. Du bist ins offene Feuer gestürmt. Warum?«

Diana gab ihre Antwort unmittelbar.

»Weil du sonst wahrscheinlich gestorben wärst.«

In den Augen des Praetorianus spiegelten sich sowohl Unverständnis als auch ein Hauch von Rührung.

»Aber was bedeutet dir mein Leben?«, fragte er.

Diesmal wog die Kommissarin ihre Worte ab.

»Du sagst, manchmal muss man Leben nehmen«, erwiderte sie. »Daran glaube ich nicht. Daran kann ich nicht glauben. Solange es keine Notwehr ist, gibt es auch eine Alternative.«

Dann schaute sie Scalidda in die Augen, denn den nächsten Satz zumindest konnte sie mit voller Überzeugung sprechen.

»Aber eines weiß ich ganz genau: Man muss immer die Leben schützen, die es verdient haben.«

Der Mafioso schaute sie an, jetzt ehrlich berührt, auch wenn er es zu verbergen suchte. Für einen kurzen Moment glaubte Diana wieder den kleinen, verängstigten Jungen in ihm zu sehen. Doch dann straffte sich seine Haltung, seine Züge zeigten Bestimmtheit und in seinen Augen glomm ein Feuer auf, eine Leidenschaft, mit der die Kommissarin noch nie zuvor betrachtet worden war.

»Meine erste Loyalität wird immer Don Licata gelten«, sagte Scalidda. »Aber gleich danach kommst ab sofort du.«

Nun war es Diana, die ob der unerwarteten Aussage gegen ihre Emotionen ankämpfen musste.

Scaliddas Stimme war so voller Sicherheit, sein Blick entschlossen und frei von Zweifeln, seine Haltung fest und unerschütterlich. Er mochte nicht wissen, welche anderen Potenziale in ihm schlummerten. Aber er wusste, wer er war, hier, in diesem Moment. In jeder Hinsicht war er somit das ganze Gegenteil von Diana im selben Augenblick. Und die Kommissarin konnte nicht anders, als ihren Gefühlen freie Bahn zu lassen, auch wenn sie selbst nicht sagen konnte, was für Gefühle es waren.

»Entschuldige«, sagte sie. »Aber ich kann gerade nicht anders.«

Sie machte einen Schritt nach vorn, umfasste Scaliddas Kopf und drückte ihre Lippen auf die seinen. Sie spürte seine Überraschung, seine anfängliche Steifheit, doch dann entspannte sich sein Körper und er erwiderte den Kuss.

Diana genoss die Zärtlichkeit für einige wenige, aber unendlich wertvolle Sekunden. Dann drückte sie sich weg, drehte sich um und ging ohne ein weiteres Wort in Richtung des Flugzeugs, um zumindest einen winzigen perfekten Moment mit in ihre so unsichere Zukunft zu nehmen.

Berlin empfing Diana mit einer grauen Wolkendecke, die genauso bedrückend war wie ihre Gedanken. Feine Regentropfen benetzten ihre Haut, als sie über das Rollfeld lief. Tatsächlich wurde sie auch hier einfach durch ein Terminal des Flughafens nach draußen geschickt, ohne noch einmal kontrolliert zu werden. Die Kommissarin nahm sich ein Taxi, mit dem sie am frühen Vormittag zu Hause ankam.

Sie hatte das Wohnzimmer kaum betreten, als sie den Briefumschlag auf dem Tisch sah und den danebenliegenden Wohnungsschlüssel. Es brauchte nur einen kurzen Blick in Bad und Schlafzimmer, um festzustellen, dass Julie alle persönlichen Gegenstände mitgenommen hatte.

Diana hatte weder die Kraft noch die Motivation, den Brief zu lesen. Stattdessen schaute sie für einige Minuten aus dem Fenster, hinunter auf die Straße. Dann ließ sie sich in ihr Bett fallen und glitt in einen tiefen, traumlosen Schlaf. Auch das wiederholte Klingeln ihres Telefons weckte sie nicht.

Es war zwei Tage später, als Diana die gefürchtete Konfrontation nicht länger aufschieben konnte und sich in Ulbrichts Büro wiederfand. Auf dem Schreibtisch des Polizeipräsidenten lag der Bericht, den sie am Vortag angefertigt hatte. Es war ein langer Bericht und diesmal auch ein ehrlicher, denn abgesehen von der Identifizierung Scaliddas als einen ihr zuvor unbekannten Mitarbeiter des militärischen Geheimdiensts hatte sie alle Geschehnisse wahrheitsgetreu geschildert. Sie war des Scheins und des Lügens so unendlich müde.

Ulbricht schaute von der letzten Seite des Dokuments zu ihr auf, suchte nach Worten, doch fand sie nicht. In seinem Blick stand Bestürzung. Es überraschte Diana, wie wenig Emotionen die Reaktion ihres Vorgesetzten in ihr auslöste.

»Ich nehme an, die Sache mit dem Regionalzug haben die Kollegen in Italien bereits vermutet«, hielt sie sachlich fest. Ulbricht nickte.

»Ja«, erwiderte er. »Aber es hier noch einmal in Ihren Worten zu lesen …«

Die Kommissarin hatte den Polizeichef nie zuvor so aufgelöst erlebt. Er stand auf und stellte sich ans Fenster, um kurz seinen inneren Kampf vor ihr zu verbergen. Schließlich drehte er sich wieder um, mit festeren Gesichtszügen aber nach wie vor irrlichterndem Blick, in dem der verzweifelte Wunsch nach einer Erklärung stand.

»Sie haben einen Zug entführt«, resümierte Ulbricht. »Einen Zug mit Passagieren. Wie konnten Sie so etwas tun?«

»Es war nötig, um den Transport zu stoppen. Ich hätte alles dafür getan.«

»Sie haben mit dem Leben von Menschen gespielt.« Ulbrichts Stimme wurde härter, aber nicht balancierter. »Sie haben einen örtlichen Minister überfallen und bedroht. Ihr Handeln hat zu dem Tod von elf italienischen Beamten geführt.«

»Und es hat den Zug gestoppt.«

»Kein Zweck heiligt diese Mittel. Diana, sie sind Polizistin!«

Ulbrichts Augen suchten in denen der Kommissarin nach einer Einsicht, die sie ihm nicht geben konnte.

»Ich habe außerhalb des Gesetzes gehandelt«, hielt sie dagegen, zunächst mit reiner Sachlichkeit, dann mit ihrem letzten verglimmenden Funken Überzeugung. »Weil das Gesetz nicht in der Lage war, dieses Verbrechen zu stoppen. Und das ist es immer noch, was Polizisten tun sollten. Sie stoppen Verbrechen!«

Der indirekte Vorwurf traf den Polizeipräsidenten sichtlich, aber Diana konnte sich trotzdem nicht davon abhalten, noch ein weiteres Argument zu ihrer Verteidigung vorzubringen.

»Und auch für Sie hat damals der Zweck die Mittel geheiligt«, fügte sie an. »Nach dem Anschlag. Sie brauchten Informationen von den Verdächtigen, also haben Sie die Folter mit angeordnet.«

Ulbricht betrachtete sie fassungslos.

»Das stimmt«, entgegnete er mit unsteter Stimme. »Und es war der größte Fehler meines ganzen Lebens. Ich bereue ihn seitdem jeden einzelnen Tag. Aber das ist der Unterschied, nicht wahr? Denn Sie bereuen Ihr Handeln nicht.«

Er sprach seinen letzten Satz so voller Unglauben. Und Diana wurde sich erst im selben Augenblick vollends bewusst, dass es tatsächlich so war.

»Nein«, erwiderte sie wahrheitsgetreu. »Ich würde alles wieder genauso tun.«

Für einen Moment schien Ulbricht zu einer Salzsäule zu erstarren und gleichzeitig ein winziges Stück kleiner zu werden. Etwas in seinen Augen zerbrach. Und dieser Anblick nun tat Diana wirklich weh.

Sie hatte Ulbricht nach wie vor gern, auch wenn er sie enttäuscht hatte. Sie wollte ihm keinen Schmerz bereiten. Aber trotzdem musste sie sich in diesem Moment der Realität stellen, dass sie beide nicht länger auf derselben Seite standen. Und dass dieses Gespräch nur einen Ausgang haben konnte.

»Wird die italienische Polizei Anklage erheben?«, erkundigte sich die Kommissarin pragmatisch.

Ulbricht blinzelte einmal, gewann dann die Kontrolle zurück. Sein Blick wurde kälter, seine Züge härter.

»Nein«, entgegnete er, setzte sich dann wieder hinter seinen Schreibtisch, ein wenig so, als benötige er einen Schutzwall zwischen sich und Diana.

»Niemand hat ein Interesse daran, in diesem Fall weiter Staub aufzuwirbeln«, fuhr der Polizeipräsident fort. »Die offizielle Version wird sein, dass ein gegnerischer Clan den Regionalzug entführt hat, um damit den Drogentransport aufzuhalten.«

»Den Drogentransport.«

Diana konnte ein zynisches Lachen nicht vermeiden. Auch Ulbricht wirkte betreten, als er die Cover-Story der Geheimdienste weiter ausführen musste, ebenso wie die Statistenrolle, die ihm darin zugedacht war.

»Das Uran ist nicht Teil irgendeines Berichtes«, stellte der Polizeichef kleinlaut fest.

»Genauso wenig wie die Weiße Route Eins und Don Arcuri, richtig?«, hakte Diana nach.

»Es ist eine politische Entscheidung.«

»Was ist mit der Wahrheit? Was ist mit meinem Bericht?«

»Außer mir werden ihn vielleicht noch zwei oder drei Leute lesen. Dann wird er in einem Aktenschrank verschwinden und nie wieder auftauchen.«

Diana konnte nur mit dem Kopf schütteln.

»Die Züge werden bald wieder rollen«, sagte sie. »Die Menschen in Kalabrien werden weiterhin an Krebs sterben. Und damit können Sie leben?«

Ulbricht schaute auf und musterte sie für einen langen Moment, auf der Suche nach einer guten Antwort, die es nicht geben konnte.

»Zumindest werde ich die Chance haben, es beim nächsten Mal besser zu machen.«

*Daran glauben Sie selbst nicht*, wollte Diana feststellen, aber das Argument hätte nichts mehr gebracht. Stattdessen lächelte sie nur müde.

»Im Gegensatz zu mir?«, fragte sie.

Der Polizeichef rang mit den Worten, musste sich kurz räuspern. Die Festigkeit seiner Haltung war in den folgenden Momenten fragilste Fassade.

»Es wird keine Ermittlungen gegen Sie geben«, sagte er. »Aber Sie sind mit sofortiger Wirkung aus dem Dienst entlassen. Ich muss Sie um Ihren Ausweis und Ihre Waffe bitten.«

Es tut gar nicht weh, dachte Diana. Sie fühlte einfach nur starre Kälte.

Die Kommissarin nickte stumm, zog Dienstausweis und Pistole hervor und drapierte beides auf dem Schreibtisch ihres Vorgesetzten. Für einen Moment herrschte Schweigen, während das Geräusch im Raum verhallte.

»Ich habe an Sie geglaubt«, sagte Ulbricht schließlich mit leiser Stimme, ohne Blickkontakt herzustellen.

»Und ich an Sie«, entgegnete Diana ohne Umschweife.

Der Polizeichef wirkte an seinem großen, leicht verschlissenen Schreibtisch plötzlich ungemein einsam. Diana wusste, dass daheim niemand auf ihn wartete, denn auch seine Ehe war in den letzten Jahren in die Brüche gegangen. Im Moment war die Arbeit allein sein Leben – und wahrscheinlich der Glaube daran, etwas von dem nach dem Terroranschlag angerichteten Schaden wiedergutmachen zu können. Er hatte Diana vertraut, für ihn etwas tatsächliche Gerechtigkeit zu schaffen. Und sie konnte zumindest von sich sagen, es versucht zu haben.

»Ich wünsche Ihnen alles Gute«, sagte die ehemalige Kommissarin aus ehrlichstem Antrieb, auch wenn sie nicht glaubte, dass Ulbricht nach diesem erneuten Schlag noch lange in seiner Position verbleiben würde.

Der Polizeipräsident schaute wieder auf zu ihr.

»Und was werden Sie jetzt tun?«, fragte er.

Diana lächelte mild.

»Das, was Sie nicht können.«

Es war eine ehrliche Antwort, insofern, dass sie wiedergab, was Diana tun wollte. Auch wenn sie selbst noch nicht genau wusste, wie. Oder es sich zumindest nicht eingestehen wollte.

Nach diesen Worten drehte sie sich um und verließ Ulbrichts Büro für immer.

Am nächsten Abend stand Diana auf ihrem Balkon und rauchte eine Zigarette. Der Mond leuchtete am Himmel, der Wind trieb dünne, weiße Wolken über das Firmament.

Sie schaute hinaus auf die Stadt, von der sie so lange geglaubt hatte, dass sie ihre Heimat sei. Ihr sicherer Hafen. *Wie sehr ich mich auch hier geirrt habe.*

Diana drückte die Zigarette aus, ging zurück ins Wohnzimmer, vorbei an dem nach wie vor ungeöffneten Brief, und schaltete das Licht aus. Im Schlafzimmer setzte sie sich aufs Bett, wartete einige Minuten, löschte dann auch die Lampe auf dem Beistelltisch. Nachdem sich ihre Augen an die Dunkelheit gewöhnt hatten, stand sie auf, nahm das Nachtsichtfernglas von der anderen Bettseite und ging zur Wohnungstür. Im Treppenhaus stieg sie leise zwei Etagen nach oben, betrat dann die Dachterrasse.

Dort legte sich Diana auf den Bauch und robbte bis zur Kante. Sie führte das Fernglas vor ihre Augen und ließ ihren Blick über die Straße vor ihrem Haus gleiten. Es waren wieder einige späte Spaziergänger unterwegs, ebenso zwei Hundehalter. Und genau wie an den vorangegangenen beiden Abenden fand Diana schließlich das Auto, in dem zwei Männer saßen und ihr Haus beobachteten.

Wieder ein anderer Wagen, wieder andere Männer. Sie waren gut, aber agierten zu sehr in der Sicherheit, dass Diana nicht mit ihnen rechnen würde.

*Jetzt wird es nicht mehr lange dauern. Bald werden sie kommen.*

Es war Zeit für Diana, zu handeln. Sie hatte nur noch eine Option. Nur noch einen Trumpf. Und den gedachte sie auszuspielen – gegen die eine verbleibende große Unbekannte im Schattentheater ihres letzten Falles.

Diana saß auf der Wartebank des Vorzimmers, immer wieder gestreift von den misstrauischen bis wütenden Blicken der Sekretärin. Diese waren ihr vollkommen egal. Sie sah stattdessen aus dem Fenster, auf die Sonne, die langsam vom Horizont emporkletterte und Berlin mit ihrem Schein erhellte. Es war ein wirklich schöner Morgen.

Als sie die Schritte hochhackiger Schuhe aus dem angrenzenden Gang widerhallen hörte, wandte Diana ihren Blick wieder nach rechts. Wenige Sekunden später bog Katja Hofstädter um die Ecke. Als die BKA-Chefin den unerwarteten Besuch wahrnahm, blieb sie stehen, sichtlich überrascht, aber ohne durch ihre Mimik eine Wertung der Situation erkennen zu lassen.

»Frau Hofstädter«, enervierte sich die Sekretärin. »Es tut mir leid. Ich habe der Frau gesagt, dass Sie den ganzen Tag über Termine haben. Aber sie hat sich geweigert, zu gehen.«

»Es ist schon gut, Bianca«, entgegnete Hofstädter mit ruhiger Stimme, wandte sich dann wieder zu Diana. »Frau Brandt«, begrüßte sie ihren Gast neutral. Das Fehlen des Wortes »Kommissarin« in der Anrede tat weh.

Diana stand auf, behielt dabei den Augenkontakt bei.

»Frau Hofstädter«, erwiderte sie mit ebenfalls nichts preisgebendem Pokerface.

»Ich fürchte, ich habe tatsächlich keine Zeit für Sie«, fuhr die BKA-Chefin fort. »Es ist ein sehr geschäftiger Tag.«

Diana ließ sich nicht beeindrucken.

»Ich habe nur eine einzige Frage an Sie«, sagte sie ruhig. »Und diese Frage werde ich auch stellen. Entweder in Ihrem Büro oder hier vor Ihrer Sekretärin.«

Hofstädters Blick blieb kühl und fokussiert, während sie einige Sekunden abwog.

»Eine Frage«, wiederholte sie.

»Eine Frage«, bestätigte Diana.

Die BKA-Chefin überlegte noch kurz, lächelte dann, aber allein mit ihrem Mund. Sie drehte sich erneut in Richtung der Sekretärin.

»Bianca, bitte verschieben Sie die Videokonferenz um fünfzehn Minuten«, sagte sie. Die Frau nickte, warf Diana einen bösen Blick zu und griff dann nach dem Telefonhörer. Hofstädter ging zu ihrer Bürotür und öffnete diese.

»Bitte«, sagte sie knapp.

Diana betrat das geräumige Zimmer, das mit hellen Möbeln eingerichtet war. Sie nahm bereits Platz, während Hofstädter noch Mantel und Aktentasche ablegte. Dann setzte sich die BKA-Chefin ihr gegenüber, faltete die Hände ineinander und musterte sie mit voller Aufmerksamkeit.

»Was wollen Sie mich also fragen?«

Keine Höflichkeitsfloskeln, kein Herauszögern. Direkt zum Kern der Sache. Das war Diana nur recht.

»Seit meiner Rückkehr nach Berlin werde ich überwacht«, begann sie. »Jede Nacht steht ein anderes Auto vor meinem Haus. Ich bin sicher, dass man mir auch tagsüber folgt. Sie studieren meine Gewohnheiten, und sobald sie den idealen Zeitpunkt gefunden haben, werden sie in meine Wohnung kommen, um mich zu töten. Vielleicht schon heute Abend.«

Hofstädter betrachtete die ehemalige Kommissarin mit weiterhin neutralem Ausdruck.

»Ich bedaure, das zu hören«, kommentierte sie. »Aber

natürlich wäre eine Bedrohung nach Ihrem letzten Fall denkbar. Ich würde Ihnen raten, Polizeischutz zu beantragen.«

Diana lächelte nur bitter und ignorierte die Aussage ansonsten.

»Meine Frage an Sie ist folgende«, kam sie stattdessen zum Wesentlichen. »Die Männer, die mich überwachen: Ist es die ’Ndrangheta, oder sind es Ihre Leute?«

Der BKA-Chefin gelang es, weiterhin keine Emotion in ihrem Gesicht zu zeigen, aber ihre Körperhaltung versteifte sich minimal.

»Meine Leute?«, fragte sie mit flacher Stimme. »Wie meinen Sie das?«

»Ihre Leute, oder vielleicht auch der BND. Es macht keinen Unterschied. In jedem Fall dieselben Männer, die Armin Wiegand getötet haben.«

Hier nun schwieg Hofstädter. Und für den Bruchteil einer Sekunde flackerte ihr Blick. Diana war gespannt, wie ihr Gegenüber reagieren würde. *Sie muss neugierig sein. Sie muss nachhaken.*

Und genauso kam es.

»Die ’Ndrangheta hat Wiegand ermordet«, konterte die BKA-Chefin.

»Bullshit.« Diana grätschte ihr hart ins Wort. »Don Arcuri hatte nur eine Priorität: Diesen Transport sicher über die Bühne zu bringen. Ja, ich glaube, er hat von Wiegands Verrat erfahren. Aber dann hätte er ihn diskret verschwinden lassen, genauso, wie er es mit Davide Mancuso gemacht hat. Die Untersuchung einer Vermisstenanzeige dauert ihre Zeit. Sie wirbelt keinen Staub auf, im Gegensatz zu einem spektakulären Mord. Ohne den hätte Arcuri genug Zeit gehabt, um die Operation unbeeinträchtigt durchzuführen, und entsprechend hätte er gehandelt. Aber jemand ist ihm zuvorgekommen.«

»Und wer soll das Ihrer Theorie zufolge gewesen sein?«

Diana nahm die Abwertung in Hofstädters Formulierung sehr genau wahr. Und fuhr unmittelbar fort.

»Ich glaube, der BND hat bereits sehr früh herausgefunden, worum es bei diesem speziellen Transport gehen sollte. Und er wollte verhindern, dass das Uran seinen Käufer erreicht. Aber wie? Wie sollte der BND agieren, ohne eine direkte Konfrontation mit einem ausländischen Geheimdienst heraufzubeschwören? Und ohne ans Tageslicht zu bringen, dass Wiegands bisheriges Treiben von höchster Stelle gedeckt worden war?

Also haben die Leute vom BND zunächst abgewartet und Wiegand observiert. Und dementsprechend sahen sie auch das Treffen mit Mancuso. In dem Moment mussten sie Wiegand endgültig als unhaltbares Risiko wahrnehmen. Und gleichzeitig hatten sie eine weitere Partei, die plötzlich ein Motiv besaß, Wiegand zu töten: die 'Ndrangheta. Und damit gab es einen Sündenbock.«

Diana beugte sich leicht nach vorn, fixierte Hofstädter.

»Spätestens da hat der BND Sie kontaktiert. Vorher hatte er Ihre Untersuchung zur Weißen Route Eins noch blockiert. Aber jetzt waren ihre Interessen auf einmal dieselben. Sie und das BKA wollten Wiegand ausschalten, weil er ein Verbrecher war. Der BND wollte ihn loswerden, weil er zu viel wusste und irrational agierte. Und sie beide wollten verhindern, dass die schmutzige Bombe zum Einsatz kommt. Also taten Sie gemeinsam, was in Ihren Augen getan werden musste.«

Die BKA-Chefin hielt Dianas Blick. In ihrem eigenen waren derweil weder Unsicherheit noch ein Schuldeingeständnis zu erkennen, aber sehr wohl eine zunehmende Faszination, mit der sie Dianas Ausführungen folgte. *Du bist beeindruckt. Du weißt jetzt, dass du mich unterschätzt hast.*

»Aber es fehlte noch ein wichtiger Faktor«, setzte Diana ihre Schilderung fort. »Sie mussten sichergehen, dass der Mord auch konsequent untersucht werden würde. Von einer Person, der man zutrauen könnte, auch die Mafia selbst zu konfrontieren. Und die den Transport tatsächlich ans Licht bringen oder aufhalten würde. Haben Sie sich in dem Moment daran erinnert, was Mertens Ihnen über mich erzählt hat? Haben Sie zusammengezählt, was Sie über mein Verhältnis zu Ulbricht wussten und über die Ereignisse in Rom, und dann dafür gesorgt, dass der Mord in meinem Zuständigkeitsbereich endet?«

Hofstädter lehnte sich zurück, ließ den Blickkontakt dabei keine Sekunde abbrechen. Das Lächeln, das sich im Anschluss auf ihre Lippen legte, war so berechnet wie berechnend.

»Das ist eine fantasievolle Theorie«, hielt sie fest. »Eine Theorie, die Sie niemals werden beweisen können.«

»Ich weiß.« Auch Diana lächelte kurz und kühl. »Denn auch ansonsten ist alles für den BND perfekt gelaufen. Sie haben mich bei unserem Treffen in dem Safehouse auf die richtige Fährte gebracht. Der Transport wurde aufgehalten, aber ohne, dass die Wahrheit ans Licht kam. Und vielleicht war es ja sogar der BND, der Arcuri vorgewarnt hat, eine Cover-Story in der Hinterhand zu haben. Wer weiß. Zumindest ist das Uran gesichert, und sobald ein Ersatz für

Wiegand gefunden ist, werden die Mülltransporte wieder rollen. Zu gegenseitigem Nutzen. Es gilt nur noch, die wenigen verbleibenden offenen Enden aus der Welt zu schaffen. An erster Stelle mich.«

Hofstädter wog ihre nächsten Worte sehr genau ab.

»Falls es tatsächlich Leute geben sollte, die Ihnen nach dem Leben trachten, fände ich das sehr bedauerlich. Aber leider wüsste ich nicht, was ich dagegen tun könnte.«

*Jetzt oder nie.*

»Verschaffen Sie mir freien Abzug.«

Die BKA-Chefin verengte leicht die Augen, musterte Diana jetzt mit unverhohlener Neugier.

»Was meinen Sie damit genau?«

»Ich verlasse Deutschland innerhalb des nächsten Tages. Bis dahin überwacht mich niemand und so lange ist meine Sicherheit garantiert. Danach sehen Sie mich nie wieder.«

Hofstädter rieb einen Moment lang die Fingerkuppen ihrer rechten Hand über die Innenfläche der linken.

»Warum glauben Sie, dass ich so etwas veranlassen könnte? Oder es wollen würde?«

Die erste Frage diente allein zur Absicherung, weshalb Diana direkt die tatsächlich relevante zweite beantwortete.

»Weil wir beide noch immer ein gemeinsames Interesse haben.«

»Welches?«

»Im Gegensatz zum BND sind Sie nicht damit zufrieden, dass der Urantransport gestoppt wurde. Sie haben nach wie vor auch noch dasselbe Ziel wie am Anfang: die Weißen Routen zu zerstören.«

Nun beugte sich auch Hofstädter wieder nach vorn.

»Aber was könnten Sie jetzt noch gegen die Transporte unternehmen?«, fragte sie. »Sie sind keine Kommissarin mehr. Sie haben keinerlei Ressourcen für ein solches Unterfangen.«

*Wie sehr du dich irrst.*

Diana sprach ihre nächsten Worte hart, fest, mit absoluter Überzeugung.

»Sie wissen vieles«, sagte sie. »Aber Sie wissen nicht, wer ich wirklich bin.«

Auf der Stirn der BKA-Chefin formte sich eine einzelne Falte.

*Du weißt es tatsächlich nicht.*

»Hat die Antwort auf diese Frage etwas mit den Ereignissen in Rom zu tun?«, fragte Hofstädter nach.

*Aber du ahnst es zumindest. Gut.*

Diana nickte lediglich. Katja Hofstädter faltete die Hände ineinander, dachte in Ruhe nach, aber nahm auch jetzt für keine Sekunde ihren Blick von Diana. Erst ganz am Ende schlug sie kurz die Augen nach unten, bevor sie wieder aufschaute.

»Einen Tag«, sagte sie nur. »Ab jetzt.«

Diana atmete gefühlt zum ersten Mal in den letzten Minuten tatsächlich aus.

»Danke«, erwiderte sie knapp, aber ehrlich, und stand daraufhin bereits auf.

Hofstädter blieb sitzen, behielt ihre Besucherin aber noch im Blick.

»Frau Brandt?«

Diana schaute zu ihrem Gegenüber. Die BKA-Chefin lächelte noch einmal kurz, diesmal mit einem Anflug von Genugtuung.

»Gute Jagd«, sagte sie. Diana nickte nur, verließ dann das Büro und im Anschluss das Hauptquartier des BKA. Sie lief ein längeres Stück die Straße entlang, befreite ihre Gedanken. Ihr Herz schlug so ruhig und still wie während des ganzen vorangegangenen Gespräches.

Die ehemalige Kommissarin lief hinein in den nahe gelegenen Treptower Park, weiter ohne konkretes Ziel entlang der Wege, bis sie den Rosengarten mit seinen Wasserfontänen erreichte. Sie stoppte nahe des Brunnens, schloss die Augen, konzentrierte sich allein auf ihr Atmen. Und spürte einmal mehr nur die Sonne und die Wassertropfen, die vom leichten Wind auf ihre Haut getragen wurden. *Wie damals. Zuvor.*

Diana öffnete die Augen wieder, sah sich kurz um, aber außer einem Rentnerpaar war niemand zu sehen. Vielleicht waren sie da, vielleicht nicht. Jetzt war es egal. Sie zog das alte Mobiltelefon aus ihrer Tasche, das sie gebraucht erworben hatte, gefolgt von der Karte mit der Nummer Scaliddas. Sie gab die Zahlen ein, führte das Handy an ihr Ohr und wartete.

Es klingelte drei Mal, dann wurde ihr Anruf angenommen.

*»Pronto?«*, meldete sich der Praetorianus.

»Hier ist Diana. Bitte gib mir Don Licata.«

Scalidda schwieg kurz, gab dann ihrem Anliegen statt.

»Einen Moment«, erwiderte er.

Diana vernahm hallende Schritte, gefolgt von einem kurzen, unverständlichen Flüstern. Es dauerte nur Sekunden, aber mit jedem Augenblick spannten sich ihre Nerven mehr an, bis sie sich am Ende wie Drahtseile anfühlten.

»Hallo, Diana«, hörte sie schließlich die so seltsam vertraute Stimme des Paten. »Wie geht es dir?«

Diana schluckte, schaute geradeaus, aber ohne ihre Umgebung wirklich wahrzunehmen. Und sprach dann die Worte, von denen sie nie geglaubt hätte, dass ihre Lippen sie jemals formen würden.

»Vater – ich möchte nach Hause kommen.«

ENDE

## DANKSAGUNG DES AUTORS

Ich möchte mich herzlich bei den folgenden lieben Menschen bedanken, die mich auf verschiedenste Art und Weise beim Verfassen dieses Buches unterstützt haben:

Für ihre Anregungen und konstruktive Kritik:

Franziska Becker
Tabea Ruf
Alexander Schulz

Für ihre fachliche und praktische Unterstützung:

Steve Einenkel
Kristina Langenbuch
Pascalina Murrone
André Richter
Katharina Sonntag
Gesa Weiß